NARRATIVA MONDADORI

Nana para dormir francesas

ANTONIO HERNÁNDEZ

NANA PARA DORMIR FRANCESAS

MONDADORI

© ANTONIO HERNÁNDEZ, 1988
© MONDADORI ESPAÑA, S.A., 1988
AVDA. ALFONSO XIII, 50 - MADRID
ISBN: 84-397-1257-X
D.L.: M. 10.158-1988
IMPRESION: GRAFUR, S.A.

Printed in Spain

NANA PARA DORMIR FRANCESAS

A Gloria y Antonio Fraidias

Amo el amor de los marineros
que besan y se van.

PABLO NERUDA

DOMINIQUE me tomó la mano, sonrió feliz y vencedora y abandonó la cabeza, agradecida, en el lomo caliente del asiento trasero. El taxi anciano, casi a punto de chatarra y con apego de jubilación, tembló como un jamelgo veterano e inició una carrera que más bien respondía a roneo de tartana. En la mañana de junio lustroso y de rápido paisaje, Madrid me pareció, ayudada la visión por películas, documentales, secuencias del NO-DO y otras propagandas, la fotocopia del retrato imaginario que había trazado en mi acopio de sueños. La ciudad familiar, el dédalo de calles, murmullos y olores, el gran zoco desmedido de ofertas se agrandaba en su río caudaloso desde el taxi enfermo, rezongón, a contracorriente, que Dominique maldecía de buen talante, como quien, tras la lucha, la da por bien empleada y sabe que el premio queda cerca.

Llevábamos separados dos meses, justo el tiempo transcurrido desde que nos conocimos en la feria de Sevilla, donde tras fandangos y un alarde repiqueteador de palmas a compás hicieron que con mi aguijón de zángano le picara la vida en el pecho. Era licenciada en Filología Hispánica; hacía ampliación de estudios que, en nuestra tierra, sufragaba con la soldada de un empleo como profesora en una academia de idiomas y, aprovechando unas vacaciones, decidió ir al Sur, Sevilla y Málaga, arrastrada por el mito de infancia que rellenó su padre, legionario de gestas marciales en los ejércitos negros de Mussolini —después carne picada en Guadalajara— aunque por una sonrisa del destino, que le salvó el pellejo fascista, terminara en el Norte de Francia, con sus paisanos, hecho materia de redención contra los nazis que antes había seguido ciegamente. De su experiencia bélica ibera y el choque maltrecho con sus naturales de esparto, no obstante el radical viraje de ideales, a monsieur Gastón, que así se llamaba el francés memorioso, le quedó una sombra de odio contra los españoles y una desconfianza que no dejó de insuflarle a su única hija cuando ésta le comunicó su intención de venir a España a perfeccionar su castellano. Dominique, que lo veía como a un conservador hijo de otro siglo, me lo había dicho entre sonrisas escépticas y apenas intranquila, acaso pensando, bajo la bruna pelambrera anárquica, que nuestra relación de tintes fugaces no llegaría a sus oídos normandos o quizás con intención de reto ingenuo, convencida de que lo que le habían contado sobre los españoles y su forma empecinada de crecerse ante la adversidad no era invención ni retórica de arenga. Pensando en aquello tópico y falaz me acordé de lo que aún no había dejado del todo y me obsesionaba en cerco, las experiencias cercanas de la mili y, sobre sus garras secas, el patriotismo andante y chusquero del capitán de mi brigada, caballero en pos de fortuna de sopas y ganapán de causa, dispuesto a morir en paz por Dios, por España y por su revolución nacional-sindicalista. La descerrajada idea en la misma sien de mi capitán hizo que me sintiera un poco despiadado y por el espejo retrovisor del taxi vi mis ojos mullirse en una memoria extraña de afecto y compasión, más que por la ayuda interesada con que abrigara mis ahogos, por la consideración de las charranadas sin cuento que tuve a bien aplicarle. Fuera lo que fuera, la intención de mi amante y el motor de moral o supervivencia de mi capitán, tarde comprobaría Dominique su equivocación porque el recelo de su padre enconado iba a tener la mala suerte de cumplirse sin ahorros, y ella misma sufriría en sus carnes abundosas, para deleite villano, la traición de lo que, seguramente, quiso estímulo y trampa alrededor de mí, que ya no la quería, no la había querido nunca o la quería para mis intereses de persona económicamente desamparada, en aquellos mismos momentos en que acababa de recibirme en la estación de Atocha y, traqueteando en fox lento involuntario por callejuelas con olores rancios a orín y mercaderías añejas, el taxi asmático se aproximaba a su casa, donde, según me relató emocionada, se alojaba provisionalmente una amiga suya de Cherburgo.

—Ya verás qué bella es Claudine.

Durante la noche no había logrado conciliar el sueño en aquel viejo tren casi coetáneo del taxi. El traqueteo infernal, el calor sofocante, la duracion insufrible y la desventura de unos compañeros de viaje —entre los que un militar, líder de roncadores, y un niño de pecho destajista en proclamar dolencias se llevaron la palma del incordio— me tuvieron en vilo y maldiciente, estado de humor sin despejar todavía aquella mañana en que el Madrid menestral de Lavapiés y La Latina cruzaba por mi lado, popular y pródigo, casi tan oferente para mi curiosidad como aquella tentación paisana recién acabada de poner por Dominique entre mis apetencias.

—Ha venido para trabajar conmigo en la academia y mientras encuentra piso dormirá en un saco de viaje en nuestra casa —explicó Dominique, hospitalaria.

Dominique vivía en una casa cercana al Rastro, un piso desde el que se dominaba la bullanga, los pregones, el vocerío y el ir y venir de la gente cambalacheadora. Desde el balcón, orientado al mediodía, Madrid se dejaba caer como una colcha de tejados por la amabilidad de una colina de relieves suaves, y sólo a lo lejos, como una plancha enorme de metal, el campo untaba el cielo con sus manos terrosas apenas férvidas de frutos. Desde allí volvería a escuchar las campanas y a oír los pájaros y vería la luna acomodada en el rectángulo del ventanal, como una emperatriz de la noche, si Goolrod, una india azafata de tierra de las líneas aéreas hindúes, que compartía el piso con Dominique, no se dejaba influir suficientemente por ella en sus depresiones y como inquilina más antigua dejaba de apelar a la regla de oro de la casa que no era otra más hostil para mí que la de no permitir hombre fijo de pernocta en ella. Goolrod era negra, de piel y de intenciones, como su gato negro, con algo de bruja bella en sus silencios prolongados e inquisidores, cuajados en sus ojos carboneros de indecible misterio y rencor como la boca abierta de un cañón calentado, asesino. Dominique me había dicho que era una resentida que no hacía el amor y aquellas palabras de advertencia lograron en mí la inquietud redoblada —que Dominique no obtuvo por el supuesto anzuelo de su padre empeñado en hundirnos—, la firma de una apuesta en cuyos resultados debería contradecirse la fama honesta de la india. Yo arrastraba, más que nada ante mí mismo, aureola de Don Juan, de irresistible joven intratable con las mujeres y la atracción de la dificultad del reto me hizo pensar en la india por encima de un deseo de meses, próximo a realizarse con Dominique, por encima de la apetecible pera en dulce que en Claudine intuía y al margen ya de unas calles tatuadas por mis sueños, puesto que, superadas, estábamos subiendo el miedo del ascensor, fuera del taxi mustio, camino del piso y su enigma.

—Ya falta menos, amor.

Por un momento desalentado, la voz de Dominique me sonó a castigo. La perspectiva halagüeña de la india y la otra francesa la hizo innecesaria por un instante, persona de más que yo descartaba con ligereza y que empezaba a ser un obstáculo, cuando, sin más divagaciones fuera de sentido común, sabía a Dominique en posesión de la llave única franqueadora de la puerta de una vida regalada de holgazán sin escrúpulos que estaba allí de prestado y al que cualquier error podía sumirlo en la pobreza. La ventaja de tal reflexión, buena consejera, me hizo poner pies en la tierra al par que en el piso de Dominique, cuyo pasillo cruzamos con inquietud de gavilán hacia la cama, donde aún dormía Claudine, quien, entre excusas, sonrisas y palabras dulces de bienvenida, se levantó sin cuido, dejando al descubierto, como anticipo de una promesa, un muslo omnipresente que habría de dominar mi primer desahogo de amor en aquel piso y en una temporada eterna, larga como la mili.

Alertado por el estudio minucioso de las consecuencias desagradables que podría acarrearme un desliz prematuro, fajado en disciplina cumplidora, que no surgió de duro esfuerzo en vista de la feroz sequía, estuve dulce, magistral, con Dominique, como si de verdad la amara. Debí de transmitirle el ardor embargante de quien cuaja en espíritu la relación sexual y hace que la amante se entregue, porque, entre espasmos y lágrimas de gozo, me hizo una confesión que, hasta entonces, se había guardado como uno de sus mejores secretos: su relación con un hombre casado de su ciudad normanda, al que según ella España acababa de derrotar, Napoleón redivivo y muerto en un campo lejano, Waterloo de lana. El relato imprevisto me conmovió, me llenó de orgullo y la volví a besar como quien besa la tierra de una plaza fuerte al fin tomada tras un largo asedio. Como si fuera cierto le dije que la amaba, mientras que el muslo de Claudine, todavía desgajado del cuerpo, abandonado al aire de la habitación, náufrago de aquel buque de su piel serviola, me daba fuerzas para nuevas bregas, aventura de luz que presidía la mirada fija de gato de Goolrod, la india prohibida, profunda y resistente en su bastión inexpugnable de selva oscura.

Tras la lucha a muerte por la que nuestro pabellón volvería a brillar como no lo hacía desde la época de los Tercios, en proeza constatada por la propia Dominique, y tras una revancha heroica de bocadillos, tomé cama sin riesgo con toda pasión. Y cuando me despertó con cara abundante en felicidad de recién casada, la puerta del baño, a la que me dirigí como un sonámbulo, de par en par, me acometió en deseo y en sospecha. Claudine se estaba duchando y, tras el velo apenas del plástico mojado, su figura desnuda reunió frente a mí la sensación de la necesidad y la de la cautela. A simple vista era un cebo demasiado claro. Pero mi temor a que supusiera una trampa burda también podría estar fletado por una formación española restrictiva, demasiado pazguata, egoísta y de un deformado sentido de la posesión que, acaso fabuloso, no entrara como celo en la mentalidad abierta y tolerante, francesa desde luego, de Dominique. En esas tan dudosas me debatía yo, en la puerta del baño, como un lobo tentado por la presa y puesto en pie de olfato por la presencia de los cazadores, cuando, como en el acople ligeramente tardío del relámpago y el trueno, vi salir a Claudine de la bañera con descaro y mirándome firme, guerrera, expositiva, como su madre la trajo al mundo, y casi instantáneamente oí la voz de Dominique que, implacable, pretendía otro frente de batalla. Me dirigí a su cuarto como opción más prudente, aunque a saber de qué, y con una conversación sin rumbo que hizo descreer a Dominique de su dominio sobre el idioma español, fui sorteando la chamusquina, si ibero aguerrido no menos avisado, hasta que al fin logré ponerlas a ambas camino de la calle, donde encontrar auxilio y reparación en un restaurante de los alrededores, que, finalmente, no resultó tan próximo, pues a Dominique le dio la ganguera plasta de que había que enseñar Madrid a los recién llegados, y a golpe de calcañar recorrimos media Villa y Corte. Con aquella vocación de guía que la asaltó, hasta pasadas las cuatro de la tarde no recalamos, casi cadáveres, en un restaurante mejicano llamado *Cholula,* sobre el que hice un chiste desnutrido.

—¿Cómo se llama, *Zo Chula?*

Las francesas no entendieron el juego de palabras. Pensé que no estaba muy brillante y que había empezado mal mi rodeo a la paisana de Dominique, ciertamente no tan guapa como me había dicho, pero que, a instancia de logrero, si no era pan, sí torta, y derramaba el encanto de unos ojos tristes de brillo succionante, esplendor que no tardé en descubrir irradiaban de unas lentillas de contacto. Su rostro, precipitadamente agudo a medida que descendía desde la frente al mentón, reunía abundantes lunares dudosos que a la postre se quedaban en pecas, luceros de aquel cielo, como le dije en cuanto pude, prestadores de gracia, timidez y malicia, como si el muslo alegre fuera de uno a otro, viajara la cara espacialmente y en los ojos, desde su aceptación, residiera ofreciéndose.

Me relamía ya en la idea de la mañana siguiente cuando, molida por la tunda del saco de viaje, llegara hasta mí, y en español socorrido por mi buena voluntad de entendimiento, nunca más predispuesta, me dijera:

—¿Te corres?

—Por supuesto —le respondí, desplazando mi silla hasta las posiciones de Dominique y volviendo a la realidad de, al fin, la comida, en absoluto despreciable.

Comí abundantemente, sin deserciones ni asco a lo que nunca había comido con anterioridad y, desde luego, pagué yo, porque como me convenía que supieran, sin derecho alguno al beneficio de la duda, hube de ingeniármelas para convencer a Dominique sobre el mal efecto que en esta tierra nuestra de todas las murmuraciones deja una mujer que paga. Bajo aquel pretexto de prejuicio nada perjudicial para mis bolsillos podía manejar el dinero de Dominique, que, sin ser mucho, era suficiente para ir tirando y, como propina, de cuando en cuando echarme una canita al aire lejos de la francesa. En esas maravillas de parrandas libres me atareaba en el momento en que Dominique me puso los dientes largos.

—Manolo —me propuso con voz de postre dulce—, ¿a ti te importa que Claudine, cuando por la mañana me vaya a la academia, duerma contigo? En el buen sentido, por supuesto —precisó en burla de persona que muestra su confianza—. El saco de viaje no es demasiado cómodo y en la cama hay sitio para los dos.

Me dije que por facilidades no iba a quedar, pero rápidamente volvió a rondarme la sospecha de que eran demasiadas y, lagarto lagarto, liria para jilguero me pareció su ocurrencia, queso para ratón y cepo para conejo.

Fuera lo que fuera, carne de membrillo o trampa saducea, el tiempo habría de dar la respuesta. Tan sólo tenía que esperar, ojo avizor, sin dormirme; ver las reacciones de Claudine, sopesar con el peso de mi experiencia si era o no trigo limpio.

Incluso —pensé— si venía con las del Beri, en vez de con las de Cupido, de mí dependía darle la vuelta, cambiarla como un calcetín, que torres más altas cayeron en mi camino.

En esas de estudiar la situación, terminó la comida. Me dolía un poco la cabeza, no sé si por .el desgaste amatorio matinal o por la concentracion que tuve que llevar a cabo con el fin de interesar a Claudine, y Dominique, escondiendo la más que probable causa verdadera, resolvió que debía estar embotado por el largo viaje y que para tales dolencias tramadas por el desgaste lo mejor era un café, que decidió tomáramos en un lugar famoso del Paseo de Recoletos, en donde se reunían los escritores, los artistas de cine y teatro, los pintores, las modelos y demás gente fotografiada a destajo, a algunos de los cuales conocía de ver sus caras pánfilas en la televisión y en las revistas del corazón. El lugar, amén de patio de los leones o de Monipodio —como lo calificó Dominique—, una colmena asemejaba en sus horas de máxima laboriosidad, una colmena grande, con zánganos y abejas trashumantes de las mesas a la barra y de la barra a las mesas, emitiendo todos, al alimón, un zumbido espeso, onomatopéyico, que era la intención general, particularizada en cada uno, de distinguirse.

Mi primera intención fue la de salir de allí como un cohete, pero, en una iluminación feudataria de mi inventiva, que me hizo mostrar a Dominique mis inquietudes literarias y ganar con el invento puntos cerca de ella, pensé que iba a extrañarse si emigraba, como era mi deseo, y que, por otro lado, podía sacar renta aparcera con Claudine, visto que las francesas universitarias oyen un verso y el monte todo es orégano. Rechazado, pues, el impulso inconveniente, lo primero que hice fue preguntarle a un camarero cuál era la famosa mesa de los escritores, tan cacareada, aunque no tanto como ellos quisieran, por los suplementos literarios, que, a pasta de héroe, me había tenido que hojear para aprender nombres y eventos y para que mi supuesta vocación lograra, si no alimento imposible, refilón de apariencia. En ella andaban naufragados de su vida cuatro o cinco señores con sanción de estatuas, de edades fronterizas al parnaso, como administrando ya la gloria con tanta sobriedad como el dinero, pues —y es un hecho que pude constatar no sin cierto desdén a la gloria mezquina— tres horas se atarearon en el mismo café ante el disgusto habituado del camarero, que los miraba desde su cruz y sólo se acercaba al reducto para servirles agua.

19

—¿La mesa de los escritores? —me preguntó duplicando—. ¿También usted quiere ser escritor? Pues sí que tengo menos porvenir que la Falange... Lanjarón le voy a poner a esa mesa, claro que si fuera Lanjarón, por lo menos la cobraría. La Fuente Vieja, mejor. Y usted, dedíquese a otra cosa, muchacho, viva la vida, que éstos se gastan menos que un rincón.

Al par que los consejos innecesarios del camarero hacían en mi mente nido de sabiduría, las francesas hablaban de lo suyo, en lo suyo, o sea, en su idioma, porque como me habían señalado educadamente les resultaba más fácil y la comunicación era más precisa, aclaración que de no ser por mi relativo interés en el acontecimiento rácano de la mesa célebre, no hubiera impedido un sentimiento de extranjería en el territorio nuevo de aquellas dos francesas, de las cuales una me amaba y la otra... Se vería a la mañana siguiente. El retorno a sus cosas, repelido, por más que aprovechado, el vistazo a la mesa de los escritores, facultó el que mirara a Claudine como desde a quien la humildad le impide aceptarse señero, y como sorteando dura prueba de modestia hice patente para impresionarla mi parentesco falso con Federico García Lorca, desbarre que apoyado en mi españolísimo apellido García invadió de emoción a Dominique el día de los fandangos, las palmas de ametralladora y la jarana en la feria de Sevilla.

—Oh, sí. Te pareces en los ojos —exclamó Claudine embobada.

—Y en la calidad de los versos —remató Dominique, partidaria y mecenas.

Por descontado que nunca me apliqué en aquella actividad, como dicen en mi pueblo propia de locos, aunque un porcentaje respetable de sus habitantes vaya de romería romancera con frecuencia, tenga su manicomio en los sonetos y su psiquiatra en los alejandrinos, de los que guardo un vago son mecánico por mi libro arrumbado de literatura de cuarto curso. El que yo figurara como poeta a los ojos de Dominique, obedecía a una historieta más que le conté inspirado en la feria de Sevilla y sobre la que ya no podía ni debía declarar lo contrario, puesto que, a mi parecer, en aquellas improvisaciones parteras de leyendas eran donde residían mis encantos, más que en los ojos moros y el pelo sueco, y la que me colocaba de poeta fue, a no dudarlo, una de las más acertadas. Me ayudaban en tan difícil equilibrio unos versos de mi amigo Fabio y otros adolescentes de mi hermano mayor, que entraba a destajo en el altísimo porcentaje de chiflados locales, los cuales, no sin cierto y justificado sentido del ridículo, mandaba al aire en situaciones de compromiso, Pemán de encrucijadas:

Pasaste ayer por mi lado
y el corazón se me puso
alazán y desbocado.

Sin posibilidad comparativa, los que acababa de decir eran los mejores, como si a mi hermano le hubiera bajado sobre la cabeza roma una musa desorientada, perdida, deseosa de descargarse y sobre su caletre fantasioso le hubiera dejado aquel mirlo de plata.

Mirando a Claudine, que sólo había abierto la boca bien para asombrarse o bien para evidenciar su desnorte, a Dominique, ufana y propietaria, le faltó tiempo para hacer la exégesis entusiasta, a la que puso una nota cronológica y aclaratoria.

—Son anteriores a conocerme y están dedicados a una amada irreal, anónima por tanto. Tarde o temprano —matizó con esperanza mal calculada— tendrá el nombre propio de quien, por su entrega al poeta, se lo merezca.

—Dominique —apuntó turbada, presentidamente envidiosa Claudine.

—Por ejemplo —asintió presuntuosa en tono de alta probabilidad Dominique—. ¿Verdad que tienen aires rimbaudianos?

Claudine bajó el rostro despeñándose desde la frente al mentón en gesto afirmativo y yo me quedé pensando en lo que podría suponer aquello familiar y ajeno al mismo tiempo de *rimbaudiano,* hasta que caí en la cuenta por el recuerdo de un giro *pemaniano* de Fabio, que lo repetía sin descanso, como si hubiera aprendido en jueves la palabra, eureka gozosa que me hizo solventar sin más trabas el problema. Si de Pemán, pemaniano, de Rimbo o de Rimbod, rimbodiano. Dominique aclaró donde estaba el acento, seguramente justificando el lapsus sin importancia en mi desconocimiento de la pronunciación francesa, idioma desplazado en mis supuestos estudios universitarios en favor del árabe, según le había dicho, trola más de una ristra sin límite. Pero aquel episodio, que si no delató mis carencias puso en apuros mi seguridad, me trajo la nostalgia de lo que siempre odié, y entre su torre gris bachillerata, como un piso gigante de página, el libro de Literatura que

21

apenas deparaba los nombres de Bécquer, Zorrilla y Campoamor con que batirme dificultosamente en justas desesperadas de letras. La lamentación y el embargo no fueron óbices para que en medio del arrepentimiento pasajero intentara la búsqueda de una solución definitiva. Y entendí rodeado que me aprendía los títulos de los libros más importantes y sus autores correspondientes o adoptaba una postura de rechazo con respecto a lo que habían escrito los muermos de los demás. Ni que decir tiene, o hay que decirlo con énfasis, que opté por la segunda alternativa, y acelerado en soberbia por mi ingenio, grité:

—¡Todos los poetas anteriores a mí están muertos!

Me percaté de que los escritores cercanos se dieron, con razón o sin ella, por aludidos y de que en el contorno de su mesa se elevó un rumor de desaprobación, de repulsa airada que después se hizo mofa despreciativa. Mas sin dejarme influir y de mi papel tan apoderado que, por un momento, yo mismo creí lo que decía, rubriqué:

—¡Todos los poetas anteriores a mí están muertos! Yo los he matado.

Dominique, prendada de mi rapto y no amante sino madre ya de mí y de mi destino glorioso, aprobó la deslenguada teoría con elucubraciones a favor, dictadas por el cariño, menos mal que no por el entendimiento, intervención que aproveché para zanjar definitivamente la cuestión engorrosa.

—Desde ahora no hablaremos más de cadáveres. La poesía ha muerto. ¡Viva la nueva poesía!

Al salir de aquel lugar vociferante hecho acuario de humo, miré el cielo y lo vi hermoso por cuantas veces lo había mirado sin notar su hermosura. Como desde hacía mucho tiempo me sentía en mí, libre, querido y lleno de vida, sin guardias que montar, sin órdenes que obedecer, dueño de mi albedrío, nuevo y experto como de un milagro. Y con aquella sensación de plenitud acompañé a Dominique a la academia, despedí a Claudine que se había citado con otra francesa y me dirigí a la casa, no sin antes buscar en una librería un libro de poesía llamada concreta, perversamente peor que la de mi hermano, de cuya rareza había oído hablar en algún sitio. Aquel caos, aquel crucigrama de sílabas ambulantes o aquel jeroglífico de necedades, en el que no darían pie con bola las francesas, sería mi tema en caso de necesidad. Con su impostura, lo que aprendí de Fabio y el mogollón de novelas consumidas en los largos ratos de ocio de la mili, desempeñaría mi papel sin levantar demasiadas sospechas hasta que llegaran otros tiempos menos culturales.

Intentando sacar algo en claro de aquella sarta de desvaríos llamada poesía concreta, me entró la modorra y me quedé dormido. Soñé con Claudine, con su muslo dorado, con su sonrisa cómplice y la palabra —«Córrete»— que, por la mañana, ya no tendría un sentido equívoco. Pero, a poco de la felicidad rotunda merodeando mis brazos, se dio la vuelta el mundo de los sueños, puso su envés cabreado y me dio la de arena. De pronto, entretanto pugnaba por agarrar el muslo viajero de Claudine que se alejaba hasta perderse, me vi de nuevo en el Cuartel de Instrucción de Marinería, Departamento Marítimo del Estrecho, a las órdenes del capitán Meana, marcando el paso.

2

EL CAPITÁN MEANA me tiró del codo y me dijo que cambiara el paso. Me lo dijo como desde un fusilamiento, atronadoramente, con las venas a punto de estallarle, a grito pelado.

—¡Cambia el paso, comunista!

Me habían puesto de eje en la brigada de los analfabetos por el saber que se le suponía a mi bachillerato superior, certificado que llevaba aparejada la dudosa recompensa distintiva de ser cabo de rancho y, en otra regalía menos meritoria pero más rentable, la de poder quedarme con la parte del león. *El que parte y reparte, se lleva la mejor parte,* me espetaba a veces el capitán Meana, como advirtiéndome que él, su experiencia veterana, se las sabía todas, no fuera a creerme más listo de la cuenta, *no vayas a creer que te vas a quedar conmigo, maricón de playa.*

De cuando en cuando, para escapar del sopor y del aburrimiento que ordenaban las innumerables vueltas al patio de instrucción, cambiaba el paso y la brigada de analfabetos comenzaba a tropezar zopenca, alocadamente, desorientada, encabritada de la sesera.

—¡Que marques bien, comunista, que eres más malo que un veneno!

El capitán Meana era mi marcador porque estaba advertido de la negrura de la oveja que le había caído en suerte, un descarriado rebelde con antecedentes políticos, un agitador según constaba en mi ficha y por cuya delación había recalado en la mili, tras sortearla durante tres años acogido a la viudedad salvadora de mi madre que ya no pudo seguir sirviendo de coartada ante la descubierta anotación. Pero el capitán Meana no me decía comunista por aquella nota acusadora que, a buen seguro, tenía en cuenta, sino por un barrunto negro que le soplaba en la nariz alcohólica apuntándole que los rojos desfilaban sin compás, sin orden ni concierto, a la pata la llana y lleno todo de anarquía.

—¡Cambia el paso, comunista!

A que no me perdiera de vista colaboraban mi tempranera fama de dormilón, de visitador demasiado frecuente de la cantina y, sobre todo, el arresto registrado como más precoz en la larga historia del cuartel, prima enemiga que me había ganado por un intento de escapada a mi pueblo cuando solamente llevaba cuatro días de mili. El informe de la Policía Naval, y lo que fue más determinante, su acción, había sido preciso y detallado y a mí sólo me quedaba aguantar el chaparrón con paciencia:

A las doce y quince de la mañana del veintidós de los corrientes, comprobamos con sorpresa cómo lo que no podía ser más que un marinero, saltaba la tapia de la instalación anexa al cuartel de marinería denominada Huerta de San Sebastián, y se dirigía hacia la estación de ferrocarril con la supuesta intención de tomar el ferrobús con destino a Sevilla. Como le diéramos el alto reglamentario y no obedeciera al requerimiento, comenzamos su persecución, a resultas de la cual logramos detenerlo en la misma vía, caído de bruces sobre ella tras haber tropezado con una traviesa en su intento de agarrarse al furgón de cola del tren, que, segundos antes, había iniciado su marcha. Cacheado y requisada su documentación, resultó ser el marinero recluta número 727, Manuel García Domínguez, incorporado al período de instrucción el pasado día 19 de marzo. Preguntado sobre su conducta, arguyó nostalgia de su pueblo y de su novia —añadiendo provocativamente «como vosotros»—, a los que necesitaba ver en fechas tan señaladas de Semana Santa.

En el momento de su detención presentaba aspecto muy descuidado, suela desprendida de la parte anterior de la bota izquierda, destrozos en el pantalón del traje de calle, diversas manchas de carbón en la marinera y en el referido pantalón y ausencia total del lepanto, que debió perder en su frustrada escapada.

El parte sobre el Judas en cuestión estaba firmado el día 27, cinco después del desgraciado suceso. La frustrada escapada, como apuntaba con delectación, me costó noventa días de arresto; me costó lo que, a la postre, vino a ser poca pena, es decir, la retención del sueldo de marinero —aquella retribución del empleo no entraba en mis previsiones— que a razón de una peseta diaria durante dos años daba la cantidad de 720 pesetas, monto aproximado al valor en los destrozos de la vestimenta, y lo que, en lo sucesivo, iba a ser menos llevadero: el marcaje a cara de perro del capitán Meana, quien se había hecho el propósito de tenerme a raya a lo largo de los tres meses del período de instrucción.

—A ti te voy a enderezar yo. ¡Digo que si te enderezo! Te juro que cuando salgas para el destino vas a ir más derecho que una vela. No te va a conocer ni tu madre. Un hombre vas a ir hecho. Un hombre, dentro de lo posible, maricón de playa.

El que yo fuera de los pocos que en aquella brigada sabían leer y escribir, tenía unas ventajas añadidas a las de ser cabo de rancho. Los marineros me utilizaban como traductor en tinta de sus sentimientos y allí que me veía escribiéndole a sus novias o a sus madres a cambio de una taquilla llena de chorizos, latas de conservas, quesos y botellas de vino. Más de una alegría di y más de un noviazgo puse patas arriba, según la cantidad de alcohol que registrase en mi cuerpo a la sazón, pues, si andaba con ganas de cachondeo, les hacía llegar a las novias un deseo que los reclutas jamás se habían atrevido a manifestar o ponía en letras de sus corresponsales frases lujuriosas impensables por quienes, sin otro remedio, habían depositado su confianza en mí. Desconcertados tenía a los marineros de mi rancho y a los colindantes, y, sobre todo, a los procedentes de las poblaciones cercanas al cuartel, cuando comenzaron a disfrutar los pases de franco de ría y volvían sin haber experimentado lo que les prometían en las cartas de amor sin reservas, sin más abstinencias sexuales y sin condiciones, conflictos lógicos que yo tenía que solucionar hablándoles de los cambios de humor frecuentes en las mujeres o de lo distinto que es el deseo a una realidad con posibilidades de embarazo.

—El cura, el cura tiene la culpa —les decía yo—. Seguro que te la previno.

Lo que más difícil resultaba de explicar era lo que los marineros nunca me habían dictado, el que las novias les leyeran las cartas recibidas y no tuvieran nada que ver con lo que ellos me habían dicho que pusiera. Y tanto fue el cántaro a la fuente que, como tenía que ocurrir, llegaron mis andanzas epistolares a los oídos del Pater, quien si no me excomulgó instantáneamente debió de ser porque pensara que hechos tan elocuentes de piratería celestinesca no necesitaban sanción alguna de ministro intermediario ante la justicia de Dios, presente en todas partes. El Pater, por descontado, me echó el sermón, me conminó a rectificar y me hizo jurarle por lo menos sagrado, que era yo mismo, que no iba a volver a enredar con mis fantasías insanas. Pero cuando me dispuse a ejercer mi oficio al pie de la letra, me encontré con que a mis compañeros les iba la marcha, como a sus novias, y que querían sueños agitadores, aunque luego se las agitaran menos que al Pater, en vez de monotonías sin ilusión.

Como pude, eludiendo la vigilancia espiritual del Pater y el olisqueo sabueso del capitán Meana, fui conservando mi negocio de chacinas, conservas y fantasías, hasta que la suerte quiso que mi situación de arrestado cambiara y pudiera disponer del tiempo para aventuras menos controladas y reclusas. Fue gracias a la intervención providencial y apiadada de un primo de mi padre, con empleo de capitán de fragata y la perspectiva de un inmediato ascenso a navío, al que le había escrito mi madre angustiada contándole sus cuitas y apelando al parentesco, al cariño desmedido que mi difunto padre le tenía y a algunas historias sentimentales más que debieron dar en el blanco mismo del corazón de su traje blanco, para que el capitán Meana registrara otro sobresalto en el suyo, pues me lo encontré en la puerta de la brigada, hecho un ciclón de nervios y un oleaje de maldiciones, gritando que yo lo iba a hundir, que por mi cuenta se estaba jugando la carrera de patatero y que me la había jurado como sólo juran los de Navarra, de cuyos montes debía de proceder en vista del orgulloso gentilicio.

—Mamón, maricón de playa, ¿se puede saber dónde te has metido?

La noche antes me había tocado un punto de guardia, que es una forma de vigilancia sin armas que realizan quienes no han jurado bandera, y me quedé dormido cumpliéndolo. Me despertó, para que mi terror no tuviera límites, un subteniente con fama de duro y borracho sobre el que corría la leyenda de haber matado a un marinero de una patada donde más duele. Pero en contra de los augurios a que podían llevar su fama apioladora, no hubo violencia, sino que me pidió que lo siguiera hasta el bar de suboficiales y una vez frente a él me introdujera por la abertura que dejaba una puerta metálica a medio cerrar.

—Sírveme una copita, muchacho.

Se la pasé por donde, a rastras, antes había entrado mi cuerpo, y como comprobara que desde dentro la puerta podía abrirse sin dificultad alguna, le propuse hacerlo para que más cómodamente le diera fin a la botella, actividad a la que, ya con la confianza que da la complicidad, nos aplicamos los dos, dándole opción de cumplimiento de su cometido a buena parte de la estantería. Aquella fiesta silenciosa y beoda me cobró a cambio unas horas fundamentales de sueño y durante los ejercicios de la mañana siguiente, espléndida de un sol que ayudaba a la modorra, me había quedado frito en una trinchera del campo de camuflaje, y sólo sobre las cinco, cuando ya la brigada daba vueltas interminables al patio y el comandante del cuartel tenía que llevar cinco o seis horas de asueto en la paz de su casa, aparecí por los aledaños de la instalación, donde el capitán Meana mentaba a todos mis vivos y mis muertos.

—¡Mamón, maricón de playa, me vas a arruinar!

Como un solo hombre, marcando el paso acelerado, nos dirigimos hacia el puente de mando del cuartel, donde el comandante esperaba nuevas de un desaparecido, que era yo. Don Hermenegildo de la Rosa y Cuevas, biznieto de marinos, nieto de marinos e hijo de marino, jefe supremo del Cuartel de Instrucción que a las doce en punto de la mañana, todos los días, enfilaba hacia su casa en el coche oficial con el deber patrio cumplido, hacía horas extras en su despacho a la espera de noticias. Y, allí, en su despacho lleno de anclas, velas, mapas y banderas, me pude enterar por fin que mi pariente, el capitán de fragata con próximo ascenso a navío, me había hecho una visita sin que lograse cubrir por completo su objetivo. Unos segundos antes, el capitán Meana había recibido otro chaparrón de agua helada en su moral de impecable soldado chusquero que entra en el despacho de un superior del Cuerpo General sin destocarse. El comandante, que generosamente hacía esfuerzos por disimular su mal humor, le había dicho que aquellas no eran formas, que si creía estar en Rusia, y, como colofón de la filípica, que cumpliera dos días de arresto en la brigada, sin ir a su casa mientras tanto. Y no había de quedar así la reprimenda, porque nada más acabarla, se multiplicó en el estupor de Meana cuando, tartamudeando e intentando coser sílabas rebeldes, no supo responder a la pregunta de si yo tenía o no tenía pase de pernocta.

—Mi co... mi co... mi comandante, es que... mi coco, es que...

El comandante le entró por otros de mis supuestos derechos y obtuvo la misma congestionada precipitación nada aclaratoria.

—Es que... es que —farfulló sin respuesta.

—¿Tampoco tiene pase de franco de ría? —preguntó amenazadoramente el comandante. Y añadió—: de modo que la tiene tomada con él, ¿verdad?

En un esfuerzo mental, sin precedentes en el capitán Meana, logró por fin —con mi alegría de su parte al verlo despejar su embarazosa situación— comunicarle lo de mi arresto de noventa días por infracción que, obviamente, anulaba cualquier tipo de recompensa o derecho posible.

—¿Noventa días y no lleva con nosotros más que veinte?

—Se escapó a los cuatro días de llegar aquí, mi comandante —informó Meana.

El comandante quedó en silencio durante unos momentos, como si no creyera semejante vocación de fuga y como buscando una solución de emergencia a trance desobediente tan espectacular, mientras Meana me miraba por el rabillo del ojo izquierdo, más en sí, amenazador y triunfante, en la seguridad de que lo que el jefe buscaba era el ejemplar castigo que merecía mi indisciplinada conducta.

—Bien —dijo el comandante por fin, deshaciendo la expectativa—. Vamos a darle una oportunidad. Quítele el arresto y que, a partir de ahora, pueda ir a su casa los sábados y todas las tardes a ver a su familia de aquí, o de paseo o a donde quiera.

Meana, con una sonrisa de vasallo incondicional que asume humillaciones sin inmutarse, repitió la cantinela del ·a sus órdenes, mi comandante· y le aseguró que desde aquel momento escarmentado jamás volvería a haber problemas de libertades conmigo, que perdiera cuidado. Y cuando el comandante, en una concesión última para limar la aspereza de sus palabras anteriores, se mostró magnánimo retirándole el arresto de dos días y le hizo la pregunta sin sentido de cómo me portaba, el capitán Meana le contestó:

—Buen marinero, mi comandante. Tiene las cosas de su edad, pero buen marinero, bueno y creyente. Lo del arresto hay que comprenderlo. Ya usted sabe, mi comandante... la novia, la familia, los amigos... que tiran mucho...

De buenas a primeras, se había soltado, había cobrado locuacidad como si, milagrosamente, se le hubieran recargado las pilas del habla, carrerilla verbal que cortó el comandante, quien dio por cerrada la sesión de avenencia con un seco *a portarse bien* y un más cordial *recuerdos a tu tío.*

Casi sin cerrar aún la puerta del despacho, lo primero que hizo Meana fue preguntarme sobre aquel tío mío misterioso e importante.

—Manolo, majete, ¿quién es ese tío tuyo amigo del comandante?

Y sin darle respiro a su perplejidad, hinchando el perro hasta sus límites, sabiendo que no se iba a meter en averiguaciones e iba a crecer mi influencia sobre él, le contesté a quemarropa:

—Mi tío es el almirante capitán general del Departamento Marítimo del Cantábrico.

Por aquel camino de sol encelado que iba desde el puente de mando a la brigada, Meana se paró en seco, se me cuadró. Y casi con lágrimas en los ojos, adelantando un agradecimiento emotivo que nunca iba a tener ocasión de verificar en el favor, me dijo:

—Mi mujer, Manolo mío, es gallega y no puede vivir sin aquello. No te puedes imaginar el latazo que me da la pobre. Si tú quisieras hablar con tu tío... un traslado a Ferrol me iba a dar la vida. Por tu madre, hazlo, que el tiempo que estemos juntos vas a vivir a cuerpo de rey.

Si no a cuerpo de rey, como mejor se podía por aquellos lares sí estuve viviendo durante el resto del período de instrucción. La visita de mi pariente el fragata, que yo me encargué de propalar como si fuera la del almirante capitán general del Departamento Marítimo del Cantábrico, me dio el prestigio que necesitaba frente a quienes, seguramente, tenían más fuerza que el mismo capitán de la brigada: el teniente, el subteniente y el brigada, los sargentos y los dos cabos primeros, que eran los dueños rotatorios de doce horas, justo las otras doce que Meana pasaba fuera del cuartel. Desde entonces, lo mío fue largarme al pueblo cuando me placía y tenía dinero, dormir como un lirón, hacerme huésped casi permanente de la cantina y tramar bromas, novatadas, inocentadas o mofas de las que ni siquiera dejaba a salvo a los jefes de la brigada de zopencos. En aquel estado de gracia andaba yo, con el único sobresalto semanal que me traía Meana al preguntarme sobre la gestión de su traslado a Galicia, cuando sin apenas notarlo se nos echó encima el día de la jura de bandera, acto solemne sobre el que nuestro capitán reflexionó largamente hasta caer en la cuenta de que se me debía de haber olvidado la poca instrucción militar que aprendí en los veinte o treinta días en que estuve marcando el paso por el rectángulo monótono y tórrido del patio.

—Manolo, majete, no vas a tener más remedio que mojarte.

Meana —la gestión sobre su traslado a Galicia, las órdenes estrictas del comandante del cuartel y mi aureola de sobrino del más alto baranda de la Marina del Norte se lo impedían— no volvió a utilizar conmigo su latiguillo de *cambia el paso, comunista,* por más que, en aquella reincorporación a la columna, cada vez se hiciera más necesario y por más que, también más insistentemente, yo me empeñara en hacer tropezar a los analfabetos, malheridos de los pies de tanto pisotón, ricos en mataduras.

—No sé qué hacer —me comunicó más que analítico, desolado el capitán Meana—. Esto no marcha. Vamos, que marcha menos que un patín. Traspasado mañana es la jura y tú no pones de tu parte, Manolo.

Como tenía que poner de mi parte, pensé que la mejor forma de hacerlo era proponiéndole una solución, y le dije:

—Mi capitán, todos los problemas fueran tan fáciles de resolver como éste. Mire usted, si le parece, mañana cojo el saco y me voy a mi casa. Así no tengo que desfilar y no hacemos el ridículo. La bandera la juro el lunes, en la brigada, delante de usted.

Se lo estuvo pensando un buen rato hasta que, al fin, se le ocurrió plantearme, sin demasiada convicción, lo que se le debió ocurrir bastante antes con absoluta autoridad.

—¿Y si alguien te echa de menos?

—Mi capitán —le contesté haciendo que se fijara en mi pierna traidora—, ¿quién me va a echar de menos a mí? Y los marineros, menos que nadie. Al contrario, lo van a agradecer. Usted hágame caso y verá como sale todo a pedir de boca. Por el contrario, imagínese que me quedo, desfilo y me falla la pierna.

Meana, con un rictus a medio camino entre la conmiseración y el enigma, se hizo, haciéndomela al mismo tiempo, una trascendental pregunta:

32

—¿Qué le pasará a esa pierna?

—Desde que tropecé en la vía —le contesté dándole la clave— se pone caprichosa cuando más dispuesta debe estar, don José.

Por aquella espina de su bachillerato improbable, al capitán Meana le agradaba sobremanera que se le llamara don José y yo sabía aprovechar sus debilidades con garatusas, embelecos y marrullerías que, naturalmente, no quedaban en la parca concesión de un don académicamente inmerecido pero suficientemente ganado por la edad meritoria que señalaban sus múltiples trienios de servicio a la patria, la cual, más que tal patria, hija de Meana parecía, dados sus años incontables marcando el traje blanco de marinero. No me quedaba ahí ni me paraba en barras tímidas sino que lo embelesaba como a una adolescente soñadora, hablándole de su potencial talento y de lo que hubiera llegado a ser de haber gozado de otras oportunidades.

—Usted, don José, Séneca. Séneca o el Gran Capitán.

No es que se hubiera pasado con los libros, pero el capitán Meana había oído hablar de Séneca, del que —despúes lo supe— no era demasiado partidario en vista de que a sus desarrollados oídos por máximas premilitares había llegado el rumor de una vida licenciosa y calavera en el romano de Córdoba. Y aquello precisamente, su lugar español de nacimiento, la parte de gloria que le correspondía por paisanaje, atenuaba hasta la aceptación su consideración sobre una conducta rara al margen de la fe. Pero, definitivamente, lo suyo era el Gran Capitán, con quien yo le daba pie para que me endosara el orgullo de sus saberes, su cultura de lector ocasional de libros de biografía.

—Ese sí que era grande, el Gran Capitán, don Gonzalo Fernández de Córdoba, martillo de franceses.

Algunos cabos de rancho de la brigada solían ser universitarios, estudiantes de carreras medias, de Náutica predominantemente, bachilleres o parte de los primeros números surgidos del examen psicotécnico que nos hicieron nada más llegar al cuartel para comprobar nuestro nivel de cultura.

—Más grande era Almanzor.

Lo había dicho un gaditano de Tarifa, licenciado en Historia, la lumbrera de la brigada, a pesar de la prórroga que tuvo que renovarse a lo largo de cinco años para terminar la carrera y que le había hecho imposible una mili intermitente de milicia universitaria.

33

—Pero Almanzor era moro —puntualizó el capitán Meana.

—Moro como *el Popi* —señalé yo para enredar.

El Popi, un marinero de Sanlúcar que no sabía leer pero sí orientarse en la noche clara del mar, calcular la intensidad del viento con la mano de parachoques, oler los bancos de caballas a dos millas y distinguir por el sabor un globo de un rape, una caella de un cazón o una mojarra de una herrera, puso los ojos de pájaro herido en su infortunio, como diciendo que qué culpa tenía él de haber nacido hijo de padres pobres, de padres distraídos, de padres analfabetos que le dejaron una amenaza constante por herencia, el infierno, su fuego, patria quemante de Almanzor.

—Pero esto se arregla bautizándolo —propuse yo al comprobar que el capitán Meana se había escorado hacia el poniente de su horario de servicio o astutamente se había quitado de enmedio para no entrar en polémicas que pusieran al descubierto la realidad de su cultura y en evidencia sus dotes de mando que no debe darle confianza a la tropa—. Esta noche —añadí— lo bautizamos con riparia. *El Valenciano* es medio cura o cura entero. Más seminario tiene a sus espaldas que el Pater. Y en última instancia, digo yo, de algo servirá el latín que sabe.

—Bautizar, lo que se dice bautizar, puede hacerlo cualquiera —sancionó el licenciado en Historia.

El Popi se quedó pensándoselo. Su morería sin bautizo no le había originado ningún problema gordo, pero ya se estaba cansando de que lo compararan con los vecinos cabileños apestados, de alguno de los cuales tenía referencia directa por su empleo explotado —más explotado que él— en la flota pesquera sanluqueña. Al fin y al cabo —pensó— poco tenía que perder. Y en cuanto a las ganancias las imaginó colmadas en el regreso a su pueblo, como un señor, cristiano como el que más, rebosando bautizo por el lepanto, el tafetán y el peto de gala.

—No veas *Popi,* lo cachonda que se va a poner la María cuando lo sepa.

—La María —puntualizó *el Popi*— siempre me lo está diciendo: bautízate *Popi.* Porque hasta que no te bautices no podremos entrar en el reino de los cielos.

—¿Lo ves? —dije yo—. ¿Qué quiere decir eso, *Popi?* Pues quiere decir que hasta que no te cristianes no folla contigo, no estáis en la gloria, vamos.

34

Le brillaron los ojos como cuando a la vuelta de las faenas de pesca en largas temporadas el faro de Chipiona le pegaba en ellos. Se rascó la cabeza con la punta de las uñas separatistas, sedicentes de la carne, defendidas por una costra engastada de miseria y de años, muro de la vergüenza ajena. Inclinó la cabeza, pelada al uno, y avanzó los hombros en ángulo, aceptadores. Y dijo que bueno, pero que si podía bautizar cualquiera, ese cualquiera tenía que ser yo, puesto que yo era, por las cartas, quien más conocía sus pecados, una especie de confesor laico que con el bautismo habría de perdonárselos.

De repente, como una exuberancia de tics y de mohínes y emitiendo un ¡huy! corrido de gusto, apareció *la Caña,* una mariquita de San Fernando, reinona de la sesión de cine de la noche de los jueves, de los retretes y de los muladares de la Huerta de San Sebastián.

—¡Huy, yo eso lo veo!

—A ver si te crees que va a ser un bautismo por inmersión —objetó el licenciado en Historia ante otro ¡huy! de *la Caña.*

—Ni que fuera un submarino.

El Popi dijo que si asistía el mariquita, ni con San Juan Bautista, que él era muy hombre y muy macho.

—Disimula, disimula lo que quieras. Pero el otro día, ¿quién te vio a ti, riquín, aseándosela a un cabo ametrallador del *Castilla* en el gallinero del Cine Alameda?

El Popi negó, negó como una adúltera *in fraganti,* con el mismo descaro, y dijo que de ninguna manera, que prefería seguir más moro que Musa antes de que *la Cañailla* fuera la madrina del bautizo, como ella misma se proclamó concluyente.

—*Popi* —le dije— un bautizo necesita una madrina. Yo, de cura, como tú quieres; *el Licenciado,* de padrino, ¿quién mejor que él?, y *la Caña* de madrina. ¿O es que vamos a ir a San Fernando a por una puta de Las Siete Puertas...?

—Si no tengo que desnudarme... —asintió finalmente *el Popi,* para quien yo era toda una autoridad que había prometido enseñarle a leer—. Pero esta maricona tiene que decir que es mentira lo del cabo ametrallador.

Fijamos la celebración en el Caño Grande, en donde se empotraba como un fantasma de mampostería el buque de prácticas y se realizaban las maniobras de remo en embarcaciones menores. Y, a falta de otra vasija a mano, decidimos por pila bautismal una escupidera que *la Caña* había llevado de su casa de San Fernando porque era floja de vejiga y más de una

35

noche había dejado a lo largo de toda la brigada una cinta de orín, un resto de vergüenza. Se pensó que a la noche, tras el toque de silencio, sería más seguro el ritual, más solemne también, más cercano a los dioses, según *el Licenciado*. Y según *la Caña* que había que invitar a tres parguelas más, y al *Barbate,* que tenía grifa y era *muy mono*.

Tras el toque de silencio, nos fuimos concentrando en el lugar convenido: *la Caña,* con el traje de paseo, sin lepanto, con una peineta en su lugar, una rosa en la oreja, un abanico de colorines en la mano izquierda y la escupidera en la derecha; los tres parguelas restantes, en el mismo plan de peineta, abanicos y flores y con un remedo de castañuelas que habían tramado con conchas marinas; *el Licenciado,* con un libro de conjuros; *el Barbate,* con la grifa, y yo, más cargado que nadie, con una caja llena de botellas de ginebra, coñac y vino y el cazo de cabo de rancho que habría de servir para espantar los demonios demoledores, habitantes siniestros del *Popi*.

La noche estaba clara como una imagen navideña de portal de Belén, papel de plata con recortes azules de luceros. Una brisa cansada, todavía perezosa, atestiguaba calma en la bahía vecina, a la que iba a dar el Caño Grande. Un perro náufrago de pareja rompía el silencio de aquel paisaje en paz, sin señas evidentes, para un profano en aires como yo, del colérico viento de levante, que cuando soplaba se convertía en una ametralladora invisible hundiendo por la piel la ráfaga en cristales diminutos de la arena. *El Popi* hizo un gesto de desaliento, volvió a husmear el aire, miró la luna en solivianto y dijo:

—Malo. Va a estornudar el moro.

—A lo mejor está cabreado porque le vamos a quitar uno de los suyos.

Al viento de levante lo precedía una calma chicha y marrón, rojiza por la falda del cielo y *el Popi* había intuido que, pronto, las barcas amarradas a los norays iban a bailar al compas de los vientos del Sahara.

—Si vamos rápidos —vaticinó— el vientazo nos coge en la piltra.

El Barbate le había llegado hasta el ombligo a la botella de ginebra de dos envites mortales de necesidad y comentó farruco:

—¡Vientecitos a mí!

La Cañailla se hizo un mar de quejas falsas, chistosas.

—¡Huy!, levante, y yo sin faldas.

Los parguelas, como un coro griego tomado de descoque
bufo, comenzaron a cantar:

> Con el ay de mi abanico,
> con el ay de mis volantes,
> con el ay de mi pelo negro,
> con el ay, con el ay, con el aire.

El Licenciado pidió silencio. Explicó que aquel jaleo, al
que se le suponía preñez escandalosa a medida que las botellas bajaran de nivel y *el Barbate* liara la grifa, iba a llegar hasta
el cuartel escoltando los ladridos del perro soltero.

—Nos bajamos al sollado de fogoneros y en paz —propuso
el Barbate—. Los mamparos son estancos y de ahí no sale ni
el miedo, que dicen que es libre. O en el pañol de municio-
nes, da lo mismo.

Desde una escotilla de la cubierta alta del buque de instrucción, bajamos al pañol de fogoneros por una escala de hierro
y tuvimos que estibar unos coys desparramados en las bata-
yolas.

—¡Hay que joderse! —exclamó *el Licenciado*—. Hasta
para divertirse hay que trabajar aquí. ¡Joder! —prosiguió en sus
lamentaciones—. Ya os podíais haber traído una linterna.

El Barbate dijo que éramos más tontos que el capitán Meana y, con afectada suficiencia, añadió, maestro de las cosas marineras:

—Que las mariconas estas vayan al pañol de luces, coño, y
traigan faroles. Tú, mamona —le advirtió a uno de los parguelas—, a ver si te equivocas y te crees que son farolillos de la
feria y nos tienes aquí esperando hasta mañana. ¡No te jode, la
Paquita Rico con la peineta!

Las tres Marías, como un solo hombre imposible, subieron
a la cubierta entre gritos, suspiros y augurios de pasárselo en
grande y, al poco tiempo, volvieron sin los faroles, aventura
falta de fortuna que, con la inquisición del calor instalada en
el pañol de fogoneros —hecho infernal que nos hizo dudar si
el buque no estaría en activo y a toda máquina— aconsejó una
evacuación hacia zonas más livianas, a pesar de una conciencia
clara sobre los peligros que asumíamos en superficie. Pero a
los pocos minutos de encontrarnos en cubierta se impuso la
razón que, a veces, llega con malas pulgas, por más que vista
con traje de experiencia y cautela y viniera recomendada, en

aquel caso, por el mismísimo *Barbate,* nuestro lobo de mar.

—Lo mejor es trincar una barcaza e irnos a la boca del caño —propuso, al par que con la mano izquierda en flecha señalaba en línea a la desembocadura—. Allí la fondeamos y ya no hay dios que se entere de nada.

El Licenciado, que también le daba a la poesía, se vio impelido a un pareado —Y en bote irás, / aunque te cause pena, / en La Isla, en Ferrol y en Cartagena—, trova desamparada de mínimo buen gusto que animó a los parguelas y a *la Caña:*

> *Somos niñas,*
> *somos rosas,*
> *somos lindas mariposas.*
> *¡Ay que asco de mujeres*
> *habiendo culos como rosas!*

El Popi, analfabeto y, sin embargo, más en sus cabales que todos nosotros, siguió avisando sobre las intenciones malsanas del aire.

—Saca la boza, *Popi,* y déjate de cuentos. Manolo, alivia tú la codera —ordenó *el Barbate.*

Colocamos los remos en las chumaceras, nos apretamos en las bancadas, dimos pies a las peanas y la barca comenzó a deslizarse hacia la boca del caño, mientras *el Popi,* a regañadientes, presagiaba malos vientos, *el Barbate* gobernaba la caña del timón, los mariquitas seguían cantando su copla propagandística y *el Licenciado* recordaba los ripios que el sargento instructor les había hecho aprenderse de memoria para que lograran calar sin problemas en el arte de la boga:

> *Aunque puedas bogar de mil maneras*
> *mete tu remo por la chumacera,*
> *y estrobo te hará falta (y muy fuertote)*
> *si escálamo o tolete tiene el bote;*
> *pero cuando es de lujo, ¡oh, maravilla!,*
> *el remo lo introduces en la horquilla.*

En el transcurso de la rima desaprensiva y ya con el efecto de la grifa y la ginebra cruzadas anunciándose explosivamente, recordé que en mi pueblo le decíamos toletes a las personas que caían en una trampa demasiado evidente para cualquier persona normal de entenderas. Pero la suerte estaba echada y ni la dudosa pericia del *Barbate* habría de salvarnos de lo que se nos venía encima. *El Barbate,* nuestro capitán de travesía incierta o nuestro patrón ligero de cascos que escuchaba complacido, la frente al viento cada vez menos anónimo, los versos de manual que *el Licenciado* recitaba como si lo estuvieran inmortalizando en palabras de piedra, con el añadido de una barba esquiva al reglamento:

Y siempre irá el patrón barbudo
en su chupeta y tras el escudo.

Por la letra descabellada estuve haciendo cábalas sobre los motes de los parguelas. A uno de ellos le habían puesto sus propios colegas de aficiones prohibidas Rosa *la Mediopedo,* por la estrechez severa de su ano. Era redonda, tensa y bajita, de cabeza grande, tanto que la peineta parecía en su cumbre el asa de una maleta, de genio corto, acaso la más tímida con mucho de aquel cuarteto descarriado, como acomplejada, más que por el rigor afamado de su culo nervioso, por el florero inmenso que le había puesto Dios sobre los hombros, arriate más bien donde cabía un centro de Botánica. A otro parguela le decían Juana *la Guerrillera* por su afamada tendencia a actuar en el campo de camuflaje, con el enemigo a merced, tendido y sin defensa por la retaguardia, una serpiente, larga, fina y escurridiza, con una lengua de más peligro que el bífido en cuestión, al que se asemejaba. Y al tercero, Dulce *la Cantaora,* por sus cuplés, una feria de coplas ambulante, la más gorda de todas y a mitad de estatura entre *la Mediopedo* y *la Guerrillera,* como si a las tres la hubieran puesto de peldaños, de escalera innecesaria y florida, como un detalle típico sin terminación en un decorado para obra de los hermanos Álvarez Quintero.

—Yo soy una loba de mar.

La Caña, como adivinando mis pensamientos, había retratado en dos palabras lo que era, y con el canuto sin despegar de los labios, *la Cantaora* se arrancó por Marifé de Triana en lo que empezaba a ser una batalla cupletera de definiciones y sinceridades:

Yo soy esa,
esa pura clavellina
que va de esquina en esquina
volviendo atrás la cabeza.

—Tú lo que eres, maricona —terció *el Barbate*—, es un cardo borriquero.

La Guerrillera, sosa como comida de diabético, echó su cuarto a espada y remedó a doña Concha:

> *Yo soy la otra,*
> *la otra,*
> *y a nada tengo derecho.*

Y *la Mediopedo*, que le había dado calabazas a la timidez con la grifa y el coñac, se entonó con Quintero, León y Quiroga, que eran los padres lógicos de aquellas criaturitas desventuradas:

> *Loca, me llaman la Loca,*
> *no escucho hablar de otra cosa.*
> *Loca, me llaman la Loca.*
> *Mi locura es por amor,*
> *¡qué locura tan hermosa!*

El Barbate soltó la caña del timón y empezó a aplaudir con ironía ante la inquietud justificada del *Popi*, quien, por un momento, vio la embarcación encallada y a todos nosotros en el penal. *El Popi*, por un sentido de defensa más desarrollado en la gente como él desamparada, le advirtió al *Barbate* sobre el peligro que suponía el dejar el timón sin gobierno y se ofreció a relevarlo con una humildad que daba coraje, que resultaba insultante, casi esclava y contraproducente frente a la prepotencia del *Barbate*, aunque no fuera más que una forma hábil de saber entrarle y una nueva demostración de que allí, en aquella melé de despropósitos, la única persona verdaderamente sensata era él.

—*Popi*, tú a remar —le contestó *el Barbate*—, que aquí lo único preocupante es el cabezón de *la Mediopedo*. El pescuezo le teníamos que haber escayolado antes de meterla en la barca. Porque como se le vaya para un lado, mañana trabajan los submarinistas. ¡Cómo, que si trabajan...!

Entre coplas como confesiones y sueños, grifa, coñac, ginebra, cachondeo, desavenencias más o menos fingidas, apelaciones a la razón y una marcada tendencia al olvido de nuestra situación militar, que pretendíamos llenar con una pátina de temeridad y locura, llegamos hasta un cuarto de milla de la desembocadura del caño sobre el que la mar se precipitaba amenazante. Había subido la marea y al fondo de la boca, emergiendo de las olas, las luces de Cádiz formaban una hilera de fuego bajo la que se adivinaban las grúas del puerto, la dársena, el espigón gigante de la Punta de San Felipe, la Muralla y sus morros, la ciudad, todavía bulliciosa a esas horas. Fondeado, en medio de la bahía, un trasatlántico difuminaba sus márgenes veteadas de luces y una música inaudita sonaba en nuestra imaginación con las glorias de un verano anticipado en el que había un baile al aire libre, una alegría, y, todos, de repente, pasábamos a ser protagonistas del mismo, jóvenes de pelo largo, más largo al menos que el que nos coronaba, traje planchado, corbata y fascinación de ligue, pintadas sus bocas los parguelas, pintados sus ojos, en medio del mundo, acorazados contra nuestra realidad de militares forzosos, ensimismados, silenciosos y puestos de acuerdo hasta el punto de que *la Mediopedo* le propuso al *Licenciado:*

—¿Bailamos, amor?

Sirvieron los golletes de vasos, la droga de cigarrillos Bisonte, los parguelas de chicas y el levante, ya en alza arisca, de brisa acariciadora.

Entre el fragor del mar, *Ansiedad* —de tenerte en mis brazos— sonó como un milagro de la vida y de la grifa.

3

DORMÍ de un tirón quince horas entre los brazos de Claudine, Dulce *la Cantaora, la Mediopedo* y *la Guerrillera,* mecido por Nat King Cole, por la barca venciéndose y por la marejada. Dominique, en concesión de generosidad y comprensión que debí agradecer más vehemente, no me despertó hasta la hora de irse a la academia para traerme el desayuno y el cabreo de saber que Claudine se había marchado a Toledo con su amiga, y en vista del horizonte insospechado decidí abandonar la cama e ir en busca de un amigo del pueblo estudiante de Medicina en la capital. Vivía por el centro, exactamente en la calle Princesa, en una pensión de estudiantes situada en el séptimo piso del número 17, y hago hincapié sobre el séptimo porque a pie que subí aquella montaña de escalones, todavía profano yo, y temeroso, en cosas de ascensores. El alpinismo urbano y cruel me trajo como respuesta una cumbre ya hollada o lo que es lo mismo, la ausencia de mi paisano que, a decir de un compañero suyo, andaría por la Facultad, tránsito que debí prever atendiendo a la hora y a su poca vocación por el arte de la escucha académica, no digamos del estudio. Jadeando todavía cogí de nuevo aquel Tourmalet de cemento, con la feliz atenuante de su cuesta abajo, en la esperanza y con la idea reconfortadora de que en una próxima visita ya sabría manipular aquel artefacto prodigioso, ángel de los cardíacos, pachuchos y flojos, pero arcabuz, metralla de pueblerino, y recordé con regocijo, invocado hábilmente en mi ayuda de escalador chasqueado, la teoría de un conocido del pueblo que solía expresar su confianza y su voto en la maravilla de un alcalde nonato y de fábula.

—El mejor alcalde será el que ponga todas las calles cuesta abajo.

El recuerdo festivo, conducido a mi estado como ardid de pícaro, enjugó la mala impresión de la dentadura perversa de la escalera, y como si aquella persona fuera bálsamo de guardia que se diera de balde, me invadí de alegría en otra de las suyas, que era lema y razón de su freno sin copia.

—Sobre el hombro, ni una pluma.

Ya fuera del portal, retortijón de risa mi cuerpo y mi cara mandíbula batiente, los transeúntes me miraron con cara de espalda, que suele ser la respuesta que da la gente cuando no nos entiende, con desconcierto, sin aceptación, feria yo solitaria. Pero en una ciudad como Madrid, la gente que se empecina en su cauce, da su esfuerzo al olvido, y yo mismo, como si ya me hubiera habituado a la costumbre de un madrileño más, pasé sin darme cuenta del pasado al presente de una cartelera en la que Brigitte Bardot insinuaba el muslo de Claudine, turista por Toledo. Fue entonces cuando, como salido de una caverna, el pelo alborotado, la cara sin lavar y unas legañas de requesón apátrida afeándole los ojos grandes, apareció mi amigo el estudiante, sobre cuyo mote de *el Espermatozoide* tomé conciencia y apruebo porque un espermatozoide parecía con el pelo anillado y de golpe, motín de tercer mundo sobre la frente corta, condecorados los ojos por dos bolas de manteca bárbara, las cejas como buitres acostados, la nariz hecha espíritu de tratante judío, los labios breves de fotos de los años cuarenta y una bufanda hasta los orejones, que animalito para la esperanza y el miedo de la vida lo apostaban.

—Quillo, qué —me soltó con su abrazo—. A ti te estaba yo esperando —añadió profeta—. Bomba lo vamos a pasar, dabute. Tengo unas jais inglesas que no tienen precio.

Como lince que era, me callé mi caza. Le dije que llegaba a por trabajo, a estudiar mientras tanto, que había que hacerse un hombre y aparcar la bohemia.

—Ya no somos chiquillos y hay que hacer algo por la patria —le dije.

De la sorpresa, se le puso la cara como si hubiera entrado en el destino de su mote. Pero reaccionó, águila de alto vuelo, y me enseñó los dientes del incrédulo.

—Te vas a quedar conmigo... Bueno eres tú... Con propósito de enmienda, vamos.

Como con *el Espermatozoide* no valía fingimiento, eché la alegría de verlo al aire, visitamos todos los sagrarios del día y de la noche de Madrid sin propósito de enmienda y al llegar a casa me encontré a Claudine durmiendo en el saco de viaje y a Dominique masticando su furia normanda que, por primera vez, sobre su disimulo, no logró controlar. Quise justificarme como más convenía, pero la borrachera puso nota de examen de estudiante disperso y el remedio intentado le dio a la enfermedad más poder de la cuenta, con lo que desistí y me quedé de sombra hasta que, al día siguiente, noté cuerpo extranjero a mi lado, puesto que Dominique era de la casa. Con la bata puesta, vi entre nubes de sueños la figura dè Claudine que, cansada del saco y harta de su cilicio, se había echado encima de la colcha. Me quedé quieto y casi conteniendo la respiración, cauteloso, desconfiado, sin tomar iniciativa, a la espera y milagro de una insinuación suya. Pero la francesa debía de andar por otro cielo porque su boca, que yo quería en la mía, comenzó a hacer mímesis de aires en turbulencia y gestiones de olla exprés. Durante un largo tiempo me moví cuanto pude, hice sonar el despertador tres veces, subí, de sopetón, la rodilla por ver si la cobertera se tensaba y movía a la francesa como mal menor o se caía de la cama con aquel montaje súbito y violento de la caseta de campaña que ya me tenía al noventa, a punto de ridículo precoz si Claudine despertaba y se mostraba dispuesta. Y a pique estuve entonces de abandonar de no ser porque me vino la inspiración de aquella idea precipitable de la caída.

—Dominique, que te caes —grité mientras abrazaba a Claudine, mis brazos de tenazas encima de la cobertera, sobre su cabeza.

Entreabrió los ojos una décima de segundo, y como si estuviera en la gloria, se estrechó contra mí en agazapamiento alentador que tampoco suponía nada definitivo dado su estado de somnolencia, de estar en otro mundo. Mas de ahí, de esa idea de estar en otro mundo, donde cualquier acción puede ser justificada por la irregularidad mental de que parte, surgió el rayo de luz que iría a dar salida a la situación. Haciendo como que soñaba, le tomé la cara y la besé en los labios, repitiendo por si acaso:

—Dominique, Dominique.

Que estaba despierta, aunque tuviera los ojos cerrados, era un hecho. Pero yo le había llamado Dominique y no era cuestión de *despertarse* al ser ésa y no otra la coartada del besuqueo. Sólo la cobertera, o la colcha, o lo que fuera la aduana rigurosa, impidió aquella mañana que nos saliéramos del tiesto, y al darnos por despiertos le conté como si de un sueño se tratase lo que era obvio y compartido.

—He tenido un sueño raro. Casi parecía de verdad. Pero lo más curioso es que comenzaba con Dominique y terminaba contigo. Ha sido un sueño —le expliqué acompañando las palabras con un ademán de manos poseedoras— más hermoso a medida que transcurría.

Claudine me miró como intentando que yo registrara su escalofrío. No hizo ningún comentario, pero de sus ojos se desprendió una mirada caliente y cínica, aceptadora de la doblez de la situación, como de quien, comprendiendo a un tercero, sabe que el mundo es mundo y no hay fuerza moral, ni resistencia o disciplina contra un arrebato. Aquella mirada, que era una invitación a cumplirnos en placer, tuve que rechazarla porque venía a darse cercana a la hora del regreso de Dominique, aplazarla a otro instante más seguro en la certidumbre de que no faltarían ocasiones, sin el peligro acechando. Apenas tuve tiempo de felicitarme una vez más por mi prudencia y contención cuando Dominique volvió sin muchas señales del disgusto matutino. Estuvo alegre y cariñosa, casi apetecible, supongo que por el calentón desmesurado que me pegué con Claudine. Y después de una comida que me puso en forma campeona, volví a decirle que la quería.

—¿De verdad? —me preguntó como quien dice no merecer tanta dicha—. Temí que ya no fuera así. Incluso he llegado a ponerme celosa con Claudine, con lo buena que es la pobre.

—Buena, pero fea —objeté para confiarla.

—¿De verdad que te parece fea? Pues no puedes imaginarte el éxito que tiene en Cherburgo.

—Tiene cara de lechuza. El rostro se le cae como por un barranco. Y de las pecas, no hablemos. Parece que han puesto nido en su cara todas las moscas del mundo.

En la tarde amable y cosmopolita de Madrid, con la Gran Vía llena de minifaldas, terrazas, miradas y propuestas de vida, le miré a Claudine las pecas para comprobar que no eran de la pasta que había dicho. Después de la siesta obligada y sirviéndonos de la sesión de clase vespertina de Dominique, habíamos salido a buscar un lugar donde achucharnos y besarnos la vida, un banco de una plaza o de un parque, y como aún no dominábamos la ciudad fuimos a querernos donde más gente había y era menos posible, por más que tanto asilo de achuchones nos brindaran las casapuertas que pronto deseé la vuelta a casa y el encuentro con Dominique, su seguro desquite, a falta de un lugar tranquilo en el que poder desahogarme con Claudine. Tal como me invadió la deserción, le expresé mi deseo y regresamos por la calle Preciados con tiempo para esperar la salida de clase de quien, a partir de entonces, iba a ser pasto de nuestro furtivismo y de nuestra traición, que por mi parte sólo agredía de incomodidad en el primer caso. Durante el camino le compré un libro de *mi tío* y tuve el descaro preciso de poner en la dedicatoria una premonición exagerada en cuanto al tiempo y apenas homogénea en cuanto a la intención y el grado afectivo, implicando en mi firma a quien, de sospechar la verdad, poco tiempo iba a tardar en retirársela: *A Claudine, con la amistad fiel y eterna de Dominique y Manolo*, que, por cierto, sembró de sentimiento torrencial la cara de la última. Al leerla, nos apretó contra sí a los dos, firmando a posterior lo que no había firmado, y con su abrazo ciego un compromiso que llegaría a conocer más tarde, revisadas por mí sus cláusulas. La cosa, como era de esperar, tenía que celebrarse y pensamos los tres en democracia unánime y mosquetera que la ruta de los mesones sería el itinerario ideal. Así que a golpe de Asturias, patria querida, y de porompompero, pasó la víspera de mi primer acto de amor realizado con Claudine, y en compañía de un fugaz conocido de un pueblo cercano al mío, al que se le adivinaba la falta de educación en la forma de vestir y al que se le notaba en el habla una lejana maestría en asuntos de andamio, ladrillos y palustres. Al final de la juerga, se puso pesado con Claudine y lo que él creía estaba hecho y, pese a mi deseo de mantener la solidaridad coprovinciana, no tuve más remedio gustoso que mandarlo a la mierda sin tapujos, tras haber intentado una digna retirada por parte de quien presenté como amigo mío y cuya actuación no podía seguir permitiendo por mucho que lo avalara el tener concentrado, conservado y dispuesto lo más viril de sí y generoso de su tuétano.

Se fue profiriendo insultos que, por lo distante que quedaban del blanco de la realidad y por la mofa divertida de Claudine y Dominique, ni resultaron provocadores ni comprometieron mi machismo, obligado de demostración en otros casos.

Llegamos riéndonos hasta la misma puerta del piso de Dominique, y la india, a la que sólo había visto de refilón, nos llamó la atención por aquel escándalo a deshora y amenazó a Dominique con buscarse a otra inquilina que la aliviara del pago de la renta. Con la cólera por bandera, los ojos se le habían llenado del rencor de todos sus ancestros, se le habían afilado los dientes como en una síntesis del tigre de Bengala, y a la nariz, para más expresiva de su odio, sólo le faltaba fuego en las aletas, dilatadas en paralelo hasta los extremos de los labios.

—Eso es que está entrando en la menopausia —apuntó, ya en la cama, Dominique—. Es una resentida que no hace el amor —volvió a decirme con palabras de otro día.

A mis impulsos de penetrar lo inaccesible le bastaron verla aquella madrugada declinante, desgreñada, alma hostil saliendo de la tumba, para hacerse firmes propósitos de distancia con respecto a ella y a su gato negro como un responso, que debía ser el alma de la india o su vida anterior, pues mi curiosidad perpleja había leído en algún sitio macabro que las personas al morir pasan a ser bichos o viceversa. Lo que no acababa de entender era la contradicción de cómo sin haber muerto aún ya era el gato, allí presente, de carne, hueso y amenaza, con su misma mirada de anatema y de infierno, o cómo el gato era ella, sin transición, en permanente trasvase pavoroso.

Le dije a Dominique que no podíamos seguir viviendo allí, tal respeto me infundió la india. Que había que ahuecar el ala, no fuera decidirse la bruja a convocar sus legiones de buitres encapuchados y escoberos. Y sólo unas palabras suyas, que querían poner a prueba un valor que en lo tocante a la realidad se me suponía pero que en lo relativo al más allá se volatilizaba, hicieron que apelara a la razón y dispusiera astucia contra superchería.

—Pues si no nos podemos ir nosotros, habra que echarla a ella —le comenté en voz baja a Dominique—. Por alguien que pague la mitad del alquiler no va a quedar.

—Claudine misma —propuso Dominique como yo esperaba.

Cavilando la forma de que la india se cansara y cogiera el petate oriental de su maleta y su gato, me dieron la hora de los gallos, que en Madrid son motores. Cuando Dominique volvió del trabajo, aún estaba en la cama, convaleciente de una noche en blanco, de la borrachera, del miedo a la india y de Claudine. Se puso a ronearme y, por segunda vez en la vida, comprobé que lo mío no era de hierro, como hasta el día antes siempre lo fuera a la vista de lo femenino, sin que llegara a alarma el descubrimiento, puesto que lo explicaba la agitada jornada de vísperas y el fragor del combate reciente. Tras un largo y fino intento, en el que debió esgrimir todas las habilidades aprendidas en prácticas con su amante francés, desistió.

—Es que estoy muy cansado por lo de anoche ¿sabes? —le expliqué con las pocas palabras que a buen entendedor deben bastar.

—¿Cansado? —me interrogó achicando los ojos mientras se sentaba en el borde de la cama con gesto de desesperación—. Pero si has estado durmiendo, Manolo. Si no has hecho nada...

Me dije para mí que qué sabría ella. Y añadí resignado:

—Debe ser el alcohol.

Dominique terminó aceptando la realidad a duras penas e incluso, una vez persuadida de que no había arreglo posible, intentó hacerme entender la normalidad del gatillazo con una ilustración artera, posiblemente utilizada como última treta provocadora.

—A Jacques también le ocurrió en una ocasión. Claro que Jacques es mayor que tú —precisó voraz y malvada.

Aquella falta de ganas, vistas las agravantes inmediatas, debió de ser normal. No obstante me embargó el convencimiento de que si todos los días iba a ocurrir lo mismo, tarde o temprano Dominique iba a pensar sin desacierto que había gato encerrado, aparte del de la india. Por otro lado, comencé a mosquearme con aquella sequía repentina —que, si tenía justificación, se presentaba demasiado pronto— porque me habían dicho que de tanta práctica se llega a la impotencia, sin que me aclararan con la descabellada teoría a qué edad solía ocurrir o cuál era el colmo de tanta práctica. La medida vaga, sin tallar, me dejó más tranquilo porque mi experiencia sexual casi mitológica entre mis compañeros de mili no había pasado de rodaje, de escaramuza con las chachas de casa, con dos o tres novias incipientes a las que dejé recordando las nubes de las rondas en sus puertas oscuras y los contactos con las profesionales de *Los Chorros Verdes*, lugar condenado por las buenas costumbres de la gente de bien de mi pueblo y edén en entredicho de mi pandilla el día que raspábamos lo justo para poder ir a su nombre de metáfora ajustada. (No contabilizo, por supuesto, la cosa adolescente que damos en llamar amor propio ni otros desagües involuntarios nocturnos que deben proceder, de acumulación, como la adrenalina.) Me concentré, psiquiatra de mí mismo, en mis ganas de tranquilizarme, y

49

como no lo conseguía aproveché la primera oportunidad que se me brindó y fui a ver a mi paisano, el de las siete plagas de escalones, por si podía aportar algo sobre el particular el esmirriado conocimiento en lo que estudiaba. En aquella ocasión estaba allí, en su lugar descanso de la cama, leyendo a Mortadelo y Filemón, enfundado en un albornoz blanco como cosa de hospital, del que emergía, cobaya de laboratorio o ya resultado, su cabeza de espermatozoide.

—Estudiando, como ves —me saludó con su absentismo a gala.

—Tú verás lo que haces, macho —le contesté echándole el recuerdo de su padre encima, más santo yo que nadie.

El Espermatozoide, sin levantar la huesa del catre, me contestó con un fandango, que más bien, en su letra no por silvestre inculta, era un compendio de filosofía, mía y suya:

> *Que te tienes que morir.*
> *Disfruta de lo que puedas.*
> *Que te tienes que morir.*
> *Que el día que tú te mueras,*
> *nadie se acuerda de ti,*
> *ni tu familia siquiera.*

La letra y su desparpajo me aligeraron de apuros tímidos y le conté el motivo de lo que allí me llevaba. *El Espermatozoide* empezó a reírse como de ataque tonto y no paró hasta caer en la cuenta de que, entre lo dicho, había dos francesas y él estaba sin comerse una rosca, por mucho que se hubiera tirado el farde de las jais inglesas, desde que cogió las purgaciones con una de *Los Chorros Verdes.*

A mí, para menesteres y labores franceses, no me interesaba socio, y menos como *el Espermatozoide,* que, bien vestido, lavado y peinado, era de buen ver y complicaba su presencia con una labia, cogollo de la raza locutora, que ya quisiera para uso mío. Tan para uso mío que ella fue la que venció la resistencia a que me acompañara, cascada persuasiva a la que no dejé de aplicarle lo que pudiera ser conveniencia: *el Espermatozoide* podía aparecer como amante de Claudine, apariencia que me beneficiaría cara a Dominique, siempre que no lograra lo imposible, visto desde mi confianza en su amor: que lo fuera de verdad. Así que después de dejarle clara mi generosidad y patente mi sentido del compañerismo, le expuse las bases normativas para entrar en casa y, acto seguido, enfilamos hacia ella, a sabiendas por mi parte de que no iban a estar, todavía yo desconfiado. Por si acaso contrario le hice aprender de memoria, no fuera a salirme rana y meter el anca velluda, todo lo que no conocía de mí: la historia de poeta y otras cosas que iré contando. *El Espermatozoide*, que repitió la risa lela suspensiva, cortó el rosario de recomendaciones y exclamó:

—¡Nos ha jodido el Bécquer! —y como con un resorte ante mi cara de pocos amigos—: Ni te ofendas, ni te preocupes, hombre. No te voy a crear ningún problema.

Lo primero que hice al llegar al piso fue marcar el número de teléfono correspondiente al servicio de despertador y pedir que me llamaran a las cinco de la mañana. No es que pensara madrugar porque, si acaso, volveríamos a esa hora, sino porque el teléfono estaba situado en el cuarto de la india y era uno de los trucos concebidos para cansarla y que se fuera. Al instante me llamaron para comprobar la validez de la petición y *el Espermatozoide*, que había perdido la morenez del susto, me preguntó sin dar crédito a lo que oía:

—Pero, ¿de verdad piensas levantarte a las cinco?

No le conté lo que me proponía porque nunca se sabe con la gente y cualquier cautela es poca en negocios como el mío. Le dije que sí, que estaba estudiando francés y acostumbraba a levantarme temprano, sin caer en que se iba a enterar pronto de que estábamos en la habitación de la india e iba a tener que explicarle la guerrilla emprendida. Pensé que ya me estaba trayendo complicaciones y estuve a punto de ponerlo en la puerta con alguna excusa. Pero en aquel preciso instante sentí que se abría e, inmediatamente, sonaban en el pasillo los pasos rápidos de Dominique.

Los presenté y se quedó a comer con nosotros sin que pudiera quejarme de su discreción, tacto y buenos modales que, en aquellos momentos, hicieron desvanecer mi desconfianza en lo que su abstinencia sexual pusiera de inconveniente. *El Espermatozoide* era educado cuando quería, sabía hablar y tenía una cultura, si no profunda, de numerosos registros. Por más que a mí me pesara sólo coincidía con el coprovinciano de la noche anterior en la larga espera desesperada de hallar para su cuerpo un buen consuelo.

Aquella tarde logró salir con Claudine y me quedé lamentando haberlos presentado.

4

LA EXTRAVAGANTE expedición, primero al barco estático de instrucción y, después, a la boca del caño, regresó maltrecha al cuartel y sin haber puesto en práctica su objetivo: cristianar al *Popi*.

Frente a la tentación de Cádiz, a los bailes enlazados y lentos, siguieron piezas más rápidas de rock and roll y twist y en un lengüetazo salvaje de la mar, a la que debieron dar ventaja nuestros desaforados movimientos, la barcaza se dio la vuelta y, cuando como pudimos ganamos la orilla, vimos sólo una punta de madera que se hundía en el agua.

A *la Guerrillera* aún le quedaban ganas de cachondeo y evocó, de nuevo, a doña Concha:

—A la mar, madera y a la Virgen, cirios.

Pero, a pesar de aquel coletazo humorístico del alcohol y la grifa trenzados, la situación más que delicada en que nos encontrábamos hizo que rápidamente tomáramos conciencia de la realidad, y tras las primeras querellas propias de estos casos en los que nadie se siente culpable, intentáramos serenarnos y buscar ideas con las que elaborar una coartada.

—Lo primero, la ropa —señaló *el Licenciado*—. ¿Cómo vamos a secar la ropa?

Afortunadamente, y en consonancia con la solemne meta que nos había movido para asistir al bautizo del *Popi*, nos habíamos vestido con el traje de paseo, que no tendríamos que utilizar hasta el mismo día de la jura de bandera, y a *la Caña* se le ocurrió que podíamos dejarla escondida entre los matorrales, extendida sobre el suelo y asegurada contra el viento por el peso de unas piedras.

—Mañana, por la tarde, venimos a por ella. Después, en un santiamén, la planchamos las mariconas.

La propuesta de *la Caña* no estaba mal pensada del todo, sólo que hacía inevitable el corolario policíaco de que el criminal vuelve siempre al lugar del crimen y, por otro lado más tenebroso, presentaba un obstáculo insalvable.

—¡Eso! —exclamó *el Barbate*— ¿y cómo vamos hasta la brigada, en cueros vivos?

Recordamos que aquel mañana que *la Caña* acaba de proponer como día del rescate de la ropa, se estaba apuntando ya por el Este con un fulgor tímido y rosa y que teníamos que pensar y actuar con diligencia.

—Que alguien vaya a la brigada —insinuó *el Licenciado*— y se traiga la ropa de faena. Esa es la solución.

Si *el Barbate,* hasta aquel día, era el hombre de prestigio en las cosas de la mar, mi currículum calavera y maltratado me hacía indiscutible candidato para emprender aquella nueva aventura, como vino a demostrarse cuando, por unanimidad, los miembros del grupo alicaído decidieron que fuera yo el escurridizo enviado que habría de burlar por dos veces la vigilancia hasta volver con la ropa al puente de mando de la operación, que habíamos situado bajo unos árboles, coronadores de un montículo, desde donde podíamos apercibirnos de los primeros movimientos que se registraran por el varadero. La empresa, que no era apetecible ni fácil de llevar a cabo por muy afamadas que fueran las habilidades de quien se dispuso a protagonizarla, no sólo presentaba problemas de sagacidad y preparación a prueba de comando, sino, sobre todo, precisaba de la ayuda de un gamo que con su velocidad rompiera la barrera del tiempo. Pronto iba a sonar la diana y yo tenía sólo una hora para hacer tres kilómetros, ida y vuelta, llegar a la brigada, abrir ocho taquillas, sacar los trajes de faena, transportarlos hasta donde estaban mis compañeros y procurar que, con tal cargamento voluminoso, no se me viera o, al menos, no se me reconociera. Ya en la primera parte de la incursión me topé con un cabo verde de vigilancia que logré sortear a la carrera, y, acaso más que por la velocidad de mis pies arrecidos del remojón, por su veteranía, sin vocación de complicaciones, a punto de coger la licencia. La carrerilla sin grandes ahogos, que la indulgencia del cabo hizo menos devastadora para mi cuerpo, supuso el bien que dicen viene por el mal, pues me puso alas cortas en el cansancio con las que ahorrar unos segundos en mi batalla con el reloj que cada vez parecía más de nuestra parte, dado que la labor de acopio en la brigada transcurrió sin complicaciones, gracias a que el subteniente devoto de la priva dormía la borrachera y el sargento lo secundaba en ronquidos, fiel a las ordenanzas de su superior. Todavía —pensé— faltaba media hora para el toque de diana y de hacer el camino de regreso con la misma rapidez que había hecho el de ida, el grupo tenía posibilidades de llegar, si no a las duchas, al toque de formación de brigadas. Orgulloso andaba yo, y contento de haber estado a la altura de lo que le exigía a mi prestigio, cuando al rodear la última garita de guardia, a la que, para más inri, llamaban *de la muerte,* oí una voz temblorosa que demandaba el santo y seña.

—¡Santo y seña o disparo! —me soltó de repente.

El vigilante era un marinero del curso anterior al mío, perteneciente a la dotación del cuartel, un novato con pocas guardias con cargamento en el cuerpo, circunstancia lamentable sin aplomo que lo urgió en su miedo y su nerviosismo a gritar de nuevo lo del santo y seña, más temblón todavía.

—¡No lo repito más, santo y seña o disparo!

En aquellos instantes de peligro, antes de en como poner pies en polvorosa, pensé en mis compañeros y en la manera de desprenderme del saco para que no quedara como prueba en caso de que lograra salir de naja sin más complicaciones. Intenté un acercamiento a quien ya podía distinguir apuntándome, relatándole en dos palabras que no era ningún enemigo —que la guerra de España había terminado—, sino un compañero suyo que en lo sucesivo podría devolverle el favor si hacía la vista gorda. Por si acaso, con rapidez de águila y precisión de obispo político, me dispuse a identificarme con un nombre que le dijera algo, y como no encontré otro a mano le recomendé tranquilidad, más intranquilo yo que nadie.

—Muchacho, no te pongas nervioso, no sé el santo y seña, pero soy Manolito *el Barbate,* el de la quinta brigada. Aquí me conoce todo el mundo... No te pongas nervioso, por favor.

No terminé de decir la última palabra rogatoria y una bala me silbó por la oreja.

—¡La próxima vez tiro a dar! —me dijo como restregándome eso de *el que avisa no es traidor*—. Acérquese despacio —añadió curiosamente respetuoso—, y con las manos en alto. No haga ningún movimiento raro o lo dejo frito.

Se dice que, en los momentos de la verdad, la suerte está siempre del lado de los campeones y un campeón debía de ser yo entonces porque, con la mano del levante, vino en mi ayuda como nunca. De pronto, el cartón de una caja jubilada se puso a hacer turismo ayudado por el viento y el marinero concentró su atención en lo que debió de creer otro contrario más, y hasta el punto que mucho más poderoso y temible, porque, sin pensárselo, se aligeró del resto del cargador, seguro de que había dejado sin achaques a la mitad del espionaje enemigo, gesta y derroche de munición que no quedaron desapercibidos para mí. Largué con viento fresco, serenado el pulso y casi frenada la andadura por la risa que me produjo el lance, hacia donde se encontraban mis compañeros, pero el primer disparo había despertado al subteniente y al sargento, quienes, entre brumas de sueño interrumpido y malos humores de resaca, ordenaron al corneta tocar zafarrancho de combate como si la Marina inglesa estuviera entrando en las instalaciones por el mismo caño, en una de cuyas orillas se hacían cruces mis compañeros al ver aquel insólito despliegue de mosquetones, el subteniente tocando el pito como un poseso y el sargento arengando a la marinería contra la invasión de los súbditos de Su Graciosa Majestad.

—¡Demostrémosles, marineros españoles, que si ellos tienen barcos, nosotros tenemos cojones! —gritó el sargento fuera de sí—. ¡Más vale barcos sin honra que honra sin barcos! —exclamó traicionado por el subconsciente—. ¡A por ellos!

La marinería, que no veía ingleses ni gente parecida a ser humano por ningún sitio, preguntó hacia dónde había que ir y contra quién disparar, normas primeras de reflexión inculcadas en *teoría* ante un supuesto ataque.

—Por ahora —contestó el subteniente— tomemos posiciones, rodeémoslos.

—Pero, ¿a quién? —repuso uno de los cabos primeros.

—Al enemigo —contestó el subteniente.

En aquel desconcierto, despistados mando y tropa, la dirección de la voz atemorizada de *la Caña,* que había gritado un *nos rendimos* más grotesco que suplicante, hizo posible que el subteniente tuviera una idea de situación más o menos aproximada.

—¡Cuidado! —advirtió—. No deben de ser muchos, pero sí muy preparados. Saben idiomas. Debe de ser una avanzadilla de inspección del terreno enviada por el Alto Mando inglés. Nada de confianza, ¿eh?, que puede ser un ardid. Merino —ordenó dirigiéndose al sargento— tome el mando mientras informo al comandante de guardia. La escuadra inglesa debe de estar ya en la bahía.

Desde una casamata, construida en la cumbre de una colina artificial en la que había colocado mi puesto observatorio de operaciones, probé un interminable silencio espeso y desagradable, mientras que la mañana descorría implacable la tela negra de la noche y comenzaban a llegar por todos los sitios fuerzas de apoyo a los iniciales sitiadores. Las brigadas, una a una, habían ido tomando posiciones de rodeo, la dotación fija del cuartel, descontados los marineros de guardia, disponían su fusilería de combate en abanico y, frente a la boca de caño, apareció más tarde la torreta de un acorazado como un terror de hierro. El subteniente había comunicado la novedad al comandante de guardia, quien, de la misma manera, sin más dilación que la impuesta por el desayuno demorado del telegrafista de guardia, lo había hecho a Capitanía General, de donde recibió órdenes oportunas y tajantes que él tradujo a la pata la llana.

—Hay que coger vivos a esos cabrones. Que canten. Tenemos que sacarles cuántos barcos vienen y cuándo piensan atacar. Que no se escape un detalle.

Bajo mi escondite, en un claro de la polvareda casi general que dejaba el transporte continuo de los morteros y de las ametralladoras y el ir y venir arrastrado de la tropa, pude ver cómo se incorporaba a la operación de cerco el capitán Meana, que, como requerían las ocasiones de combate, vestía su uniforme verde de oficial de infantería de Marina con casco pintado en tonos blanco y verde pálido al que se adherían unas concluyentes ramitas con hojas de camuflaje. Ante aquella visión general recordé la cabeza florida por la oreja de *la Mediopedo* y, por ella, a los compañeros sitiados, héroes confusos sin intención y sin causas que, a buen seguro, no saldrían de su escondrijo por un sano sentido de la propia integridad, insuflado por un no menos afortunado conocimiento de la profesionalidad de sus jefes, capaces de ver la flota inglesa donde sólo existía tropilla preparada para hundir nada más que una barca. A punto estuvo entonces mi mala conciencia de deshacer el entuerto, de impulsarme a salir de mi atalaya y hacer que lo contara todo, arrostrando lo que pudiera venírseme encima por haber permitido aquellos preparativos de combate sin evitar sus caras consecuencias en caso de pasar la soldada a mayores. Pero otra vez la suerte se me puso de cara porque, ya decidido a bajar y a contarle a Meana la clase de invasores que estaban acechando, vi salir entre los arbustos del montículo una marinera blanca prendida en la punta de un remo, resto único del naufragio que en semejante estado nos tenía.

—¡Se rinden, se rinden! —gritó triunfador Meana—. ¡Bandera blanca! ¡Hemos vencido a la pérfida Albión!

Momentos antes, y como si gozara de una información más ajustada que el comandante de guardia, la torreta del acorazado había desaparecido de la desembocadura del caño y, según un rumor que corrió a gritos por aquellos andurriales de nuestro acuartelamiento, unos camiones cargados de infantes de marina regresaban a su Tercio correspondiente desde las inmediaciones del lugar en que se desarrollaba tan extraño suceso en tiempo sin guerra, noticias tranquilizadoras que hablaban de una situación dominada por completo por no hablar de los resultados de una consulta efectuada al mando americano de la base de Rota con la sonrisa por respuesta de su parte.

—¿English, english? —preguntó Meana, quien sagazmente añadió:

—Si no son ingleses, por mi madre que son rusos.

Con la ropa empapada y la obligada posición de en tierra, que hicieron un amasijo de agua, tela y barro, el grupo formado por *el Barbate, el Licenciado, el Popi, la Caña* y los tres parguelas, parecía, en efecto, más que de rusos de una patrulla japonesa superviviente de Guadalcanal: *el Barbate,* abanderado, con el torso descubierto visto el mester de su marinera, los parguelas llorosos, *el Licenciado* con más miedo que vergüenza, y *el Popi,* sin bautizar.

El capitán Meana tardó en reconocerlos o empleó deliberadamente un tiempo de detección más que sobrado en no querérselo creer. Pero ante la inesquivable realidad le entró un pataleo payaso que tanto polvo o más puso en el aire que la operación de caza referida.

—¡Hacerme esto a mí! —gritó entre lágrimas incontenibles—. ¡A mí, que me he portado con ellos como un padre! ¡Desgraciados ingratos, hijos de perra! ¡A mí...!

Quizás yo tuviera dentro de mi corazón un hueco, un rinconcito de otra pasta, un resto olvidado de bondad porque me dio pena verlo descompuesto, sin defensa, roto de tan ridículo, abandonado de su obra de padre, y le dije:

—Mi capitán, no piense más en esto, lo importante es que dentro de poco, como me ha dicho mi madre, que ha hablado por teléfono con mi tío el capitán general, va a estar usted con su mujer en Galicia.

A Meana se le olvidaron de sopetón sus querellas. Por nuestro lado cruzó el grupo como una cuerda de presos a la que yo, con la noticia a Meana, le había evitado algunas patadas en los traseros de diferente conducta. Miré a sus miembros derrotados, como disculpándome por no haber respondido a su confianza, haciendo evidente mi torpeza con un mohín justificativo al que acompañé de otra mueca que quería expresar un aplazamiento de la explicación que les debía. Sólo *la Guerrillera* me miró con rencor, pero, en aquel momento, tuve la certidumbre de que no me implicarían, porque en el fondo me consideraban una persona incapaz de traicionarlos o bien porque creían en mi fuerza de sobrino de capo solvente para sacarlos de aquel atolladero. *Después, en la brigada* —quise decirles— *os lo cuento,* sin aceptar que ya no dormirían más en la brigada sino en los calabozos húmedos y desabridos del Castillo de Santa Catalina, en Cádiz.

La imagen lóbrega de lo sólo intuido por las secuencias cinematográficas retrospectivas del conde de Montecristo, me sacudió como un temblor de tierra y comencé a idealizar soluciones. Le escribiría a mí tío desconocido pidiéndole que intercediera por ellos —me prometí— aun a sabiendas de lo comprometedora de la misiva. *Me buscaría el mejor abogado* —aunque tuviera que robar para pagarle— reconsideré hasta que caí en la cuenta de que serían juzgados por las leyes penales militares. Aquella observación me hizo recordar que en la camareta del capitán Meana había visto alguna vez un manual en el que se enumeraban las penas según falta cometida y corrí a leerlo en la esperanza de una caridad cristiana que abonara el milagro para los descarriados y traviesos, que mitigara el castigo para los solitarios y desplazados, para los desamparados y pobres que encaran la gloria adversa de ilusionarse, de intentar alegrarse el corazón.

Con una precipitación vertiginosa que me impedía encontrar la jurisprudencia de marras adecuada al caso, busqué en él, y el aluvión de epígrafes, al par que por los dedos nerviosos las páginas, cruzó por mis ojos como las aspas huracanadas de un ventilador. Pensé que en aquel estado de nervios iba a conseguir poca información e intenté serenarme, con lo que fueron apareciendo más sosegados y nítidos los epígrafes, así como, detalladas, las penas correspondientes: *Falta de incorporación a filas...* arresto militar; *abandono de servicio...* doce años y un día a muerte, si lo ejecuta al frente del enemigo, rebeldes o sediciosos; seis años y un día a doce años de prisión militar, si lo verifica en operaciones o territorio declarado en estado de guerra; seis meses y un día a seis años de prisión militar, en los demás casos; *deserción militar...* en tiempos de paz seis a doce años de prisión; en tiempos de guerra, reclusión militar a muerte; *desobediencia...* si el hecho tuviere lugar en campaña, pena de reclusión militar a muerte...

Cercano ya el final de la descripción, sin que hasta entonces hubiera logrado correspondencia de infortunio a mi búsqueda, me sorprendió el capitán Meana y me dijo:

—Manolo, majete, yo no lo quiero pensar. Pero me da en la nariz que tú estás metido en esto o sabes mucho de lo que ha ocurrido. El marinero que hizo los disparos ha declarado un nombre de los de tu pandilla —añadió impreciso y misterioso.

—Don José —le contesté por su nombre como siempre que lo quería tener a buenas—, simplemente me preocupa. Al fin y al cabo son compañeros y usted mismo dijo que los había tratado como a hijos. Pues, si fue así, acuérdese de la *parábola del hijo pródigo.*

—¡Anda, la Virgen! —me respondió exagerando el asombro y llevándose las manos a la cabeza como si mi respuesta lo colocara en el mismo desván del desvarío—. Lo que faltaba... que ahora tenga que defenderlos, después de la putada. Y ni aunque quisiera, porque lo que han hecho ya ha salido de aquí. Nada menos que embriaguez con nocturnidad, ausencia del dormitorio después del toque de silencio, escándalo, alteración del orden, conducción temeraria, enajenación de un bien patrio...

Mientras el capitán Meana enumeraba sin término me detuve a pensar en dos de las infracciones relatadas —conducción temeraria y enajenación de un bien patrio— por las que deduje que la barca había aparecido en sus restos por la orilla, la habían echado de menos o el grupo había decidido cortar por lo sano y dar pelos y señales de la odisea.

—Le va a caer a cada uno de cinco a ocho años.

Acababa de darme la respuesta a lo que estaba buscando y, por encima de una preocupación con base en si me habían o no delatado, una estampa surrealista cruzó por mi mente confundida. Por un instante vi a la tropa de mis amigos, varones y hembras, amartelados en el penal, formando familia y, como si algo no cuadrara en aquel círculo compacto, bullí en la sensación de una mariquita viuda, como si me velara, o rezara por su marido muerto. Meana me sacó de mi mutismo y, como intentando confortarme sin tener claro por qué, me dijo:

—Tú, tranquilo, Manolo. He pensado en lo que me propusiste, ya sabes, lo de la jura de bandera, y creo que lo mejor es que te vayas a tu pueblo. Ahora, con lo que ha sucedido, la brigada ha experimentado huecos y nadie se va a fijar si son siete u ocho. Es más, los jefes quieren las buenas formaciones sin coletas, con las columnas al completo, sin uno o dos que sobren en la última fila, y he echado mis cuentas y sobra uno, así que para tu pueblo. No se hable más.

La alegría de volver ya no era mucha porque no suponía novedad alguna. Estaba, también, estragado por los últimos acontecimientos y los tres días que estuve en casa fueron poblados por la desazón de obtener noticias sobre mis compañeros. No era aquel tipo de noticias, sin embargo, lo que me esperaba en mi vuelta al cuartel, sino el conocimiento de una novedad inesperada que me devolvía definitivamente la enemiga de Meana, quien se quedó para los restos sin su traslado a Galicia.

Mi tío, el primo de mi padre, capitán de fragata con próximo ascenso a Navío, se sentiría repicar en su corazón lejano la campana de la niñez, habría creído conveniente reforzar los lazos de cariño con el recuerdo de mi padre muerto y no halló otra forma más emotiva ni adecuada que la de asistir a mi jura de bandera.

5

UNA DE AQUELLAS noches fui por mi cuenta, sin francesas, al Café de los escritores, pegado a mí como una lapa *el Espermatozoide*. Llevábamos unos segundos en la barra y, como viniendo de un tango, el culo retozón, el bolso inquieto, la boca canalla y el conjunto apache, una chica, más bien señora, nos soltó una sonrisa de bienvenida que quería ser familiar.

—Qué. ¿Chulitos nuevos?

El Espermatozoide y yo nos miramos con cara de recién bautizados, con estupor y esperanza, como si nos hubieran adivinado el porvenir y sin dejar de sentirnos azorados no nos opusiéramos a la reserva de profesión que nos hacía el destino.

—Sois monos y tenéis clase. Una morena y una rubia, hijas del pueblo de Madrid, que vienen a por guita —auguró, aprovechando el chotis, sólo despistada en lo referente al sexo y a la aplicación que intentábamos darle.

—De maricones, nada —le contestó ofendido *el Espermatozoide*.

—Chico, eso lo veremos. Aquí se viene de Tarzán y se termina de corista. Como aquel —señaló maleva a uno alto, moreno, de patillas de boca de hacha que tomaba, sacando pecho, un whisky en una de las puntas de la barra.

Pronto supimos que Casandra era una de las atracciones voluntarias del local que no cobraba por dar su espectáculo o que cobraba a espaldas del dueño: presentadora de nuevas amistades, celestina de mariquitas en buen uso, amparo de vagonetas, posada de viudos y viudas, muelle de indecisos, desbravadora de adolescentes y conductora moral a la contra de todas las hurgamanderas de la zona, actividades que, sin esconder por vergüenza, por simple precaución enriquecía con otras imaginarias.

—Yo soy modelo. ¿No me ves el talle de avispa? Modelo, representante de artistas y patrona de zorrones.

Casandra tenía en el rostro la desvergüenza de todas las esquinas de los barrios chinos de España, de los tugurios portuarios del mundo. Una pequeña cicatriz en el labio le servía paradójicamente para avisar que estaba protegida. Los ojos grandes y bellos difuminaban la nariz respingona, traviesa, remangada por donde el olfato.

—Decidíos pronto. Lo importante es no perder el tiempo. Tengo ahí dos locas —dijo señalando hacia una mesa— que pagan bien y ya os han echado el ojo.

A los cinco minutos de conocer a Casandra, nuestra reunión se había incrementado con siete u ocho contertulios más que desaparecían por turno e intermitentemente, daban su vuelta por las mesas del Café y volvían hasta nosotros como si los paseos fueran disciplina debida, gaje de oficio.

Entre ellos había tres andaluces de nuestras mismas edades y vocaciones dudosas que, muy pronto, pasarían a ser compañeros inseparables de búsqueda, gente ya afamada en el Café, si no demasiado solventes, con conocimiento del terreno, duchos en maniobras de acoso y derribo, avezados en el duro arte de sobrevivir, campeones en la traza de cortar en dos un pelo en el aire. Casandra nos los había presentado con el tópico geográfico en boga, intentando reírse de los tres, y aun de los cinco, dibujante al minuto: este es Cruz Conde, Grande de España, millonario de a pelo y de a pluma, Señor de Córdoba —caricaturizó a Juan, de apellido Montero—. Este, Alvaro Domecq, también millonario en purgaciones, chancros y trampas, señorito de Jerez, una prenda —calificó a Eduardo Campano—. Y este el Duque de Alba, un prodigio —concluyó las presentaciones acariciando la mejilla de Manolo Rosas—. Tiene barcos, aviones, veinte cuentas corrientes y un tío en Graná, gente de Graná —retrucó divertida.

Casandra, que tenía el instinto de la gente mantenida en la guerra de la calle, entendió pronto que lo nuestro no iba de apios y erigiéndose en nuestra representante por expropiación forzosa de voluntades, lo certificó diciendo:

—Anda que me caen a mí unos pupilos...

De los tres andaluces no había logrado sacar partido bujarrón, por más que le gastara a Juan la broma de montárselo a lo que saliera. Ninguno de ellos iba a la desesperada como para protegerse en un marica y, secretamente, alentaban en la perspectiva de tiempos mejores la idea de salir a flote en la nube de sueños que los había llevado a Madrid. Juan Montero, el Señor de Córdoba, casi lo era realmente, sólo lastrada la distinción por la escasez dramática de ingresos y la parquedad usurera de la boca. Quería ser pintor y, de cuando en cuando muy distanciados, se defendía en la plaza de Santa Ana haciéndole dibujos a los transeúntes, negocio bastante magro que no ponía en práctica dentro del Café por consejo de Casandra, quien, de promocionarlo, habría de hacerlo a lo grande, sin limosna desprestigiadora. Eduardo Campano, al que, para siempre en aquellos predios se le había quedado el mote rumboso de *Álvaro Domecq*, vagaba con pasión de celuloide, esperando que le cayera del cielo una película justificadora que lo llevara a la eternidad de algún cine de barrio. Y Manolo Rosas, el más activo y listo de todos, el más autónomo, se atareaba —cuando había— en tajos tan dispares que lo mismo escribía un guión de cine, actuaba como medium de un ilusionista de poca fortuna, se aplicaba de extra en televisión, hacía eslóganes para el café Saimaza y los calzados Segarra o conferenciaba sobre cine, pintura, literatura, toros y lo que le echaran al coleto.

—Ahora en serio —puntualizó Casandra—. Manolo es un genio. Un políglota —añadió confundiéndolo con un polifacético—. Y a tal dueño, tal chalé —prosiguió enigmática—. ¿Sabéis dónde duerme? En el Palace...

Manolo Rosas dormía en un archivo gigante de la Universidad de San Bernardo, al que había trasladado una colchoneta, y él mismo no tuvo problema alguno de confirmación al señalarnos una llave grande, pesada, llena de moho, que le pendía de una cadena colgada al cuello como una medalla que el mismísimo San Pedro le hubiera colocado por sus heroicidades ante la adversidad o como una cruz de castigo por sus perversidades.

—Si tenéis un ligue aquí está la llave —ofreció generoso y con la única reserva de su lengua de carrera poco ágil.

El Espermatozoide me miró confundido y, en un aparte, me mostró su seguridad de que Casandra y Manolo Rosas nos estaban tomando el pelo, pues no entendía cómo se podía ser conferenciante con aquel tableteo monocorde de la lengua redoblando palmas por sevillanas.

—En las conferencias, ni Castelar —aclaró Casandra, que nos había sospechado moscas—. No se atranca ni una vez y yo gano apuestas. En la última que dio sobre el mus —confesó mirando a Manolo— me llevé a Perico Osborne, que no lo conocía de orador, y le dije: Perico, mil machacantes a que no se equivoca. Y picó.

Manolo Rosas puso cara de inocente y de explotado, como si estuviera ajeno a los manejos de Casandra, e hizo su reivindicación oportuna:

—Pues me corresponde el cuarenta por ciento de los mil machacantes.

—Por adelantado te lo di, ¿o es que no te acuerdas? Y te lo di, como otras veces, porque hay garantía. Y no me vengas con disimulos que éstos están cortados por las mismas tijeras que vosotros.

—Pues como en la próxima no vayamos mitad y mitad —renegoció Manolo al descubierto— me voy a poner de acuerdo con alguien y vas a perder la apuesta.

Casandra perdía el culo respingón de antaño perdido por Manolo y celebró la ocurrencia cubriéndolo de besos espectaculares. Entre carcajadas y con la necesidad de convocatoria que exhiben los histriones a punto estuvo de hacer público el negocio de apuestas que se traían entre manos. En realidad, tanto uno como otro, valoraban más el asombro que lograra su ingenio que las pesetas que pudiera acarrearles. Eran, en una palabra, artistas, y los resultados de sus actuaciones sólo cobraban importancia al ser inevitables consecuencias de sus ganas de mofa.

—La llave, a vuestra disposición —volvió a ofrecernos Manolo lo que más parecía un ancla—. *Alvarito* la usa de cuando en cuando —nos ilustró guasón señalando con el dedo índice a Eduardo—, y no tiene quejas, él que siempre ha dormido en sábanas de Holanda. Hombre —nos advirtió—, si no lleváis muchos cerillos corréis el riesgo de perderos por los pasillos o meteros en un aula y que se os cierre una puerta y, ya sabéis, a dormir en duro o tropezar con otro invitado. Hay una copia de la llave y no me fío yo de ésta —sonrió señalando a Casandra— que es capaz de poner una casa de citas en el mismo Rectorado.

Alvarito, o Eduardo, dijo que sí, que era posada si no cómoda, sugestiva.

—Estás echando un polvo y se te aparece el conde Drácula.

A él, según me contó Manolo Rosas, quien se le apareció fue el dueño de la pensión Jardines, mientras jugueteaba con su mujer posadera en la cama del cuarto donde se alojaba. De sorpresa tanta le quedó una desviación de tabique nasal que no apuraba su rostro bello, un tanto vulgar por la cercanía recíproca de los ojos verdes. Manolo decía que nunca se llegó a saber si el posadero lo noqueó con furia de jenízaro por la rabia que le sobrevino al verlo montando su único caballo o por el impago permanentemente aplazado de la pensión completa, incumplimiento sistemático que había hecho de *Alvarito* una fuga constante por todos los hoteles, hostales, pensiones y posadas de Madrid. Nuestro paisano de Jerez era una anguila para la hostelería, un caballo de carreras para los dependientes de los bares y un lince para los mozos de los comedores. A decir de Manolo, que le hacía la exégesis bandolera como si sus desmanes fueran simplemente defensivos, y naturales por tanto, *Alvarito* no había triunfado ya desde el emblema rompedor de sus ojos verdes, su uno ochenta y cinco de estatura y el pelo negro zaíno, porque los directores de cine y teatro temían que sus mujeres se les fugaran con él. La verdad donjuanesca que Manolo ponía sobre el tapete, no obstante, estaba deformada. *Alvarito* había tenido problemas de incompatibilidad con un regidor de televisión, pero no porque se la diera con su santa ausente, sino porque en un rodaje, en el que trabajaba de extra distinguido, le dio por tocarle el culo a la madre del regidor en cuestión, hecho grosero, maleducado e incomprobable, dada la homologada manía persecutoria de la vieja, que sólo hubiera tenido como represalia una amonestación de no haber puesto al descubierto una mayor fechoría que, Manolo Rosas, siempre al temple, calificó como graciosa gamberrada. El hecho es que *Alvarito* rodaba a las órdenes de Pilar Miró una obra de Marquina, en uno de cuyos pasajes se había de brindar con champán y desapareció la botella en el momento justo en que se habían superado los ensayos y se iba a dar paso a la acción. El rodaje se efectuaba en los estudios Bronston, por entonces privado de bar, y hubo que desplazarse a un restaurante del Paseo de la Habana para encontrar sustitución a lo que ya era alucinógeno en la cabeza de *Alvarito*. Al ser restituido el motivo del paro en seco del rodaje, ocurrió tres cuartos de lo mismo, y nunca mejor expresado, porque en el fondo del envase quedó un culo de nada con el que no iba a brindar Caffarel, protagonista de la obra. Manolo Rosas, que se lo explicaba todo, no lograba explicárselo con respecto a la sordina opuesta como por arte de magia a los dos taponazos, uno de los cuales, en el ajetreo de los preparativos, fue a explotar en el trasero anciano de la madre del regidor, bajo su vestido de época, sitio que *Alvarito* consideró insonorizado. La vieja, de imaginación larga como su edad creyó en insinuaciones pecaminosas más que en andanzas de burbujas y le comunicó a su hijo el atentado impío contra su castidad lógica. El estado beodo de *Alvarito* hizo el resto y, a partir de entonces, vio cortada su brillante carrera de extra distinguido, destinada en breve a subir de escalón.

Manolo Rosas le había contestado a *Alvarito* que el conde Drácula era pecata minuta.

—Estás echando un polvo y se te presenta el mesonero barrigón, comiéndose una rebanada de pan con manteca, descubre que es su mujer la que está debajo y te deja como a Luis Folledo lo dejó Nino Benvenutti. Joder —remató siempre práctico—, voy a escribir un guión con esta historia.

Manolo, aparte de lo que he dicho, que no es moco de pavo, llevaba un consultorio sentimental en una revista del corazón. Él, que no había estudiado psicología ni nada de lo que sirviera para calar en las neuras de la gente, tenía un sexto sentido, un don para adivinar cosas, pero sobre todo un palique de órdago a la grande que no había lío amoroso que se le resistiera. Aseguraba, con modestia de santo improrrogable, que sus dotes no le llegaban de sangre sino de experiencia, aunque depende de cómo se interpretara la observación, puesto que había adquirido el trato confesor sustituyendo a su tío el cura, beata va, beata viene, viudad cachondas sin asistencia, mocitas con picores en la sangre, mariquitas tímidos con miedo a romper y demás afligidos. Su tío, y sus ausencias de pluriempleo bendiciente por los pueblos de las Alpujarras, le habían puesto a huevo la sagacidad y el atrevimiento que irían a servirle como una manera más de defensa en la vida.

En aquellas de miedo, jolgorio y consultas estábamos cuando Juan logró tomar la posición de una mesa vacía y decidimos instalar en ella nuestra tertulia.

A nuestro lado, en otra mesa que el asiento largo, corrido y común de respaldar hacía vecindad sin paredes, tomaban unas copas unos amigos de Casandra, huéspedes suyos de alguna ocasión, con pintas de bien situados en la vida y edades en los alrededores de los cincuenta. Aquellos empresarios o comerciantes o lo que fueran tenían un distintivo común aparte de sus vestimentas uniformadas: se les notaba la solvencia y el hecho expansivo apreciable en la simpatía de ser hombres de mundo, forjados en las duras, sin remilgos y dispuestos a tratar con quien fuera, aunque fuera Casandra y su cohorte poco laboriosa. *El Espermatozoide* y yo les dijimos que éramos estudiantes de francés y Medicina respectivamente sin que a su experiencia le brotara el escepticismo ni a su comprensión la ironía y nos comentaron que solían ir de Rodríguez por el local algunas noches, a ver qué les deparaba la sorpresa, sin tapujos ni disimulos, con la naturalidad de quien sabe que el interlocutor mastica y no traga bolas de cuentos chinos. Y quizás para recomendar a Casandra una discreción oportuna, nos dijeron que por una vez esperaban a sus señoras, a las cuales —en concesión medida de excepción confiadora— iban a llevar al teatro. Las señoras, gordas y parlantes, más cercanas en apariencia de edades a tías que a esposas de ellos, no tardaron en llegar ni en situarse estratégicamente cara al mostrador, escaparate de actores, presentadores de televisión, periodistas del *Hola* y del diario *Pueblo*, cantantes y demás personas de la fama. Y como en *Fuenteovejuna*, comenzaron a relatar, novatas entusiasmadas en aquel Café, sus nombres sonoros.

—Mira —se comunicaban al par unas a otras sin más alteración en las frases que sus nombres de pila—. Fernando Fernán Gómez.

—Mira, Luisa, Enma Penella.

—Mira, Carmenchu, Emilio José.

—Mira, María, Jesús Hermida.

Carmenchu le decía lo mismo a Luisa y Luisa a María, María a Carmenchu y, en rueda divertida y de asombro, así interminablemente, hasta que Casandra, que momentos antes de la llegada de las señoras se había dado una vuelta de inspección por las mesas del fondo, se aproximó haciendo girar su bolso en el aire, moviendo el culo de ritmo veterano y sonriendo a discreción con boca extensa de zumaya.

—¡Ay! —suspiró enseñando la lengua sensual de Saritísima en *El último cuplé*—. Si son las tres Gracias en un sólo tomo y en edición rústica —machacó con crueldad chistosa.

Las tres señoras, que ni escucharon campanas —no digamos que sí sin saber dónde— ni se dieron por aludidas ni por señaladas, con mala suerte de persona que queriendo agradar choca con la suspicacia, cometieron el error de adivinarle a Casandra lo que ella creyó se refería al envés oscuro de su oficio.

—Señorita —le dijo una de ellas—. Usted también es artista, ¿verdad?

Casandra, acentuando su desparpajo y como quien ante la realidad insorteable realza un defecto propio, le contestó sin perder la sonrisa de mujer fatal acomodada a su destino:

—No, señora, se equivoca. Yo soy puta.

Las señoras se miraron extrañadas y pusieron proa hacia la puerta seguidas de sus maridos, hombres de mundo que acababan de dar un paso en falso. El camarero nos miró cansado, con impotencia. Juan, *Alvarito* y Manolo increparon a Casandra por su falta de tacto al espantar una reunión que siempre se había mostrado generosa con ellos, y la modelo de profesión soñada les contestó que no fueran imbéciles, que si aquellas señoras estaban casadas con los tres hombres de negocios, que a veces tenían a bien pagarles las consumiciones debidas, gracias a los esmerados servicios de ella, lo estarían por el garito de Perico Chicote, pero no por la Iglesia.

—Qué ingenuos sois... Más putas que yo son esas.

—De todas maneras es una putada —sentenció Manolo Rosas en consciente juego de palabras, para lo cual tuvo que hacer varias estaciones en su vía crucis verbal antes de terminar de decirlo—. No había necesidad ninguna de molestar —reparó objetivo.

Casandra dijo que no tenía ganas de discutir y que se iba en busca de gente más inteligente y más guapa, metiéndonos a todos en el saco de su desprecio.

—Me voy con Jorge Feria, que ese sí que es un caballero. Y con Lucía. ¿Por qué me reuniré yo con estos muertos de hambre? —se preguntó como si lo hiciera a un interlocutor imaginario—. La pelliza de Viriato se les ve cuando hablan —prosiguió haciendo auditorio de su queja y denuncia a todo el Café—. El pelo de las dehesas andaluzas traen.

Entendí que con aquella propaganda poco nos quedaba por hacer con tino en tan señalado lugar pero nuestros tres amigos y futuros compañeros de fatigas no debieron de pensar lo mismo, lo que se hizo patente por boca de Juan, una de cuyas características espejeaba en un prudente laconismo que se arbitraba astuto para no delatar sus lagunas culturales, carencia que equilibraba muy cordobesamente, sentencioso.

—Esto es mendrugo de hoy y comida para mañana.

Juan, que antes de pintor había querido ser torero, terminó conformándose con toreo de aquel salón en el que burlaba

70

como podía a una amiga y colega de Casandra —la *Salmantina* la llamaban— protectora de aquel diamante enteco sin demanda, alto, moreno y de pocos kilos, con posturas y gestos sobrios de Manolete de café, al que por los más insólitos conductos, que su dignidad jamás aceptaba tuviera su punto de partida en *la Salmantina*, le llegaba el óbolo piadoso de unas pesetas con que pagarse la pensión más mugrienta, clasificada con un *menos cinco estrellas*, como decía Manolo Rosas, de Madrid. Llegó a debutar como novillero en Vista Alegre, gracias a las influencias que Casandra y *la Salmantina* tenían con don Pedro, el Osborne de rama devaluada y de la apuesta con pucherazo, quien las tenía entretenidas por turno y dentro de las posibilidades de su industria y edad, ambas en declive. El debut, que congregó en los tendidos carabancheleros a toda la parroquia del Café, no fue afortunado y jamás se llegó a coincidir en la causa, por más que se aventuraran multitud de hipótesis, todas ellas razonables y dignas de crédito. En un repaso, apenas representativo de tan variada baraja, según llegó a mis oídos se pudo achacar el fracaso al mal estado físico de Juan que, por entonces, tenía de solitaria exclusiva y emperrada a *la Salmantina*; a su miedo infinito; al becerro imposible y al viento correoso de la tarde que le impedía el temple califal, hierático, de Séneca del capote, pero sobre todo a su desnutrición que, más que aplomo, parálisis le añadía, estado famélico en el que no dejaron de caer más bien tarde Casandra y *la Salmantina*, quienes, a la carrera, pensaron que aquel hambre como exportada de la India se olvidaría con una buena tunda de chacinas. En aquella intención correctora de ayunos impuestos, debieron pensar que, de paso, podían aliviar instantáneamente de males semejantes a todos los buscavidas, bullebuches, socaliñeros y buscones del Café, quedar bien con sus clientes licenciosos, libertinos y disolutos, darse pisto o prestigio ante otra potencial clientela y, como objetivo final, invertir en el futuro de Juan, a quien ya lo habían bautizado las malas lenguas, por oposición al diestro torero tutelado por las monjas, como el *Niño de las Putas*. Casandra y *la Salmantina* se lo pensaron bien y lo montaron en grande. Y una hora antes de la corrida frente a la puerta de preferencia de la plaza de Vista Alegre, una larga mesa cubierta por manteles de papel, presidida por el matador y las coimas mundanas, daba de comer al hambriento y de beber al sediento, que, por las exequias vertiginosas del festín y su notable surtido, debió incluir no sólo a los desamparados de la fortuna, sino a cuanto marqués, duquesa, actriz, locutor, proxeneta, cantautor, pintor o navegante solitario aparcó por aquella despensa al aire libre. Según se comentó por el Café durante largo tiempo, estuvo representada en tan curioso ágape gastronómico-taurino toda la escala social y profesional, a excepción de la política, número abundante en cifras que, también según los rumores del Café, dio la puntilla a don Pedro Osborne, patrocinador rijoso de la acampada novillera. Juan, cateado de antemano por el atracón y la borrachera sorda que le hizo coger el pánico, no tuvo su tarde en su única tarde de oportunidad, aunque depende de cómo se mire, pues obtuvo la gloria de expulsar de su vientre al peor enemigo.

—Mendrugo de hoy, comida de mañana.

Quizás obsesionado todavía por un recuelo atávico de privación, no se refirió, sin embargo, a las calamidades del estómago, sino al escándalo hecho normalidad, costumbre del día, cuando de Casandra en acción se trataba.

—Ella es así, pero ya verás si necesitas un favor —nos dijo todavía agradecido en carne propia.

—Tiene un corazón de oro —corroboró *Alvarito*.

—Seguro que ya no vive hasta que pueda seros útil —remachó Manolo Rosas—. En ella —aseveró estrechándonos más en la cofradía— tenéis una amiga.

Hablando de las virtudes de Casandra estábamos, hechas mieles sus bocas en celebrar las virtudes solidarias de aquel torbellino con bolso, cintura de avispa y culo agitado, cuando caí en la cuenta que, desde la barra, dos chicas rubias de unos veinticinco años nos miraban al *Espermatozoide* y a mí con beligerancia abierta. Se lo dije a los compañeros y en gesto de agradecer por el que nos dejaban libre la plaza como buenos anfitriones —que como a tales había que considerarlos en aquella su casa— nos dijeron que lo que necesitáramos, palabras a las que Manolo Rosas añadió la llave capitana de la Universidad de San Bernardo.

—Yo, esta noche, duermo en seda —dijo triunfante y tranquilizador.

Las jais—como decía *el Espermatozoide*—, venían a tiros hechos, hablaban un español chapurreado, con muchos infinitivos, como de doblaje de indio en película americana, decían ser de París, procedencia que me hizo recordar por primera vez en la noche la existencia exasperada de Dominique y Claudine, y por las prisas en ir al grano que tenían daban la impresión de que las cremalleras de los pantalones estaban a punto de explotarles. En mi vida había hecho una conquista con menos despliegue artillero, ni una salva de pólvora hubo que gastar, pero *el Espermatozoide* no digamos. Estaba tan loco de alegría y tan nervioso que le echó la cerveza del vaso a una de las dos en los raíles de la cremallera. Por un instante creí que iba a espantar aquella caza en querencia salvaje al sacrificio y lo urgí a que pusiera huella en camino.

—Oye, macho —le dije— dispérsatela.

—Sí —me contestó más deseoso que yo— pero, ¿y la llave?

Las palabras del *Espermatozoide* me hicieron considerar que sólo había un cobijo, una llave, una colchoneta, y con la cabeza sin ventilación, confundido por oferta tan sabrosa e impelido por la necesidad de una rápida respuesta, en vez de pensar que la realización del amor no siempre exige cama o colchoneta, corté por lo sano y le dije:

—Nos la jugamos a pares o nones. El que gane se lleva la llave y el que pierda que se las busque como pueda.

Brigitte, que así se hacía llamar la francesa, y yo, que parecía de rifado para todas las ciudadanas del país vecino, tomamos un taxi en la puerta del Café y al decirle la dirección al taxista me contestó sabelotodo y restregándome por la cara mi supuesta ignorancia:

—En ese número no hay vivienda.

Me chocó hasta la molestia la respuesta del Fangio prepotente, pero como en horas de andanza regalada no es recomendable la gresca, le di plantón de cháchara enemiga y le dije seco:

—Pues déjenos lo más cerca posible.

Una vez en la puerta de la Universidad comprobé que no había moscones a diestro y siniestro, metí en la cerradura lo que entre ancla y llave, llave inglesa parecía, y la puerta crujió dejando un eco multiplicado y sucesivo por los largos salones oscuros, en los que nos introdujimos hasta que, a pique de gastar la última cerilla, encontramos el archivo gigante y la colchoneta sucia.

—Mí te amar —me dijo Brigitte, ya ambos en el petate cochambroso de Manolo.

Y con las prisas y la emoción de otra muesca en la culata de mi orgullo, ni me pareció extraña aquella forma idiomática de manifestarme su amor.

73

Sólo cuando me despertó la tuna cantándonos *Clavelitos* y comprobé que, a mi lado, mi amante accidental se desbarataba de risa, comprendí que Casandra acababa de hacerme su primer favor con el presente en especies de una de sus colegas y con la dádiva melosa de la Estudiantina, a la que había alquilado para regalarme.

6

LA TARTAMUDEZ de Manolo Rosas, sobre la que jamás se llegó a saber si era real o una forma de ingenio para hacerse más simpático de lo que era, me hizo recordar la figura obesa, avasalladora, sucia y siempre en pos de un bocadillo o de un eructo de Félix *el Catalán,* un compañero de la mili al que conocí en lo que fuera mi primer destino, dejada atrás la furia del capitán Meana por lo que fue mi pitorreo y una vez liquidado el período de instrucción en el cuartel. Entre los dos sólo la diferencia abismal de cultura, de peso y algún rasgo externo, como la bizquera de Félix, ponían discordia de calco, porque en las cosas de habilidades y marrullerías, mellizos parecían más que hermanos. Félix había sido destinado a la Carraca en situación especial por un descuido que tuvo en el Cuartel de Instrucción de Cartagena al cambiar de sitio cinco sacos de leche en polvo. Se los había dejado en la casa de un tendero de ultramarinos y le cayeron por el olvido acordado dos años de recargo y lo que era peor: una inicial permanencia en la Brigada de Trabajo, de la que, a la remanguillé de sus habilidades y su profesión de cocinero, supo emigrar bien pronto para regresar más pronto todavía, gira en nomadeo que habría de tener segunda vuelta, como en la liga de fútbol. Cardenal sin escarpelo, mole de carne y de bastardería, condecorada su vestimenta atípica de jersey y sombrero de palma hostiles al reglamento por mugre de vinagre y desaires de aceite, por allí andaba tramando bisoñadas con los peludos cuando llegué yo, aún preocupado por la suerte de los expedicionarios suicidas a la boca del Caño Grande y con un vago propósito de corregirme, conclusión azuzada por la mala conciencia. Y, nada más llegar, a punto estuve de ser pasto de una de las suyas que esquivé gracias a que el pañolero de colchonetas era paisano mío, me reconoció

75

y le dijo a Félix desde su gigantismo convincente que pusiera la broma en otro sitio, que se la estaba jugando con él y con un fenómeno y que le iba a salir la chunga rana si no la dirigía a objetivo lejano. Mi paisano, hijo de Antonia *la Giganta,* destartalada nana de leyenda que fue niñera mía, me sirvió en aquel tiempo, como su madre antes para andar por la infancia, de guía en otros pasos tan primeros, de alertador oportuno sobre los vericuetos y mafias cuarteleras, de paño de lágrimas y de aventador de gente como Félix *el Catalán,* de cuya especie habitaba la Brigada de Trabajo una colonia desparramada y tan densa en población que la idea tuve de una España en paz, limpia de hampones, tahúres, holgazanes, maulas y guillotes, como por ensalmo concentrada en aquel infierno de la isla.

—No creas que están mal —me respondió el paisano a lo que más que pregunta era afirmación sobre aquella molicie acelerada hacia el fin por un trato inhumano—. Aquí están seguros y eso es lo importante para ellos. Uno, *el Calella,* está amenazado de muerte en el barrio chino de Barcelona y cuando va a cumplir se escapa a Cádiz. Está diez días por allí y, luego, él solito se presenta a la Comandancia. Le echan cinco años más como castigo y se quita la amenaza de encima porque sabe que los que se la tienen jurada no se la juegan con un militar. Otro está separado de la mujer, a la que tiene que pasarle una pasta gansa, que, con lo que le dan aquí, no hay tío páseme usted el río. Y hace lo mismo. Otro vive mejor que en su casa cuarenta veces. Vamos, que en comparación le gusta esto. Nosotros no sabemos lo que es tener un padre drogadicto, una madre borracha, un hermano maricón y tres hermanas putas.

La Brigada de Trabajo era una sección de castigo de la dependencia que, excepto en los momentos en que a sus miembros había que demostrársele la dinamita de la disciplina y se les ponía a picar la escollera, se dedicaba a limpiar —con lo que de propiedad ajena se le ponía a mano— las calles, los jardines y las instalaciones deportivas del Arsenal sin más encomiendas esforzadas. Sus componentes estaban más tiempo jugando al fútbol y a las cartas, o a jugársela entre sí, que empleados en tareas de adecentamiento, y algunos de ellos, siempre útiles para menesteres sucios en que los mandos no querían mancharse, habían logrado una independencia casi total encubierta por una dedicación vaga de asistentes extraordinarios y a salto de mata, solucionadores de asuntos domésticos en las viviendas de los jefes y oficiales. A Félix le había llevado su currículum de chef por los hoteles de medio pelo de las costas mallorquina y catalana, desde el castigo por delito de enajenación de un bien patrio a la cocina del ayudante mayor, cuya prole ingente de hombre del Opus Dei se chupaba los dedos con las delicias que el pícaro catalán les preparaba, destreza a la que unió la de sus buenos oficios de diplomacia y simpatía hasta lograr dormir con el destacamento de marineros no represaliados, lejos de la Compañía de infantes de Marina, dormitorio más crudo, más estricto en chinches y humedades, ya que calificarlo de pocilga supondría darle cartel al nuestro, elevarlo de categoría.

Las palabras de Antonio *el Gigante,* antes que proporcionarme consuelo, me llevaron a establecer la comparación sobre la Brigada de Trabajo y lo que, forzosamente, tenía que ser peor aún, el penal de Santa Catalina, en el que estaban, según me aseguraron, Manolito *el Barbate, el Licenciado, el Popi* y los parguelas. Sin poderla ocultar le conté la historia a Antonio y, una vez más, puso ánimo en mi espíritu alicaído, ángel morrocotudo con alas torpes, sus brazos de albatros, los pies planos, grandes como barcas, la sonrisa de inocente que sólo allí había adquirido la malicia justa como para ser otro distinto al que salió de su casa.

—Verás como antes de que me licencie los ves por aquí. Yo conozco casos peores, y aquí están, *el Madrileño* sin ir más lejos que tiró a un policía secreta por una escalera, le partió una pierna y un brazo, y, míralo, en Casa Porrea todo el día, borracho, gastándose los dineros que Dios sabrá de dónde les vienen. Los tuyos, nada, hombre —juzgó seguro mientras yo rezaba porque fuera buen juez Antonio—. A propósito —cambió de conversación sobre lo que más que duda ganas de quitar importancia parecía—. ¿Tú no serás de la cáscara amarga, verdad?

—Hombre —le contestó devolviéndole la broma—. Eso se sabe después de salir de la mili, ¿no?

—Pues, bueno —dijo desde su bonachonería de gigante, volviendo al tema—, no te preocupes más, y te voy a decir por qué. En Santa Catalina se les mueren de frío y están poniendo arreglo por la protesta internacional. Hay una sola cárcel en el mundo peor que esa, la cárcel Malabata, de los moros, donde caen a manojillos —afirmó con exageración—. Un muerto en Santa Catalina le hace más daño a Franco que todo el Partido

77

Comunista junto, y sin necesidad. Así que ya verás cómo antes de que me licencie —volvió a pronosticar, aportando seguridades— toda esa comparsa anda por ahí, *el Licenciado* dándole clases a los hijos del ayudante mayor y el práctico, *el Popi* de mandadero, *el Barbate* enchufado en algo y los maricones encalando las fachadas y los patios de las casas de los jerifaltes.

Las palabras de mi paisano y el tiempo borrador me tranquilizaron hasta el punto de darle el ocio cuerda nueva a las ganas de fiesta, pues, en contra de lo que pueda parecer, mi nueva colocación de tajo sin apenas fajina no era revancha del capitán Meana, sino fruto de la recomendación de mi pariente —por aquellas fechas recién ascendido a capitán de navío— que ante la negativa a irme con él a su barco hizo las gestiones con el secretario general del Arsenal de la Carraca. La respuesta se la di a través del correo lloroso de mi madre, pues si mucho me buscó mi tío, menos me echó la vista encima, y ante lo que su calenturienta imaginación debió entender como un buen detalle moral de declinar influencias y, a pecho de esforzado, buscármelas por mí mismo, hizo las diligencias necesarias para que no me enrolaran en un barco y, de lo malo lo mejor, tuviera rancho allí, en aquella isla de todos los demonios, sabedor de sobras que el Arsenal, aparte de la canallada y la canalla de la Brigada de Trabajo, era lo más llevadero que podía encontrarse si se llegaba a él con padrino. Mi proco delegado fue durante el tiempo que tuvo a bien soportarme un compañero suyo de promoción en la Escuela Naval de Marín, secretario general de aquella ínsula y sus movimientos, quien me llevó con él, chupatintas de no hacer nada y ordenanza de telefonemas, empleo distendido y calidad de enchufes regeneradores de una trayectoria señalada para mal. Con dicha vitola de incombustible mi figura ambulante y desocupada se llenó de un prestigio que llegó a su cenit el día en que el comandante del Cuartelillo en que dormíamos, compañero aplicado y vengador del capitán Meana, del que había tenido malintencionadas noticias sobre mí, tuvo la ocurrencia chuleta de tomarse la justicia por su mano e intentar pelarme al cero para que mi jefe y suyo, en medio de la plaza de armas del Contraalmirantazgo, lo llamara al orden con el mismo énfasis o más que el comandante del Cuartel de Instrucción a su amigo navarro, que ni por delegación lograba sacarse de su carne la espina de mis crapuladas. El episodio, en cuya primera parte logré salvar el pelo a galope tendido hasta el mismo despacho del secretario general, consiguió, como en todo lo que me sucedía, la cara y la cruz de la moneda, persona yo que siempre caía de canto en las cosas y, por una lado bueno, me situé de intocable y, por otro machacón, de presa aplazada para un nuevo, y sin embargo veterano, cazador de tiempo. Más o menos así me lo manifestó el comandante Morado, mi ridiculizado contendiente, mientras se abanicaba con la gorra, el sudor como catarata cayéndole de la frente hasta la barba por los carrillos gordos de bribón, empapado de su propio zumo apestoso.

—Cordobés, cabrón, me las vas a pagar. Seis meses le quedan al secretario en este destino. Y a ti, un año y nueve meses. Vete preparando. Al mismísimo carajo te vas a ir.

Morado también era chusquero, lo que en la Marina viene a ser como del cuerpo de auxiliares administrativos en la Administración Civil del Estado, pero, merced a sus tejemanejes, estaba investido de un poder anormal para los de su escala. Actuaba como secretario personal del contralmirante, era jefe del Cuartelillo de tropa, mandaba en el subteniente responsable de la Compañía de Infantería de Marina y, entre otras bagatelas de atamán únicamente frenado por el secretario —pues el contralmirante hacía la vista gorda en misiones de otros oteos más trascendentes— era el encargado de la factoría subsistencia, desde la que se hacía la compra, en general, y él, en particular, los pisos en La Isla con las ganancias y las ventajas de sus trapicheos. En un resumen de saldo negativo para mí, no era Meana. Aunque fuera su sombra olfateadora predispuesta a cogerme en un renuncio.

—Cuando el secretario cambie de destino, me las vas a pagar todas juntas, chorizo de mierda. Al mismísimo carajo te vas a ir.

Si a mi tendencia por meterse en líos no tenía que buscarle explicación, si tenía que buscársela a la desgracia de hacerlo con personas con las que no me convenía estar a mal. Lo de Meana —pensé justificándome— fue resultado de mi poca experiencia y la ya declarada persecución de Morado una herencia que yo no había alimentado sino en sus antecedentes incontrolables. Lo más de lamentar fue que la afrenta, en vez de personal, se hizo corporativa, y como en causa de reenganchados a perpetuidad también los tres capitanes, que en el Cuartelillo operaban rotatoriamente de jefes de guardia cada veinticuatro horas, me tomaron ojerizas, quizás sin el empecinamiento acechante de Morado, pero con antipatía declarada. Mi vacuna de secretario general contra aquellas enfermedades, la inmunidad que había cobrado con la tutela del amigo de mi tío y las seguridades que me otorgaban pronto hicieron que me olvidara de aquel estudio fugaz de motivos, propósitos de cautela y recomendaciones de prudencia, y me dedicara a lo mío, que con la ayuda de Félix *el Catalán* llegó a calvario o a gloria de marineros, según respuestas parcas o generosas, pues entre los dos comenzamos a explotar una mina pingüe que con su oro nos puso de señoritos acaudalados como para hacer envidiable el negocio de Porrea, el viejo paralítico dueño de la cantina civil donde comían los amanuenses de la Armada con horarios partidos de mañana y tarde, iban a por el bocadillo de las once los obreros de la Bazán y le daban caña al gusanillo de la mañana la parte restante de personal civil empleada en el contorno. Félix, una de cuyas virtudes más sólidas estribaba en saber orientarse hacia el sol que más calienta, se había arrimado a mí y desde su bizquera rematada y como de faros contrapuestos, el habla remolona, la humanidad sudorosa de más de cien kilos y el sombrero de palma entusiasmado en en el remate ilusorio de cowboy, me lo dijo iluminado:

—Una mina. He descubierto una mina.

Tan infalible era donde ponía uno de los dos ojos, como en la salvaguarda de intereses espurios comunes, y me lo pensé, lo presté atención y le dije que desembuchara.

—Una mina —repitió jubiloso, colonia de manchas, rotos y botones huidos—. Los partes —telegrafió tartaja y misterioso como si de una adivinanza se tratara—. En los partes está el quid.

Hasta que le puso la «de» al quid, un cántico de gallo infinito hizo vibrar sus labios fricativos, rebosando grasas bombarderas, hasta que urgido por la novedad se disparó como labia insultante de Morado y me puso al corriente de su descubrimiento:

—Los partes de la Policía Naval sobre los marineros descuidados van a Secretaría antes de que Morado ponga los arrestos.

Recordé mi llegada al Cuartel de Instrucción, la cuadrilla de peluqueros esperándonos con las maquinillas alzadas, traíllas piojeras como hachas, la soledad nostalgiada de los días posteriores, mi irrefrenable deseo de poner tierra por medio, la escapada hasta el tren, el parte de la Policía Naval y el paladeo morboso de quienes lo redactaron, la deuda, aún sin amortizar, por los desperfectos de la ropa y la bota izquierda abierta de fauces como un pescado moribundo.

—Una mina —sancionó Félix—. Tú te haces con ellos. Me das los nombres y yo los negocio.

Dicho y firmado con un apretón de manos y un guiño por mi parte que no sé cuál de sus ojos registró, nos pusimos a la tarea redentora de evitarles arrestos a los marineros. Yo secuestraba los partes, como pactamos, le daba los nombres a Félix y la relación de irregularidades advertidas por la Policía Naval. *El Catalán* localizaba a los marineros infractores y los iba metiendo, sin remedio, en su saco de persuasiones.

—El otro día —les entraba— estabas tú en la plaza de la Iglesia a punto de tomar el Comes para Conil, pensando en que muy pronto le ibas a coger las cachillas a tu novia y, ¡pum! la Policía Naval. ¿Es o no es cierto? —interrogaba infalible.

Ante la rotundidad y la precisión del espionaje maestro, el marinero se interesaba y le preguntaba a Félix lo inevitable.

—¿Y tú cómo lo sabes, catalino?

—Listo que es uno, macho. Ojo clínico e información. Olfato de Sherlock Holmes y constancia de Mr. Watson.

A Félix lo perdían las novelas policíacas y más de un negocio se fue a pique o se demoró en el rendimiento de cuenta por causa de su lengua barruntona y por sus fantasías policíacas descriptivas que, en ocasiones, lo hacían perder el hilo o complicar tanto la trama que el marinero, ante detalles contradictorios con la realidad de su cazada experiencia, terminaba por no creer en él y en su magia de soluciones. Pero, en líneas generales, y una vez que lo convencí para que se dejara de retóricas dificultosas y fuera al grano, el negocio marchó sin torceduras o contravientos. Para mayor seguridad y más rápido acuerdo delineamos una plantilla fija que Félix se aprendió de memoria y que venía a consistir en el planteamiento de abordaje referido, que no sufrió modificaciones, dada su habilidad envolvente, en primer lugar; la prueba precisa, en segundo, del sitio de los hechos y los puntos de incorrección —pelo largo, suciedad, botones pendientes, etc.— y, finalmente, el enjaretamiento de una pequeña glosa sobre las ventajas de seguir disfrutando el pase de franco de ría —novia, madre, libertad— a cambio de unas pocas pesetas, las que también podían traducirse en el género que nos conviniera. Nuestra clientela quebraba con gallegos, catalanes, vascos, asturianos y canarios, que sólo se desplazaban a sus casas en caso de largos permisos. El recorte de posibilidades consiguientes con los marineros de las procedencias aludidas, lo atenuábamos, hasta cierto punto, si daban el traspiés en las vísperas de sus vacaciones anuales con una tarifa especial, justamente apreciada por mi socio y por mí, con única ventaja para los catalanes, a los que Félix cobraba en butifarras. Pero nuestro negocio floreciente tenía como base de ingresos la frecuencia viajera de los andaluces de Cádiz, Málaga y Sevilla, los cuales, gracias a nuestra capacidad de riesgo, podían seguir viendo cada semana a sus novias y a sus familias.

Bienhechores nos sentíamos, y con la abundancia que nos proporcionaba el negocio inevitablemente abogados de afligidos con las sobras, plenitud de capos dadivosos que nos hizo enfilar horizontes de filantropía, a mí con el envío de algún giro a los atribulados del castillo de Santa Catalina, y a Félix en la adopción de un marinero boxeador, al que, para entrenerse, tomó como pupilo. Su historial aficionado, que Félix quería revocar en los Campeonatos de la Marina, era demoledoramente desalentador. Había disputado quince combates, de los que perdió catorce, doce por K.O. técnico, y como remota esperanza presentaba un nulo en su currículum de *puching ball* más que de púgil. Félix, inasequible al desaliento, pero con una punta de ironía que fijaba a su protegido en el vértice del cachondeo, solía decir:

—A este capullo lo convierto yo en Bobby Ross.

Después le colocaba la panza enorme y le ordenaba:

—Golpea fuerte, mosquito.

Al final de cada entrenamiento, riéndose de su sombra y de las veleidades del *Alicantino*, concluía falsamente malhumorado con habitual cantinela:

—A ver si te cuidas, *Galiana*. Porque como mañana no sienta la fuerza de tu puño en mi estómago, te voy a enseñar yo lo que es una leche de verdad.

—Te, te, voy a da, da, dar un, un, una le, le, leche —amagaba Félix mientras burlón me miraba de perfil, por fin la mirada nones en su sitio.

Hasta que llegaron las fechas de celebración de los Campeonatos de la Marina, Félix mantuvo al *Alicantino* en régimen alimenticio mas severo que el que imponía la comida, de por sí escasa, del cuartel. Le prohibió que bebiera, fumara y se la pelara; dormía en la litera contigua a la de su promesa nada prometedora y lo vigilaba con la misma atención que me vigilaba a mí el comandante Morado, quien, siguiendo una tradición deportiva que le sobrevenía de su gestión como tesorero

82

del Club Deportivo San Fernando, en su gloriosa época de decano de la Segunda División, también había adoptado un aspirante al entorchado interdepartamental, obviamente mejor dotado que el de Félix. *El Catalán*, conocedor de las posibilidades de su patrocinado, me lo decía, mitad preocupado, mitad divertido.

—Como le toque la fiera de Morado, me hunde el porvenir de manager. Vamos a tener que placearlo. Que, por lo menos, aprenda a encajar.

En las noches veraniegas de San Fernando se celebraban veladas de boxeo con púgiles llegados de Cádiz y de Sevilla que aplazaban el plato fuerte a la exhibición de un negro, el cual iba mostrando con didáctica carnicera la ejecución de cada golpe, y el reto abierto al público del campeón andaluz de los pesos pesados, con bolsa de cinco mil pesetas al retador que lograra aguantarle cinco asaltos. Félix había leído el anuncio de una de ellas en el periódico del telegrafista y se dijo sañudo que aquel podía convertirse en un buen banco de prueba para medir la capacidad de encaje de su valido y en jornada continua experimentar en su carne el aprendizaje de los golpes maestros del negro. De pensado a hecho, allí que nos vimos los tres esperando el momento de las dos pruebas sucesivas, imposible de atisbar la segunda con un mínimo de luces por nuestra parte, fuera o no la primera la correspondiente a la encerrona con el campeón de Andalucía, que era un tipo descomunal de gordo, escondidos sus músculos por el alud de sebos bamboleantes, aspecto fofo que alumbró en Félix la idea generosa de darle una lección al *Alicantino*, enfrentándose al gordo, quitarle la paliza de encima y, de paso, la parte de la bolsa, en caso poco probable de que toda la corte celestial se aliara con nuestro boxeador y le procurara un milagroso infarto al andaluz a las primeras de cambio.

—Voy a por él. Me lo cargo —decidió impulsado por el abundante trasiego de mosto efectuado horas antes en una tasca de Chiclana—. Va a ver este capullo quién es Félix —apuntó refiriéndose al *Alicantino*, que encogió los hombros, en ademán chorra de oportunidad perdida.

—No te apures —le dijo Félix sacándolo de su desdicha disimulada —que tendrás ocasión con el negro.

Al negro lo habían dejado para fin de fiesta y ya paseaba el campeón de Andalucía por el ring su cantidad de hipopótamo,

83

cuando Félix levantó la mano, frunció los párpados como si quisiera fulminar al rival y, todavía desde el público, gritó a trancas y barrancas:

—¡Mío es!

Félix *el Catalán*, sin marinera, descubierto el torso de ballena bien alimentada, giró su paquidermia par de la del campeón de Andalucía, y exclamó dirigiendo la mira trashojada a la parte del público donde me encontraba yo:

—Te lo dedico a ti, *Córdoba*.

Los contendientes se acometieron, primero con cautela y, después, con fiereza, émulos adiposos de Hércules y Sansón, hasta que Félix, más falto de aire que herido, levantó el brazo en señal de abandono. Habían transcurrido cuatro asaltos de los cinco programados y el respetable lo despidió con una gran ovación, que hubiera tenido que esperar al límite fijado del combate de haberse preparado un poco, sólo un poco. Ya a mi lado, me lo dijo lamentándose:

—Preparación, *Córdoba*. Preparación es lo que me ha faltado. A éste lo mondo, ¡vamos que si lo mondo! La próxima vez se va a enterar de lo que vale un peine.

Dijo lo del peine y se le quedó imaginada, incomparecente, la vocal de la última sílaba. *El Alicantino* había subido al ring y, en aquel momento, el *speaker* anunció la demostración de un directo de derecha, que en un abrir y cerrar de ojos dio con él en el suelo. La lona puso repetidamente frontera al cuerpo de nuestro compañero en el gancho de izquierda, el *jab* de derecha y el *uppercut* con la misma. Y cuando, ya materia de limbo *el Alicantino*, se anunció al respetable que el negro iba a ejecutar el golpe príncipe de la esgrima boxística, el pupilo de Félix, por primera vez lúcido en su vida, se dirigió con paso de borracho a las cuerdas e intentando buscarnos en la reolina activada de la concurrencia exclamó:

—¡El directo, el directo... el directo se lo va a dar el negro a su puta madre!

Y a continuación, saltándose en limpio las cuerdas, cayó de cabeza fuera del ring.

Recogimos aquella piltrafa humana y nos aceleramos para el Arsenal. En el control de la entrada tuvimos problemas con los policías navales que nos denunciaron por llegada a deshora, síntomas o señales de pelea callejera y pérdida de un lepanto, como cuando me cogieron por primera vez en la vía del ferrocarril. El cachondeo de Félix, amparado en la impunidad de que yo fuera el destinatario del parte, sumó una anotación extra: tomadura de pelo a la vigilancia.

—Apunta, apunta —animó Félix—. ¿No veis la tajada que traemos...? Apunta deshora, alteración del orden, escándalo nocturno, pérdida de respeto. Apunta también una de gambas.

Los policías navales amenazaron con llevarnos a la Compañía y no tuve más remedio que recurrir a mis artes disuatorias.

—Señores —les dije—, hemos pasado un trago que para nosotros se queda. Cuando hace más de una hora regresábamos nos asaltaron diez o doce soldados del Ejército de Tierra, ya saben ustedes, los del C.I.R. de Camposoto. Hemos dejado lo más alto posible el honor de la Marina —subrayé enfáticamente, mirando al cielo—. Pero eran demasiados y ahí están las pruebas —demostré señalando con una mano al *Alicantino*—. Compréndanos, venimos nerviosos e indignados, molidos a palos, sin dinero.

Con mi explicación, que supe expresar con tono lastimero de súplica, la amenaza de conducirnos a la Compañía —centro de guardia nocturno desde donde los partes con detenciones iban directamente a Capitanía General— se quedó en agua de borrajas y el trance en un papel que yo me encargué desapareciera.

El día que lo recibí en Secretaría se lo dije a Félix, que me propuso en broma cobrarle el corretaje al *Alicantino*.

—Como él cobró bastante, ahora que pague.

Amortiguándose estaban las carcajadas en el momento en que, como una constelación subdesarrollada, apareció por un esquinazo la manga al viento del comandante Morado, seguida del imponente embarazo de su dueño y, a continuación, de todo el cuerpo serrano y renqueante. Parecía a buenas y predispuesto al parlamentarismo con Félix, pues lo que es a mí, jurada como me la tenía, ni me miró. Y tras hacer algunas consideraciones sobre la intensidad del viento que le enemistaba el juanete, y el grado de humedad, que le tenía rebelado el reúma, propuso:

—Catalán, ya sé que estás entrenando a un marinero y que vas a presentarlo al Campeonato de la Marina. Que el otro día, vista gorda que hago, diste el espectáculo, acompañado por uno que tú sabes, y que no quiero ni nombrar, en la plaza de toros, pero que quedaste como un machote. Tus ventajas vas a tener si coges lo que te ofrezco: que entrenes también a mi pupilo. Tiene más madera que el tuyo cuarenta veces, pero no sé por qué me da en la nariz que tú sabes más de puñetazos que el papafrita del monitor que le tengo asignado. Si te portas bien y gana el campeonato, hablo con el contralmirante, que me lo tengo ganado —apostilló para que yo recibiera— y a lo mejor te vuela uno de los dos años que tienes de recargo.

Félix, sospechando que la mengua de su recargo no era competencia de Morado ni del contralmirante, contraatacó descarado, el cigarro en la comisura de los labios rompiendo humo contra la cara del comandante, como había aprendido que se demostraba la dureza en la lectura de una de sus novelas del Oeste.

—Mi comandante, yo tengo otra oferta que hacerle. Usted me deja esa porquería a ver qué se saca y a cambio me destina de *vista*.

—Y tú, ¿para qué coño quieres ser *vista?* —preguntó visiblemente contrariado Morado.

—Pues para qué coño va a ser —contestó Félix devolviéndole el palabro—. Para comer como comen las personas y no esa porquería que dan en el Cuartelillo.

—En el Cuartelillo no dan porquerías, ten cuidado con lo que dices —amenazó Morado mientras se abanicaba con la gorra, el codo pegado en los riñones actuándole de apoyo—. Lo que pasa es que no tienes cojones para atreverte —argumentó, señalando el rostro de Félix con la mano libre—, porque eres un papafrita y sabes que vas a hacer el ridículo —concluyó intentando estimularlo.

Félix, alzándose de puntillas como un gallo de pelea demasiado voluminoso, le contestó que sí tenía cojones pero aquel trabajo se adivinaba fino y tenía que merecer la pena el pago.

—¿Tú tienes cojones? —dijo Morado cuestionando la afirmación del *Catalán* en su varonía—. Tendrás cojones, pero como los conejos.

—No, señor —saltó Félix demostrando sus conocimientos profesionales—, porque los conejos los tienen escondidos, más de uno he desollado, y yo los tengo en su sitio —corrigió, al par que se los agarraba ufano—. Además, fíjese si los tengo que cuando me abanico con el lepanto lo hago como los hombres, el codo al aire, sin apoyar, y el abanico en la jeta, no en la papada como las marquesonas.

Morado, deliberadamente fuera de distancia, largó un golpe en dirección a Félix que fue a dar en el aire y, al tanto de mi cara burlona, quiso recomponer su autoridad menoscabada

86

con un guantazo en semifallo por su intención de hacer diana a medias.

—Me ca... —apuntó Félix sin llegar a ensuciar nada.

La torpeza de la lengua, tantas veces traidora, lo había salvado en aquella ocasión, como a boxeador tocado la campana providencial. Morado, que también tuvo aliado y coartada convenientes en el estallido de una sirena para no verse obligado a castigar el insulto de Félix, se lo pensó un momento y, cambiando el tercio de violencia a humor, le espetó:

—¿*Vista* tú, desgraciado? Ni aunque te la enderece Mejino, el óptico, te pongo yo de *Vista*.

El *vista*, cuyo nombre más ajustado debía de ser el *Muestra*, era el marinero encargado de presentar la comida del día, que poco tenía que ver con la que se nos daba, al contralmirante, al secretario general y al ayudante mayor, un rito de exposición de platos bien presentados con comida sana y abundante, meta soñada de glotones como Félix y puesto al que aspiraba por razones de más provechos que podían derivar en ganancias económicas en contacto directo con el sargento de cocina y el cabo de compras, clientes mimados de los mayoristas de San Fernando y sus contraprestaciones agradecidas.

Morado olió a chamusquina, antes que por la negativa del *Catalán*, por lo que pedía parte en el negocio, montó en cólera y, tras el escarceo de agresión y el posterior cambio de rumbo dirigido al defecto físico de Félix, dando estrellazos como había venido, se fue vagamente marcial y profiriendo insultos.

—Te vas a enterar de lo que vale un peine, *vista* de los cojones, papafrita de mierda, cabrón catalán, separatista. Vista voy a tener yo contigo a partir de ahora. Contigo y con quien te pervierte —volvió la cabeza en su marcha acelerada para mirarme, por primera vez, fijamente.

—Si no me encasquillo —me dijo Félix, una vez que Morado era enano en lontananza— a su madre le llega la mierda hasta el pescuezo. Pero la caricia me la va a pagar. Más daño me ha hecho que todos los golpes del campeón de Andalucía. Como hay Dios que lo hundo. Hasta el Almirantazgo va a llegar que pone la mano en lo del desguace del *Saturno*.

Como viera que hablaba en serio y yo supiera de sobras que solía cumplir el cuarenta y cinco por ciento de sus amenazas, temí que aquella entrara en el peligroso porcentaje y me multipliqué en razones con la intención de quitarle la idea de la cabeza.

—La soga se rompe siempre por la parte más débil —le recordé—. Tú haces la denuncia y de aquí no sale porque más de uno importante, aunque parezca que no, puede estar pringado en lo del *Saturno*. De aquí no sale. Vamos, que te buscan las cosquillas y lo único que sale de aquí eres tú. Directamente al Castillo. Del *Saturno* —insistí— nada. Si acaso —le sugerí, masoquista, fábrica de líos en mi subsconciente— meterle mano por abajo.

—Por los cojones —rubricó Félix al desnorte.

—Por donde menos fuerte sea su defensa, los implicados posibles menos importantes y mayor la indignación de los mandos, del secretario sobre todo, que es un defensor a muerte de los marineros.

—Explícate, *Córdoba* —me dijo Félix, con una raya de luz huroneadora entre los párpados arrugados.

—Tú le pediste ser *vista*, ¿no es verdad? —le pregunté ociosamente—. Pues hay que hacerse *vista*. No tú —continué— sino yo.

—Al grano —me dijo Félix ansioso de conocer la añagaza.

—Pues, eso. Yo le digo al secretario general que tengo demasiado tiempo libre, que quiero ser útil y que deseo emplearme en otro trabajo. Él le ordena a Morado que me dé el puesto y, en el momento en que esté más confiado, se la jugamos.

—Aparte de que me quieres quitar el puesto, no me entero de nada, macho —me aclaró Félix por lo que suponía predicación en el desierto—. A ver si me centro...

Cuando estaba a punto de darle pelos y señales, apareció como de un cuento con castillo, princesa y hada buena, la figura ciclópea de mi paisano *el Gigante*, que me traía la noticia de otro paisano cumplido, en cuanto a la cortesía de hacer visita, que más quisiera él que cumplido de mili. En la vida civil era pintor fino de profesión y si no llegaba a Picasso en el genio sí en el mal genio y en creerse que estaba en el Olimpo en vez de en la Marina, de brocha gorda en el dragaminas *Guadalete*.

—Es *el Cagarríos*, ¿te acuerdas? —informó Antonio *el Gigante*—. Le preguntó por ti al sargento de la tasca. Le dijo que tú eras un gran hombre, un poeta de la vida, que tuviera cuidado de cómo te trataba. Le dio un sermón al sargento: que si él era un artista y que los artistas tienen don, que no se pasara con el tuteo, que si ahora a lo mejor no soy nadie, pero que a la larga una gloria nacional y no sé cuantas otras cosas para mondarse de risa. Pero cuando me tiré al suelo fue al preguntarle el sargento: *Bueno, ¿qué va a beber?* ¿Y sabéis lo que contestó? —nos dijo en éxtasis, entre feliz y deslumbrado—. Le contestó, mirando a las estanterías, despreciativamente, más pinturero que un duque: *haga el favor de servirme un Celta.* Dice que va a venir a verte mañana a las cinco —me puso al tanto del futuro—. Que estuvo contigo en el colegio —me devolvió al pasado— y que tiene muchas ganas de verte.

—Pues dile que *el Córdoba* no tiene ganas de verlo a él —se interpuso *el Catalán*, a quien la irrupción de mi paisano *el Gigante* le había aplazado el conocimiento de la trama con que pretendíamos aligerar de empleos a Morado.

Antonio *el Gigante*, que en algo había heredado la costumbre niñera de su madre, su ángel de la guarda tantas veces burlado, cambió su risa abierta, desprevenida y franca, por un gesto preocupado, de desaliento, y me dijo:

—Este te va a buscar a ti la ruina.

7

El POCO dinero que tenía lo empleé en tomarme unas copas
con la tuna y en agradecerle su serenata y cuando llegué a casa,
todavía tarareando *Clavelitos,* Dominique ya había salido para
la academia de idiomas y no había rastro alguno de Claudine.
A la hora del almuerzo, que transcurrió entre monosílabos isle-
ños en silencios prolongados, por un inciso de comunicación
formal logré enterarme de que Claudine había comenzado sus
clases. Durante unos días la sequedad de Dominique, como
respuesta a mi ausencia noctívaga, contagió a Claudine y ésta
comenzó a salir frecuentemente con *el Espermatozoide,* bofe-
tada de manos blancas que, a la larga, dejó de preocuparme
porque los hechos de sus constantes miradas a hurtadillas conmigo de blanco cantaban que la relación con mi paisano o no
era demasiado sólida o simplemente no pasaba de argucia torpe de despecho. En toma y daca absurdo de aridez y aguante
transcurrieron los días, que pudieron ser rubios y domingue-
ros. Claudine sin un reproche que entreabrirle los labios y yo
sin decir, en negación de diplomacia, esta boca es mía. El silencio, como arma de doble filo, me prohibía su cuerpo, su
tentación de fragancia, suavidades y ardores, pero también me
ahorraba problemas. Brigitte, que así se hacía llamar Marisa en
la barra americana donde descansaba su pechera atómica, me
daba el tajo loco y diestro de sus muslos, que en Claudine era
más bien faena de ternura, y Dominique me había devuelto
una confianza que, a poco, tuvo que volver a poner en cuestión
con la entrada en liza de otra francesa, Marion, por fin francesa
de París de verdad, no de provincias galas ni de Albacete,
como la que me proporcionó, con su primer favor, Casandra.
Marion, aparte de ser parisiense —carta de distinción que nunca logré descifrar ni saber en qué estribaba a la hora de las

desenvolturas amorosas— blandía el brillo de una ventaja decisiva sobre Claudine y Dominique: era mucho más bella, más alta y esbelta y lo que, a la definitiva, me atraía como imán, más moderna. Verla y ponerle cerco como lluvia a enero fue una y me enredé en sus encantos de pantalla como mosca en bombilla, dando permanentemente en muro de idioma porque la francesa recién llegada, que había venido a España no a perfeccionar su español sino a arrancarle sílaba a sílaba su secreto, a lo sumo, y es suma de imaginaciones, sabía decir *mu*, en vista de que Dios no quiso poner en animales de una misma especie confusiones patrióticas traducidas en complicaciones de idiomas y a nosostros nos dio la opción de su remedo para solventar a lo bestia las diferencias de entendimiento.

Consideré que en mi nueva vida me estaba convirtiendo en un puro arrepentimiento por no haber hecho cosas que se me habían puesto graciosamente a mano, como una lotería obsesiva en dejar su número de la suerte en mi puerta, y que en el tiempo que llevaba con Dominique y Claudine podía haber aprendido, por lo menos, un francés suficiente como para defenderme y con el que, en aquellos momentos especiales de merodeo, abordar a Marion en su idioma pastoso. Pero a mi afán por comerme el mundo siempre le había dado por agotar los hechos y exprimir hasta sus bordes las situaciones, sin aceptarlos al ralentí, piano, piano. Con tal ansiedad de precipitado desenlace, que sólo conseguía aplazar o darle control de sosiego si intuía peligro acechando, cuando Dominique llevó de la academia una gramática en la que aprender francés, con ella de profesora, la cosa no pasó nunca de la primera lección estando la *lit* tan cerca como estaba. En mi descargo podría argüir que aquella profesora prefería, con mucho, y mucho aquí no tiene márgenes, que yo aprendiera la lección de siempre, la primera y única, el asunto encelado de la *lit*. Pero está claro, y estas cosas lo suelen estar cuando no hay remedio, que desestimé ocasiones ventajosas irrecuperables, cosas que nunca vuelven porque a destiempo se aprende lo primario.

—Atiende, Manolo, por favor.

Me lo decía a medio gas, para justificarse o para que le atendiera en otros predios más naturales que el de aprender idiomas, remolón de ambas ganas yo en algunos momentos, pero como casi siempre estudiante aplicado en la cuestión de la *lit*.

—Eres un sinvergüenza.

92

—Un sinvergonzón.

—Con la buena memoria que tienes.

—Ahora me entero que esto se llama memoria.

—Eres un sinvergüenza.

Con tiras y afloja de esta índole juguetona terminábamos olvidándonos de la *table* y la *fenêtre* para que, a poco tiempo en transcurso, acabáramos arrepintiéndonos de mis nulos progresos. Yo, por Marion, no por causa más alta, y Dominique porque dijo haber recibido la noticia de la convocatoria de sus exámenes pendientes y tenía que desplazarse por un mes a su país.

—Tú tienes que venir conmigo —dispuso—. Conoces París durante unos días mientras voy a Cherburgo. Después, volvemos.

La propuesta, que cobraba en su contundencia categoría de imposición, me dio mala espina. Salir de España con Dominique equivalía a la posibilidad cierta de no volver o lo que tenía rejas a boleo y manojillos, volver casado, redundancia atadora que no entraba dentro de mis aspiraciones, a la que se sumaba la amenaza acechante de que en la frontera detectaran mi estado militar vigente, puesto a recaudo de feliz coyuntura de permiso indefinido, propiciado por mi pariente, el marino de guerra. Acaso, la nueva situación presentaba como premio el discutible aliciente de una aventura que, quizás, no volvería a presentarse, y, descartado el peligro aduanero, si yo no quería nadie me iba a casar, a no ser que hubiera embarazado por en medio, probabilidad, en vez de remota, latente, porque a Dominique le daba pavor de madre numerosa utilizar la píldora remediadora: cuando niña había padecido una rara enfermedad y me explicó que al tomarla le crecían imparablemente, hasta que llegaba la cera dilapidadora, los vellos de las piernas y los brazos. Y como ante la coquetería femenina no hay razones, funcionando estábamos sin la menor precaución.

A Marion la conocí en un bar cercano a la academia de idiomas en el que daban calamares fritos y pinchos de morcilla, vasto edén insospechable de estómagos franceses y razón por la que nos habíamos hecho clientes fijos del establecimiento, al que afluía por las tardes un escritor extremeño llamado Tejada, sobre quien aún no sé a ciencia cierta si había publicado algo, pero del que tengo un recuerdo de escritor prototípico: el habla rica y precisa, los temas ineludiblemente literarios, la ensoñación de paisajes turbadores en sus ojos navegantes y en la palabra viajera, y la cachimba, sobre todo la cachimba como un símbolo tópico, colgada de los labios y diciendo adiós como un barco en su humo. Aunque poco tenía yo que ver con su vocación, a no ser por mi historial de poeta sin ranking, me gustaba conversar —como él decía en vez de *hablar,* posiblemente influido por su amante argentina— con su persona culta, llena de ideas ordenadas y originales, hablar con él por su elegancia de exposición y perfección descriptiva, como de libro bueno abierto por las mejores páginas, pero también por la presencia de la gaucha, a la que yo tenía en rumbo de percha, mas tan enamorada del escritor extremeño que, por más poses hipnotizadoras a lo Marlon Brando que ensayé en sus narices, ni se fijó en mí a lo largo de los atardeceres que Tejada y su hechizo hacían más nostálgicos a fuerza de manifestar la dulzura decadente del sol en su hora postrera.

—Todos los atardeceres son otoño —refería como desde un verso iluminado—. Todo poniente de sol nos deja un beso escrito —continuaba—. En esta hora, la tristeza es un alma que nace.

En aquella época Madrid estaba bonito, con la belleza de la alegría, más que con la de Tejada, y era regalo sentarse en la puerta del bar y contemplar sin penas el desfile de rodillas como modeladas por deseo que hallara respuesta; los pechos altos de las mujeres, palomas bravas, duras, presas y queriendo escapar; los muslos remitiéndose hasta el pubis en una insinuación de faldas transparentes; los contornos alzados sobre las obligaciones. El desfile multicolor de hermosura me afirmaba en la intención de ver la vida por el cristal del deleite y la pereza, por los ojos felices de la despreocupación y por el hervor sin grillos del anhelo. Una mirada sostenida por una de aquellas mujeres frescas y fugaces en un momento irrepetible suponía la aprehensión de la inmortalidad en vida, porque el valor de la vida no estribaba más que en el valor cálido que le diera otra, por muy instantánea que fuera su duración. Bastaba con la aceptación de los ojos —firma de un pacto que no se llevaría a cabo cierto sólo por las circunstancias— para que se produjera la eclosión, la felicidad haciendo nido bullicioso y cantarín en la sangre, el poderío de la naturaleza y su magia, escatimada por los represores, poniéndose el mundo por montera. Y era cuando, como un rencor lejano y arrepentido, volvía a mí la vida pasada, si es que podía llamársele vida a aquel pasado negro que contraponía a mi presente de entonces, solar de privaciones ya vengadas, de cotidianas cárceles, de aborrecibles bolígrafos e infames cuadernos siempre clamando, como después en la mili, la misma palabra entre barrotes: preso, preso, preso.

Sentí un aprecio infinito por mí mismo ante la idea, llevada a cabo, de rechazar, frente a la histeria de mi familia, la colocación que mi padre dejó con su muerte y que me ofreció como una oportunidad de fábula el director del banco donde se había cargado de dioptrías, se había dejado entre letras y números sus años mejores, su alegría y su pellejo. Sentí confirmadas las ganas de volar que me dirigían a la sorpresa y a la multiplicidad del mundo, la necesidad de empacharme en su ofrecimiento de minifaldas, de gritar, como un istmo del gozo: libre, libre, libre. Estaban allí las francesas, sus cuerpos partidarios, sus formas agradables y, a veces, pensaba que las quería por querer la libertad que me proporcionaban.

Cavilaba yo muchas veces sobre la vida, como un filósofo sin riendas, cuando la catarata irrefrenable de Tejada no le ponía sordina en el corazón a mi pensamiento y hasta que no aparecían las francesas por el camino que iba al lugar de sus clases. Una de aquellas tardes lo hicieron imparmente, carne entre su panecillo Marion, que como he dicho poco nuestro comprendía y en menos se hacía comprender. Había venido a España para lo que todas ellas, con diferencia que subrayaba en punto de partida y objetivo, puesto que si carecía de conocimientos sobre nuestra lengua, quería dominarla no para hacerla instrumento de especialidad académica sino de uso corriente, una vez sorteados los exámenes de azafata, destino Air-France. Pinta de azafata tenía, ojos y altura cumbre de cielo, trastornando de cielo su cuerpo y tan de cielo todo que Dominique no tardó en darse cuenta de mis nubes, sofoco aéreo el suyo que me hizo comprender el sentido del dicho, repentino de acción y huérfano de palabras, *despedirse a la francesa,* puesto aquella noche en práctica desacostumbrada. Su nerviosismo, atizado por la presencia de Marion, y el estremecimiento percibido en mí por su belleza se proyectaba de una razón más profunda que, luego, comprendería, pasados unos días, cuando, fuera de sí, llorosa y como temiendo más mi deserción que los efectos de la causa que iban a provocarla, me dijo que estaba embarazada.

La confesión no me cogió por sorpresa. El anuncio violento del viaje y la desesperada instancia a que la acompañara, me pusieron en guardia desde el día que me lo comunicó y ya había hecho relación de argumentos contrarios e hilván de hilos sueltos para emergencia segura. A los pocos días de estar en Madrid, sin que me lo propusiera la sospecha, cayó casualmente en mis manos su agenda personal, en la que aparecían escritos con letras mayúsculas cuatro nombres masculinos en los casilleros correspondientes a los días comprendidos entre la fecha en que la conocí y la que fue a esperarme a la estación de Atocha. Uno de ellos era el de Jacques, su veterano y experto amante francés. Otro el de un amigo mío gaditano, escultor en Venezuela, adonde había vuelto, con escala en Madrid, después de unas vacaciones españolas y al que ingenuamente facilité la dirección de Dominique con el encargo de que le diera noticias mías. Claro quedaba que la visita reciente del francés no lo era de cortesía y que los mismos caracteres empleados para significar la presencia de mi amigo el escultor, tampoco exceso de casualidad. El tercer nombre, que figuraba el primero, respondía a la personalidad de su primer amante español, del que, en una ocasión, tuve noticias por ella misma, quien lo calificó de pretendiente, restándole así competencias de más compromiso. El cuarto nombre, reflejado en segundo lugar, era el mío. Como otra razón de peso, la fecha del embarazo, que excluía mi supuesta participación en él, se remitía a los días transcurridos entre nuestro conocimiento y mi llegada a Madrid, prueba a la que sólo se oponía un alumbramiento oncemesino o sietemesino, a demostrar por el tiempo. Todos los peros posibles se me acumularon más que como dudas, como deseos de que fueran realidad. Y en una enumeración detallada de lo que expuse como certidumbre y el añadido figurado y chapucero de lo que di en guarnición de motivos —entre cuya morralla intragable se contabilizaba un desliz con *el Espermatozoide*— se lo dije asombrado de mi frialdad y declinando cualquier responsabilidad por mi parte, con una recomendación final de que abortara.

—De paso por París, te lo quitas.

Tras la aclaratoria y desagradable conversación de aquel día, dispuesta a agarrarse a un clavo ardiendo, demoró varias veces la fecha de partida. Con el retraso reiterado casi llegué a olvidarme del problema, actitud desentendida a la que ella me abocó en la fe de que, soslayándolo, las cosas podrían volver a su cauce de normalidad. Claudine fue informada del embarazo y, en contra de una reacción lógica de repliegue, volvió a frecuentarme y a compartirme sin tapujos con su compañera agazapada, finalmente formalizado el trío, que una vez sellara un pacto de amistad, en empresa común de sexo. La novedosa relación desplazó por un tiempo lo que a medio plazo de hastío se impuso. En el número no sobraba cantidad, pero sobraba una persona que yo quería sustituir por Marion, poco a poco avanzando en el aprendizaje de un nuevo idioma. Se lo propuse a Claudine, ni corto ni perezoso, y tuve su indignación por respuesta, llantos, insultos y recriminaciones que entraban en mis cálculos. Y con su amor a todo trapo a mi favor, como el tiempo, una semana después volví a proponerle su intervención en mi propósito de canje con otra francesa como objetivo, desde la sospecha fundada de que su negativa no respondía a ninguna fidelidad con Dominique sino a la falta de confianza en sus posibilidades frente a Marion. El flamante objeto de mi perversidad era otra profesora de un curso diferente en la academia, Marie-France. Pequeña y negra, casi como la india desvelada, tenía un atractivo inexplicable, cosa fea de esas con fuerza que empiezan a invadir y a invadir y, de buenas a primeras, están dentro, se han hecho quiste querido. La había conocido en una fiesta que organizamos en casa de Dominique para no dejar dormir a la india y prácticamente durante toda la noche estuve con ella salvo en algunos ratos en que *el Espermatozoide* abandonaba a Claudine para consolarse en el vino o para intentar empresas más rentables, incursiones de tanteo que yo aprovechaba para acudir a su lado y levantarle la moral de sótano. Dominique, por más anfitriona, había adoptado la táctica de la indiferencia, que a mí me venía al pelo para, tras los cumplidos a Claudine, poner de nuevo rumbo a Marie-France, a la que rondaba con celo militante un tal Roberto, chico de mediana estatura y buen parecido, algo empecinado en echarnos encima una ducha de millones, para cuyo mejor empleo a su favor estudiaba Económicas. Roberto era agradable, y su mirada clara, delatora, noble y pueblerina le descontaba buena parte del capital cacareado a impulso de vino, rebaja patrimonial que, más tarde, en la ola triste del alcohol, me confirmaría hasta mi sentimiento solidario una historia de separaciones paternas, internado macabro y derrumbamiento económico, el cual, por recordado también en mi familia, me hizo empinar el codo a conciencia. El caso es que yo, como él, bebí demasiado y el acelero mental me condujo a pedirle a Marie-France un cuartel inoportuno en su casa. Vivía por las inmediaciones del estadio Bernabeu, en una calle llamada —con cierto sentido de la premonición— de la Menta y compartía el piso con un americano que quería ser novelista y con una polaca cantante de ópera, más extranjera en Madrid por su profesión que por su nacionalidad, puesto que en la capital de España, como señaló acertado Roberto, no se daban gorgoritos al público desde los tiempos de Alfonso XIII. Marie-France me contó que la polaca extentórea estaba descansando en España y que era de estirpe espartana como la india en su mal genio y rareza, que estaba llena de manías inclasificables en los tipos neuróticos conocidos y, aunque no tenía gato que se le subiera a las rodillas y a los ojos dándole carta de garantía al terror, se levantaba a las siete para ensayar, gallo de penumbra, y en el baño trenzaba un concierto de arias como para volverse a Francia. El americano era normal en abierta conflagración con sus antojos literarios y apenas aparecía por la casa, facilidad de desmarque doméstico que lo convertía en compañero ideal de inquilinaje. Tales detalles de interés me los facilitó la France en el transcurso de la fiesta, antes de pedirle mi borrachera que me llevara con ella y mucho antes de que mi relación con Dominique y Claudine fuera cosa de tres en tribu loca de erotismo. Marie-France, que se dejó querer, que incluso se acarameló para excitarme más y con malignidad de bruja antigua llegó a dejar que entendiera su aceptación como algo hecho, me dio la de la renuncia y, al día siguiente, le fue con el cuento triunfal a Dominique para que sus ojos normandos fueran tarro de lágrimas roto en su rostro furibundo, nunca más parecido al de su padre, de odio a los españoles.

Negar, en aquel caso, era lo mío y, por supuesto, negué. Le juré que eran fantasías de la France y me hice el propósito de no dirigirle más la palabra a la enana negra, como tuve que llamarla despreciativamente para que Dominique entendiera que no podía existir competencia, que todo era producto de sus ganas de presumir, e incluso —le dije poniéndole la anécdota al revés— de su despecho. El resultado se reflejó en que rompieron las amistades entre ellas y yo seguí relacionándome a distancia con Marie-France, quien, cuando Dominique no pudo seguir aplazando su regreso a Francia, pasó a ser para mí como una hermanita de la caridad protectora, fallidas las gestiones de Claudine porque fuera otra cosa. *El Espermatozoide*, Roberto y otros que se fueron uniendo a la pandilla estaban convencidos de que éramos amantes. Pero en honor a la verdad hay que decir que esta francesa resistente me salió rebelde en el asunto de la *lit* y tuve que volver al objetivo de Marion, instalada ya en aquella recova del tiempo en el piso de Marie-France porque la polaca de las voces impostadas se había ido a Italia, a estremecer romanos.

Dominique también se había ido con el propósito de abortar y volver. Claudine la siguió al poco tiempo y la herencia de dos mil pesetas que me dejó al marcharse se evaporó pronto como agua de julio, para que, de repente, me viera sin dinero, sin nadie que me lo diera y sin tener dónde echar los huesos desprotegidos. Marion no terminaba de decidirse y Marie-France, que me prestaba su hombro en algún bocadillo o en alguna copa, no lo hacía a diario ni incondicionalmente como suelen hacerlo las enamoradas. Ante aquel horizonte tenebroso tomé la vía del Café por ver si Casandra y su bondad caprichosa se avenían en nuevos favores donde pudiera hincar el diente casi a punto de herrumbre, pero se había ido a hacer su agosto otoñal a la costa, como el torero pintor y *Alvarito* a sus poblaciones de orígenes a reponer fuerzas perdidas. Sólo Manolo Rosas andaba por allí, mas de tan mala traza y suerte que pronto me di cuenta de que la temporada de verano no era propicia al desarrollo de sus facultades. Durante unos días compartí lo suyo, que, en cualquier sentido, era lo de lo demás. Me adiestró en el arte de rascar donde poco había y de camelar con gracia; a falta de San Bernardo, dormíamos en casas de amigos o en ascensores que bloqueábamos en el último piso y, siempre con dignidad, o con talento que si la quería lejos disipaba su ausencia en la gracia, sisamos la comida de los ciegos en *El Sahuco,* comedor frontero a la *Once,* donde nos introducíamos en sigilo y, con las cucharas de palo que Manolo se había agenciado en el Rastro, para no hacer ruido, empezábamos la raspadura en la convicción bien orientada de que, si linces imposibles, oídos de murciélago tenían. En ese aprendizaje de dureza para el que estábamos hechos como muñeca a la mano se hizo fuerte nuestra amistad hasta que a Manolo le salió un papel de actor secundario en Almería y volvió a demostrarle a la gente que lo suyo era el trabajo, al que jamás le dio la espalda y siempre persiguió en férrea voluntad incomprensible. Ante semejante desamparo no tuve más remedio que tornar a las francesas, quienes, con Roberto y otro amigo, planeaban por aquellas fechas un viaje a Las Hurdes, cuyo residuo resistente de leyenda negra acaparaba sus delicias

99

fantasiosas, empeñadas en ver curas negreros, legiones de baldados, lisiados, impedidos y bobos babosos, cantidades industriales de tracomas y enfermedades al por mayor. Roberto y su otro amigo habían sido padres de la idea, precisamente con la intención de quitarles a Buñuel de encima y, a ser posible, ponerse ellos, buenos españoles los chicos y conscientes del daño que se nos hacía con el entuerto, misión desmitificadora y eroticoturisticopatriótica para la que, al principio, no se contó conmigo pero que por un guiño de la fortuna se decidió me incorporada al producirse in extremis, la noche antes de la partida, la vacante de Roberto, a quien otra desgracia familiar dejó sin cumplir el alto destino de, por lo menos, desengañar a las francesas. Por aquella casualidad pasé de suplente imprevisto a comodín del equipo, con todas las pretensiones de titular, y de aquella forma impensada me vi camino de Extremadura, con Marion a tiro y cuatro días con sus noches por delante, durante los que poner en práctica mis entrenadas fullerías hasta verla caer en mis brazos amorosos y en mis manos su dinero que, de poco verlo, ni recordaba su forma, de no tocarlo el tacto y de no emplearlo su función o sentido.

En el ínterin de la noche previa a la salida me fui al bar de Tejada con el propósito de sacarle información sobre la comarca extremeña, misión que vi cumplida en objeto de impresionar a las francesas. Marie-France sospechaba mi falta de arrimo a las letras, por no decir que estaba segura de mi improvisto cultural, y yo quería recuperar con ella, al fin y al cabo eje de la cuadrilla, una credibilidad que me pasaportaba a la brega de Marion, reacia aún a acoger lo que, en concepto ni demasiadamente exacto ni exageradamente desorientado, consideraba un chulo, oficio que a las no profesionales del sexo les puede o no gustar, pero menos el que se sepa como aprobado por ellas. Aquella misma noche, que pasé en el piso de la calle de la Menta como forma de facilitar la puntualidad en la salida, pude comprobarlo otra vez, pues desde el saco de viaje en que me tocaba dormir junto a la cama de Marion, y al tener claro que no la conmovían mis quejas lastimeras como para ablandar a una estatua, pasé a la acción y en un visto no visto me metí en la cama de un salto de tigre sin resultados más benéficos que el de procurarme comodidad, puesto que la francesa se levantó, se puso la bata encubridora y se fue a dormir con Marie-France, cuya risa oí tras el tabique, vengadora, sarcástica a distancia y en talanquera de Dominique y Claudine y, por ellas, de todas las francesas burladas del mundo. Si no a mis anchas sentimentales, despatarrado me quedé y dueño del colchón, pero supe en mis adentros que aquella batalla quedó en tablas pírricas si no en derrota clara, ya que al día siguiente me sentí desgraciado y ridículo y a punto torpe estuvo la agudeza del sinsabor de instarme a la renuncia del viaje.

La presencia de aquel sentimiento inusitado en mí hizo que pensara en su causa. Hasta el momento una sensación como aquella no había pasado de ser supuesto de mi ánimo y empecé a creer que me estaba enamorando de verdad, que, por empezar a querer, se me estaba pegando lo malo y lo bueno de la entrega a otra persona capaz de hacernos cambiar y sentir magulladura en lo que fuera coraza.

La preocupación me tuvo mudo hasta buena parte del viaje y una ristra de títulos y de nombres franceses de escritores, filósofos y directores de cine, extraños a mi saber, penetraron con su fonética de afrecho el reducto de mis cuitas. En algunos momentos oí como una música celeste la lengua de patos de las francesas, vestida de cisne. Y hasta que llegando estábamos a la ermita de la Peña de Francia no se me ocurrió dar señales de la mía en mala hora, porque, alertado sobre una virgen residente en ella, me dio por dorar la píldora a Marion y, suponiendo que la Virgen de la Alberca tendría cara de Virgen guapa, blanca y con todos los atributos de los encantos divinos, unté yescas a la rima y le dije:

> *Mírala ella.*
> *Si parece la Virgen*
> *de la Alberca.*

Que el tiro me había salido por la culata lo comprobé al ver la Virgen. Como una cotufa de pequeñita y como una pasa de negra, la cara venía a ser lo opuesto a Marion, pero, sobre todo, la antítesis de lo que ella esperaba.

A la palurdería de piropeador metepata que hace comparaciones sin conocer el modelo original, correspondió el gesto adusto, inquisidor, de la doncella agraviada, en consonancia con la espesa violencia del cielo que había empezado a nublarse con malas intenciones. Ya en la cumbre una niebla densa y de poner vendas en los ojos comenzó a compincharse con el presagio de las nubes, y el eco de los truenos adelantó una memoria de tempestad fatídica en aquella carretera sinuosa y como de paso de cabras. Comenzó a llover como si el cielo no ahorrara llantos a todos los dioses, un poco antes convocados por el amigo de Roberto, que, en su necesidad de hacer currículum meritorio, había llevado su parla a Grecia, viajero por ella de días más azules, o acaso tan azules como unos momentos antes de comenzar la ascensión a la Sierra de Francia, en la que la Virgen de su nombre debió registrar con incomodidad revanchista el apelativo que le apliqué para que pegara la rima. Marie-France, siempre a la cáustica como sosa fuerte, no desaprovechó el chiste y lo soltó con una carcajada descreída y temeraria en aquel infierno de rayos.

—Como le has cambiado el nombre, se ha molestado la Virgen.

—Pues podía agradecer la comparación —se apuntó un tanto el amigo de Roberto—. Ha salido beneficiada.

Mi superstición, cada vez más señora en su agujero, se fue haciendo pánico en descontrol y, a pique de desprestigio en mi condición de hombre con nervios bien templados, pedí freno en la marcha para que mis palabras toparan de nuevo con la burla de Marie-France.

—Manolo, si llevamos cinco minutos parados...

La observación jocosa de la francesa apenas hizo mella de ridículo en mi sentimiento, que no estaba para ironías. Una lengua de tierra corrida, desgajada del monte por la fuerza de la lluvia, pasó a unos metros de nosotros insólitamente peatonal, ciempiés de arena y fango. Por la ventanilla postrera lateral izquierda del coche, comprobé cómo el reborde de la carretera se desgastaba a velocidad decidida por el demonio. Acerbo el cielo, acelerado en su motor de ira, puso la guinda fúnebre de una explosión ensordecedora, como si quisiera desintegrar el mundo, de conmoción a la redonda y de energía tan expeditiva que hizo diana brusca en la atención disipada de mis compañeros. Marion se amarteló en mi cuerpo, sin otro móvil que el miedo, pero por primera vez voluntariamente. Marie-France miró al amigo de Roberto y le vi el perfil demudado como un espejo de su miedo. A continuación volvió la cabeza y nos observó a Marion y a mí con gesto de desconcierto y despedida. Quiso sobreponerse y en una broma lastrada de eficacia por nuestros ánimos convocados en el espanto, me dijo:

—Ahora podrás escribir tu *temporada en el infierno*.

Cuando cesó la tormenta y el coche pudo reanudar la marcha, la comba alegre del arco iris me pareció una chufla de los dioses, una gracia zumbona de la Virgen de la Peña de Francia, la confirmación de la risa doble por quien ríe el último y la de su juego de dueños que matan su aburrimiento con los hombres.

Mis compañeros de viaje volvieron a hablar de escritores, filósofos, cineastas franceses, dioses griegos, y el inevitable Rimbaud volvió a adueñarse de la escena como si la experiencia de la tormenta hubiera sido saludable para el espíritu.

—Tiempo de pasión tengas, corazón —declamó Marie-France. Y añadió—: ¿Te suena, Manolo?

En vista de la suma holgada de adversidades, esperé silencioso a que cambiara mi suerte, al fin con otra cara en Las Hurdes.

8

MÁS QUE en Las Hurdes, la ruina tenía sede en el Cuartelillo de la Carraca. Como en Las Hurdes, la población de ciegos, jorobados y malaventurados varios había desaparecido, si es que existió, que no es improbable, pero en trance de desfallecimiento tenía la comida a los marineros que no recibían amparo de sus casas o se las buscabn al margen de los menús ralos y truncados que Morado y el sargento disponían como migajas. A su resta, plaga mayor de aquel ejército hambriento, melancólico y desmoralizado, se añadía la suciedad general, que en el comedor era gorrinería y en los barracones destinados a dormitorio basura de suarda. Las incalculables promociones de marineros pasadas por aquella dependencia fantasmal, elevada en la pequeña isla como testigo ignominioso de otro tiempo, la habían llamado por separado, y en acuerdo de impresión repentina, San Quintín. Y un San Quintín era con apuntes de acantonamiento mexicano, cuadro anárquico que incorporaba la vestimenta azteca si Félix merodeaba por el patio o los alrededores de los muros con su sombrero de paja. A la traza virreinal del Cuartelillo, formado por dos pisos en rectángulo, en tiempos lejanos coloreados con calamocha, las ventanas intentando escaparse de su aprobio sin cristales, la lóbrega y oscura sordidez de las salas, calificadas rimbombantemente como de uso polivalente, el desecho herrumbroso de las camas y la solera mugrienta de las colchonetas, se unía, azotes de otros orígenes, el olor rancio a cieno que desprendían los caños con las mareas bajas, el asedio picante de una demografía espesa de mosquitos, el ruido interminable de la lucha del mar, la humedad convecina de siglos y el intermitente viento de levante batiendo de arenas el simulacro de calles y las estancias desguarnecidas. Como apéndice de aquel mundo calamitoso bastaba observar armados de picos, palas y rastrillos a los de la Brigada de Trabajo, en los momentos que los acontecimientos promovidos por sus miembros exigían un trato duro del mando, tornado de disciplina elástica a castigo ejemplar, para entrever a distancia una imagen del entorno de los penados de San Quintín o Cayena. Los marineros, la mayoría de ellos forjados en la estrechez de los barcos pesqueros y habituados a lares tan penosos y exentos de las más mínimas condiciones de habitación, no acababan, sin embargo, de asumir la escasez y falta de calidad de las comidas, sobre cuyas características se manifestaban a hurtadillas, como si un lejano e inarrancable temor acuñado a lo largo de generaciones les impidiera contestar la injusticia. Félix, en cuya cabeza la solidaridad sólo había hecho nido en cuestión propia de amparar a truhanes, y yo, a quien se me asignaba una proclividad política redentora, jamás justificada sino en una ocasional reivindicación callejera en que, para divertimento y solaz propio, alimenté la algarada, estábamos tramando sin darnos cuenta una mejora en la alimentación, sin que nos afectara el resultado sino en lo que lo hiciera al poderío del comandante Morado.

—Dile al pintamonas —repitió Félix dirigiéndose a Antonio *el Gigante*— que *el Córdoba* no quiere verlo ni en pintura, que es lo suyo. Y tú —prosiguió, fruncido el ceño en advertencia— no te equivoques. De ruina, nada. En palmitas lo tengo.

—Me cachi en diez, *Catalán* —dijo Antonio apretando los dientes—, te salvas de la hostia porque me quedan veinte días de mili.

Recordé a los amigos de Santa Catalina y se me pasó por la cabeza —entretenida en que los dos antediluvianos no se atacaran— el pronóstico de Antonio. Le faltaban veinte días para cumplir y aún no habían desalojado del Castillo a la comparsa exótica, de la que ya me iba quedando sólo un recuerdo magullado y lejano. Sus palabras me produjeron un sentimiento contrariado, pero más que nada para meter baza de dispersión, con un retintín que él no merecía, le dije:

—No estás tú muy bien de cálculo, ¿eh? Dijiste que antes de que cumplieras iban a estar aquí los de Santa Catalina, y ya ves.

—Este —irrumpió *el Catalán*— podrá calcular el tiempo que hace por las nubes, pero no otra cosa.

Puse la mano atrevida, alegremente, sobre el barandal de hierro que separaba el patio de armas del Contraalmirantazgo del jardín colindante y me llegó al estómago una sacudida de calor homicida, como si el infierno quisiera cambiar de sitio. El árbol, mágicamente frondoso como un reto a la canícula, a cuya sombra nos cobijábamos, había logrado instantáneamente que desestimáramos el sopor dictatorial que nos embargaba, pero tan apasionado se cernía a nuestro alrededor el sol de plomo que estaba haciendo estragos sobre los pobladores de aquel lugar. Hablando solo, con su recuerdo o con su condena inexplicable, pasó un marinero de mi curso, al que ya sabía tocado del ala porque en las jarcias gigantes de la vela de prácticas del Cuartel de Instrucción se ambientaba de muerte, practicando entre palo y palo el salto mortal del ángel. Poco después, un paisano raudo, gambeteando con un balón inexistente y, más tarde, la mujer de Morado, en guerra con las moscas invisibles. Al poco tiempo sonó fuerte, como una histeria mecánica, la sirena que anunciaba el descanso de mediodía a los trabajadores de la Bazán. En la puerta de la vivienda del ayudante mayor, como una walkiria cegata, suicida tomaba el sol la institutriz asturiana de sus hijos, con la que yo tenía tratos secretos de confianza más allá del Arsenal y más acá de la cama, puesto que, entre telefonema y telefonema con destino a su señorito encocado, había logrado conversación con ella, le había gustado mi palique paparruchero y la había convencido para ir juntos a Chiclana, donde tras ponerle en bandeja la coartada de las copas que hacen posible lo imposible y gloria lo imprevisto la había magreado a fondo con la mano, tanto o más que con el pensamiento el día soñado de mi licencia.

—A ésa te la estás zumbando tú, *Córdoba* —aseveró Félix.

—Déjate de tonterías —le respondí—. A ver si por un alcahueteo sin sentido me veo en el Castillo.

—A mí me la vas a dar —ratificó con aires de suficiencia, al tiempo que peleaba en su nariz contra una cascarria desobediente—. No hay más que verla. U oírla. Toda la mañana preguntándome por ti. Que si es verdad lo de tu oficio de periodista, que quiénes son tus padres, que por qué estás aquí. Y luego, los ojos. Te ve y se le sale el coño por los ojos saltones. Cuando a una tía le da igual un gachó no mira así.

—Félix —le insistí— déjate de novelas de Corín Tellado, que me la juego.

Antonio *el Gigante* se había ido molesto por mis palabras y preocupado por mi suerte. La hora de almorzar se nos vino

107

encima y rumbeamos para Porrea, el comedor instalado en el Arsenal como negocio público, en el que, con idea tan maligna como apenas descabellada, pensábamos que debía tener acciones el comandante Morado, y al que iban a quitarse de encima la rasca iracunda los marineros con posibles.

—Lo que más me jode —apuntó Félix— es saber que estoy engordando a ese gusano.

En una de las ocho mesas, desterrado de afectos y ayuno de confianzas, estaba *el Madrileño* remendándose de un pollo con paramentos de papas fritas. Nos invitó a sentarnos y nos dijo:

—Pedir lo que sea, que pago yo.

Félix, cuando veía gente de más trote que el suyo, y *el Madrileño* era un pura sangre, ponía tierra por medio no tuviera que aceptar socio con complicaciones. El historial delictivo del *Madrileño,* del que me puso sobre aviso Antonio *el Gigante,* pujaba con el de cualquier ratero legendario, por más que la afición le viniera de enfermedad, no de gazuza, distingo que, previniendo, no dejaba de atenuarle el vicio a ojos de los demás y de ampliarle la aureola de tipo raro, hijo de jerifalte de la Citroën, que se veía donde se veía por su mala cabeza de randa, en vez de verse en Cádiz, señorito estudiante de Náutica, que tuvo que refugiarse en el Arsenal, donde en teoría, hasta entonces, estaba haciendo la mili cuando la policía lo cogió con las manos en la masa y no tuvo más salida a la calle que echar a uno por la escalera. La fuga y la dirección que tomo lo pusieron a salvo de la justicia civil. Pero el comandante ingeniero de armas navales de la Inspección de Obras, que lo tenía regalado de un enchufe absoluto, tampoco tuvo más salida —una vez reafirmado cínica y convenientemente en que el marinero a sus órdenes, el día y la hora de autos, se encontraba en su destino— que buscarle un delito menor y endosárselo a Morado para que lo reformara en la Brigada de Trabajo. En su estado depuesto y desacreditado creería que nuestra amistad iba a apuntalarle la reputación ruinosa y nos pidió que nos sentáramos en su mesa, única con sillas libres por otro lado.

La simpatía recíproca entre bellacos y el vino de más pusieron al *Madrileño* al tanto de nuestros propósitos para con Morado, a excepción de lo más importante, que supe guardarme de descubrirle tanto a él como a Félix. La euforia del *Madrileño* al conocer el proyecto se hizo en sus ojos fuego de desquite, porque tras su aventura más difundida y más represaliada, Morado lo había convertido en uno de sus perseguidos preferentes e indefensos, incuria en que lo había postrado su baldón hecho público, ya que el desmán rebotó por todos los hogares españoles con los apellidos sonoros del *Madrileño,* en el parte de las tres de Radio Nacional de España. Aquel marcaje, sólo a hierro severo en los márgenes que le dejaban al comandante sus múltiples ocupaciones, era, sin embargo, banco de ofensas arrojadas sobre el tapete y, con su periodicidad, recordatorio de un suceso que *el Madrileño* no aceptaba en ninguno de sus detalles. Aquella misma tarde, a lo largo de la cual seguimos la fiesta de cónclave conspirador y juramentado en el bar del destacamento de Infantería de Marina, se afirmó en lo contrario de lo que él calificaba como venganza del policía, al que tuvo a bien meterle un pie entre los suyos para que no diera con ellos en los peldaños de la escalera. Según *el Madrileño* el policía era un chulo de putas y tenía en el punto a una chavala del barrio Santa María que él le levantó con su labia fina de niño bonito de Serrano. Quería redimirla —nos refirió cínicamente, olvidado de nuestra condición comprensiva— y logró, según él, que la chica se pusiera a trabajar en oficio menos antiguo. Naturalmente, al policía le dio el ataque al verse privado de ingresos extras y le montó el número con pistola incorporada.

—Dinero no necesito porque me lo manda mi padre —argumentó batiendo en el aire el resguardo de un giro.

Ante un juez objetivo que no sepa de debilidades y caprichos humanos, sino que a la luz de la razón analice los hechos fríamente, lo del *Madrileño* era para absolución y lo del policía, delito. No solamente habría hecho mal uso de su autoridad sino que habría falseado las pruebas. Así lo pensé y por un instante estuve convencido de que *el Madrileño* no era cosa diferente a una víctima más elaborada por las circunstancias.

—El muy imbécil —describió *el Madrileño*— llegó con un maletín en una mano y la pistola en la otra, entró en mi cuarto y sobre la mesa de estudio comenzó a colocar cuanto llevaba dentro: tres relojes, dos máquinas fotográficas, un mechero de oro... Le pregunté que si era Papá Noel y fue entonces cuando se descubrió, sin ambages: «Soy —me dijo— el chulo de Mari-Carmen.» Acto seguido me enseñó la placa de policía.

A Félix se le reavivaron las lecturas de novelas policíacas y, abandonando su respeto vecino al temor, comenzó a interrogarlo.

—Los inspectores suelen ir en parejas —opuso.

—Pues, fíjate, una prueba más: iba solo. De lo contrario —preguntó convincente *el Madrileño*— ¿qué pudo pasar con el otro?

—Pero el parte dijo —contraatacó Félix— que eran dos.

—La radio dice lo que le dicen que diga en comisaría.

—Y la chica...

—¿Qué chica?

—La que tenía al punto —situó Félix.

—Mari-Carmen, sí. ¿Qué pasa?

—¿Qué declaró la chica? —preguntó Félix, rascándose la nuca con los dedos de la mano derecha.

—¿Cómo va a declarar? —se extrañó *el Madrileño* de la pregunta—. En la versión del policía, lógicamente, Mari-Carmen no aparece para nada.

—Y tú, ¿por qué no has pedido que declare?

—¿Cómo voy a pedir que declare si no hay juicio?

El vino fue calentando paulatinamente el interés de Félix por el caso y al no entrever fisuras en las respuestas del *Madrileño* a su interrogatorio, se puso partidario y cambió las pesquisas por la adhesión. Su loca fantasía de Simenón bebido lo llevó a proponer una acción disparatada, fuera de sentido común.

—Hemos de darle un escarmiento a esa chapa —dijo, desenfundando la pistola de su dedo índice.

—¿Te parece poco lo del brazo y la pierna? —repliqué.

—Tenemos que buscarlo y hacer que cante el polizonte.

—Y que nos cojan en su terreno, ¿verdad? —puso en razón *el Madrileño*.

—Con Morado tenemos tajo —dije, volviendo a otra trapecería de filiación no menos irracional.

—A ése —se dirigió a mí *el Madrileño*, que raramente miraba a los ojos— hay que hacerle algo peor de lo que tú propones: dejarle embarazada a la hija.

—¿Violándola? —se preguntó Félix con los ojos a contramano, en dirección prohibida.

—Seduciéndola —matizó *el Madrileño*, aportando prueba de su perversidad—. La niña es calentorra y se puede poner a tiro fácilmente. Un compañero de la Escuela de Náutica sale con ella y, a través de él, podemos tomar contacto en un terreno, por lo menos, neutral.

110

—¿Y por qué no hace tu compañero el trabajo y así nos ahorramos complicaciones? —propuse yo, que debía de tener las copas menos enconadas.

Desde el bar de Infantería de Marina volvimos al de Porrea y, cerrado éste, intentamos que abriera la cantina del Cuartelillo el marinero dispuesto por el sargento de cocina para atenderla durante la noche, quien resistió nuestros trucos y proyectos de soborno. Terminamos en la playa cercana, de uso privado para los familiares de los jefes y oficiales, y por la mañana, con los estragos del alcohol poniendo neblina en la memoria y la náusea de la resaca pugnando en pleamar de vomitera, nos enteramos que habían robado en Casa Porrea.

—¡A mí, que me registren! —gritó Félix divertido.

—¡Y a mí! —secundé la broma.

El Madrileño debió de considerar poco contundente la coartada, apenas dignos de crédito los testigos y, por contra, segura la sospecha en Morado de que el ladrón había sido él. Estaba lívido y nervioso, convencido de que las desgracias llegan en gavillas.

—Me lo van a atribuir a mí, porque debo de ser el único de la Brigada que no ha dormido en la Compañía esta noche.

Cuando me dirigí a la Secretaría para cumplir mi oficio de registrador y mensajero de telefonemas, ya estaban los componentes de la Brigada de Trabajo en medio del agua de la marea baja picando la escollera de la playa. Por un instante oí el tableteo rápido de un fusil ametrallador y adiviné la ráfaga en el aire, por encima de las cabezas de los picadores. Miré, como quien en la huida quiere medir la distancia que lo separa del enemigo, con el mismo terror y la misma angustia, y vi como desde la orilla el comandante Morado, los brazos en jarras, la papada en cuarto creciente y la barriga a sotavento, decía:

—Ahí, cabrones. Ahí vais a estar hasta que uno cualquiera diga que *el Madrileño* no ha dormido en la Compañía.

La banda de bribones, capaz de guindar en su misma casa, era, por el contrario, de una fidelidad enamorada a la hora de protegerse colectivamente, como sabiendo que su única defensa y poder estribaba en la conservación de lo que los hacía menos vulnerables. Ni uno de ellos, llevados al sojuzgamiento por motivos de diversa debilidad, pero en el mismo destino unidos, llegó a plantearse una ocasión de venganza con *el Madrileño* por cuestiones de diferencias personales, a las que llamaban de *régimen interno* y solían dirimir en el marco de su ley hampona, cuyo atributo superior de usía desempeñaba *el Calella*, a quién correspondía como componente más veterano de la Brigada y Salomón ponderado y justo a la hora de distribuir justicia si en su medio cerrado cambiaba de taquilla una maquinilla de afeitar, un mechero o un transistor.

Según me contó Félix, que toda la mañana anduvo al olisqueo de noticias, Morado dio por imposible su trabajo inútil de coacción a la una de la tarde y no por falta de ganas, acopio de cansancio o convencimiento de esterilidad, sino porque el comisario de la policía de San Fernando, como era de temer para *el Madrileño* y lógico desde el carácter civil del comercio esquilmado, tomó las riendas de la investigación con dirección única, *el Madrileño,* que había de pagar por delito ajeno el delito cimero de hacer befa y escarnio de escayola de un inspector de policía.

La balanza estaba a punto de hundirse por el platillo del *Madrileño,* cuando el cónclave de la Brigada de Trabajo, gobernado por *el Calella,* dio en su veredicto de delatar al culpable. Por aquellos días su presidente lindaba con la exhumación de su último recargo que, a cuatro meses vista, empezaba a exigir causa de renovación resguardadora frente a la mafia del barrio chino barcelonés. Su confesión como autor del robo en Casa Porrea no sólo preservaría al *Madrileño* de una traca de aplausos en su cara bonita, sino de lo más contundente en generar espasmos perdurables: un tiempo largo entre los muros inmisericordes del penal del Puerto de Santa Marta. Decidida estaba la salvación del *Madrileño* y a punto de entregarse *el Calella,* quien por una vez no tendría que escaparse a Cádiz, organizar una nueva pajarraca memorable en el *Pay-Pay* y, finalmente, ponerse él mismo las esposas, confiadamente ofrecidas por la Policía Naval, cuando se entregó el verdadero autor del saqueo. Resultó ser el muchacho que servía las mesas en el comedor de Porrea, encelado por el hachís que le proporcionaban *el Calella* y otro socio suyo de apodo *el Sevillano* a precio de privación para sus bolsillos de escuálidas propinas, quien acelerado por la necesidad del viaje había dado en traspiés antes de iniciarlo.

El desenlace procuró que la vida del Arsenal volviera a su monotonía, jalonada de pequeños lances intestinos y de domésticos embrollos en el seno de la Brigada de Trabajo, que llegaban a nosotros por la información puntual, aunque deformada a conveniencia, del *Madrileño.* Félix seguía preparando

112

al *Alicantino* para el Campeonato de la Marina y, con antelación de cuatro meses, se había asegurado el paso de su más que negado pupilo a la fase interdepartamental. El indeseado encuentro con el aspirante de Morado, único boxeador al que no podía comprar para que se echase convenidamente, había logrado burlarlo a base de tener al *Alicantino* en régimen eremita, mengua física en tara que lo ponía en los pesos ligeros en vez de, como antes de la purga, en los medios. Paralelamente a su trabajo de promoción deportiva, que poco trabajo le daba, tuvo una época de distensión con el comandante. A veces me los encontraba hablando, panza con panza, gallofa de mangantes que han pactado en mucho que callar, reanudación de relaciones interesadas que a Morado le dio la paz en el silencio de Félix con respecto al desguace del *Saturno* y a éste un mayor radio de acción en libertad relativa sin vigilancias limitadoras.

—No te creas, *Córdoba,* que lo he perdonado —me dijo seguro de su rencor—. Hay que confiar al enemigo.

Sin la presión rebuscadora de fallos por parte de Morado, a Félix se le fue confiando la mente, aplicada en alborotos sin monta y diabluras sin importancia. Por aquellos días montó entre cuatro taquillas, que le servían de escaso barracón, uno de sus negocios magros con el que pretendía distraerse y lucrarse a expensas de un marinero al que exhibía como un fenómeno de feria. A decir de Félix era el único hombre del mundo con pelos en el glande, raro atributo, y seguramente molesto, por el que sólo se interesaron las cuatro maricas del Cuartelillo y de los barcos anclados en el muelle militar. Ante la poca renta de su invento cambió su fugaz profesión de empresario feriante por la más difícil de inventor, por lo que, a cualquier hora del día, se le encontraba manipulando un extraño aparato frente a los rostros absortos en principio y después incrédulos de los marineros. Con el aparato en cuestión —un vibrador elaborado con un ventilador de bolsillo, un imán y una redecilla de sujeción capilar— y su adecuado manejo, aseguraba una avalancha voluntaria de pesca nunca vista, pues el vibrador tenía la propiedad de atraer a los peces hasta el encantamiento de ponerlos camino de la red, succión inevitable a la que colaboraba con su poderío de atracción el imán. Félix proponía la compra de su invento por una módica cantidad, más bien simbólica en su afán de que los marineros ampliaran su miniatura para usos industriales y, de aquella manera ingeniosa, cada comprador viera resuelto su futuro y la Patria engastada su gloria por un portento que abrochaba la intención de dejar sin padres y sin huérfanos a todas las aguas de la costa del moro. Como tampoco le diera resultado práctico la consecuencia más refinada de su magín, montó una agencia que, como receptora de ingresos, era menos rentable todavía que las anteriores. Prometía la resurrección de la carne, y lo que venía a ser más ambicioso, del espíritu tras la muerte, milagro comprobable en la alegría de la familia del muerto al verlo aparecer de pronto.

—Tú te das por muerto —le decía al marinero de turno poniendo los ojos en blanco y echando por fases su cuerpo enorme en la tierra—. Yo contrato una esquela con tus datos personales en el *Diario de Cádiz* y ya verás la alegría que le das a tu madre cuando te vea resucitado.

Como Félix planteaba sus negocios más para divertirse que para obtener ganancias económicas, como Manolo Rosas el multiplicado, casi siempre echaba a perder la industria y el discurso con el cachondeo.

—Ya verás la alegría que le das a tu madre cuando te vea resucitado. Tú, resucitas, y ella —añadía sin poder contenerse— se muere del susto.

En cosas tales de indino se ejercitaba, y tan a sus anchas espaciosas, hasta que un día volvieron las diferencias con Morado. Félix le ganó cinco mil pesetas en una sesión de póquer al sargento de cocina y como éste arguyó trampas y se negó a pagar, se fue a reclamárselas al comandante, que no quiso hacer fuerza sobre su subordinado y socio de comandita en asuntos oscuros. Ante la negativa se le peló el cable poco guarnecido y, como indirecta al blanco mismo de su honradez cuestionada, le mentó la bicha.

Morado lo amenazó, llenó de ruido, sin nueces, el espacio acotado de su camareta, llamó al sargento de guardia para que lo condujera a la peluquería, pero, a medio camino de su decisión y en el pensamiento de que *el Catalán* podía llegar hasta el límite y apechugar ante los mandos con su argumento de corrupción, dio marcha atrás en la orden y, seguramente en la memoria de un episodio similar conmigo, le explicó a Félix que si no lo pelaba al cero era porque lo tenía asignado el ayudante mayor como cocinero y que, en casos tales, su disciplina le impedía puentear a un superior en grado.

—Por eso te vas a librar. Pero después que hable con el ayudante mayor, voy a dejar sin hotel a más de un piojo.

Después de la reanudación de hostilidades volvió a crecer en Félix la necesidad de venganza y me recordó que teníamos archivado un proyecto para poner al descubierto los tejemanejes del comandante. Por aquellos días el sol implacable del verano había dado, con la despedida de la estación, paso al frío. Antonio *el Gigante* había vuelto al pueblo con el certificado de dos años fuera de su pegujal, su esteva y su naturaleza. Había entrado en el Arsenal un nuevo curso de marineros y, con su arribada, el retorno de las bromas y novatadas de rigor, el acentuamiento en la práctica de nuestros grados veteranos y, lo que más nota de asombro obtuvo, la salida hacia destino desconocido del *Madrileño*. Su padre había movido los hilos de su influencia y consiguió un borrón y cuenta nueva para que su hijo siguiera estudiando Náutica en Cádiz. Su vacío, durante unos días marcados en nuestros corazones tan sentimentales como maniobreros, lo llenaría a poco tiempo Fabio, un marinero del nuevo curso, natural de Arcos de la Frontera, apellidado Luna, en la que siempre andaba fuera o no reina de la noche. Fabio, que había sido destinado al Arsenal por mediación de un brigada de oficina, hombre modelo en la tarea de hacerse una cultura compensatoria de su triste y pesado oficio, escribía versos, había quedado finalista de un importante premio nacional para jóvenes y, acaso, fue él quien me inspiró a la hora de arrogarme profesión tan original con las francesas. Félix lo acogió como algo suyo, causa propia de poesía sin rima a la que *el Catalán,* a la deriva frente al hecho de que los versos de Fabio no pegaran ni con cola, le oponía lo único consonante que encontraba a mano, la Salve Marinera, que tuvo que aprenderse, como cada quisque, en el cuartel de Cartagena, antes de que dejara por unos días sin leche en el café a los marineros de Levante.

—¿A que tú no sabes ésta?

Y como si Fabio no hubiera pasado por el calvario de tener que aprenderse la difícil retahíla, que bien cantada no dejaba de ser hermosa, le endilgaba con dificultad y sin música:

Salve, Estrella de los mares, de los mares
Iris de eterna ventura;
Salve, Fénix de hermosura,
Madre del Divino Amor.

La letra de la Salve, por aquellos días tan pegada a los labios de Félix como el bocadillo renovado, me trajo al recuerdo algunas cosas inolvidables del período de instrucción. En primer lugar al *Barbate,* al *Popi,* al *Licenciado* y a los parguelas, que no acababan de desembarcar desde el Castillo. En su recuerdo triste socorrido por una imagen rauda y jovial, vi a *la Caña* cantando, sobre la barca, lo bendito con aires paganos:

> *Es María la barca de plata,*
> *San José los remos*
> *y el Niño el timón.*
> *Y el Espíritu Santo el piloto*
> *que va dirigiendo la navegación.*

Y, después, entre otras nostalgias incomprensibles, en otra estampa de desvarío, el canto atorrullado de los analfabetos, que dislocaban la letra de la Salve, a su manera, sustituyendo aquellas palabras ajenas por otras de familia:

> *Salve, Estrella de los mares, de los mares,*
> *eres de Fuerteventura;*
> *Salve, Madre de los curas,*
> *Madre del Divino Amor.*

Fabio, al que *el Catalán* llamaba *Cabañes* desde la referencia de una calle del poeta Cabañes, único vínculo de su vida barcelonesa con la lírica, difícilmente podía ser sorprendido en lo que Félix pretendió, sin demasiada fe, de su autoría. Se lo sabía de memoria por tres meses de cantarla todos los atardeceres, machaconamente, como se sabía de tal guisa la Ofrenda del Marino, el Himno Eucarístico y hasta el de la Escuela Naval Militar, que Félix también terminó aprendiéndose a base de pedirle que se lo repitiera al recitado.

Con los días, Fabio, que sabía decir las cosas bellas que a los notas siempre nos han calado dentro como si una prohibición divina las negara en nuestros labios, pasó a ser parte inseparable de nosotros, sustituto en cabal del *Madrileño,* poco a poco escorado, si no a la piratería, al vino y sus desvíos incontrolables. Con él, incrementó la terna mi paisano el pintor, destinado en el dragaminas *Guadalete,* con base en el Arsenal, por lo que pasamos de trío a cuarteto, como Los Sirex, decía Félix, quién terminó aceptando al *Cagarríos,* de nombre Beni-

116

to Núñez, a pesar de que los prolegómenos de acople se vieron teñidos por una fuerte discusión entre ambos, motivada, precisamente, por el apodo contaminador de mi paisano.

—A mí no me dices tú eso, catalán churretoso —le dijo Benito señalándole con los dedos la constelación de lamparones—. Sucio tú, que tienes más manchas que un papel de tejeringos.

Benito, en su adustez de carácter, era una de esas personas que hacen reír si hablan. Corto de cuerpo, pero pincho, menudo y de tez rojiza, quedaba entre la ropa marinera como el esqueleto de un espantapájaros. El lepanto, piadoso, sobre la calva oculta; la marinera banderón al aire y los perniles de Popeye —como nagüetones agrandados por la ausencia de horma—, sábanas fantasmales eran y todo él un fantasma sin encaje posible en aquel lugar. Ni siquiera su edad, de empecinado prorroguista por mor de una carrera que comenzó tarde y por una esperanza fundada en que una maravilla sobrenatural lo eximiera de cumplir la mili, cuadraba en el ambiente. Semejante desencaje se alimentaba en el rechazo natural que produce al artista una vida marcada por la disciplina de un barco de guerra e iba a concluir en una angustia reflejada en sus gestos, sus acciones y sus palabras, de las que, igualmente, había que responsabilizar a los vaivenes de su vida, catapultada, desde una ínfancia, adolescencia y primera juventud campesinas de recursos precarios, a la Escuela de Bellas Artes de Sevilla, su mundo libre y bohemio, y vuelta de nuevo al hondón de una existencia ajena a sus inquietudes. Como alcaraván sin aire, veterano de otros vuelos, Benito dejaba por su carácter, cambiado por las circunstancias, la acritud de su malestar, pero cuando lograba apenas evadirse y tornar a su espíritu de colores y formas, de luces navegantes y vagabundeos tabernarios, le aparecía una gracia natural, que, aleada con la evidencia chusca de la situación, se volvía sarcástica.

—El comandante del barco me ha pedido que haga un retrato de su mujer. El otro día me llevó a su casa y en vez de un cuadro voy a tener que hacerle una operación de cirujía estética. Es un queso la tía —nos comunicó.

—Pues, píntalo y nos lo comemos —propuso entre risas Félix—. Ponle viruelas y así es Gruyére —remató.

—Píntala idealmente —sugirió Fabio— como si se tratara de la mujer de tus sueños.

—Sueño yo con ésa y del infarto no me vuelvo a despertar

—comentó Benito—. ¿Cómo le habrá dado al gachó por casarse con ese momio? —se preguntó perplejo, colocando sus manos como si fueran modelo de su tajo previsto en una gran pelota de baloncesto.

—Algo tendrá —supuso Fabio.

—Pasta gansa —vaticinó Félix.

—Hay belleza que no está en la cara —comenzó a explicar Fabio—. En un cuento de Diderot, el enciclopedista francés, se cuenta que un sultán poderoso de un legendario país de Oriente contrajo una enfermedad que, tras la busca de su causa y múltiples tratamientos sin éxito por los médicos más eminentes del mundo, fue considerada incurable. Uno de los emisarios del sultán conoció en Francia a un tratante marsellés, quien le aseguró que tenía la solución para los males de su amo. Se trataba de una mujer gorda, como tu modelo —comparó señalando con un dedo a Benito— y con viruelas como tú propones —giró el dedo hacia Félix—. Pues, con la fealdad y la presencia de aquella mujer —aligeró en el cuento— sanó el sultán. El emisario, asombrado, no pudo menos que preguntarle al marsellés: «¿Cómo sabías tú que era ésa la medicina?» Y el marsellés le dio la respuesta que nadie podía esperarse: «Porque si yo fuera rico hubiera sido mía y no de tu sultan.»

Félix dejó la boca abierta, admirada, durante unos segundos. Y, fruto de hechizo, aseguró nostálgico:

—Esto es lo que a mí me gusta. Si yo tuviera estudios como tú, Fabio, o como Benito, aunque tuviera que pintar al queso, a la tía, yo que sé, le iban a dar mucho por el culo a Morado y al *Alicantino.*

—El saber no ocupa lugar —dijo crecido y mimético el poeta—. Y a la larga, pasados años febles y fugaces de juventud, el pozo de la sabiduría es lo que cuenta.

—Tampoco hay que hacerle ascos a los divertimentos... —intervine yo, no fuera a convertirse nuestro grupo en renuncia de asceta—. La vida, su curso diario, también es fuente de conocimiento —decidí, tomando palabras poco frecuentes en mi verba cotidiana.

—Por supuesto —aclaró Fabio—. Pero experiencia sin método es igual a flor sin olor, a río sin cauce, a cuerpo sin espíritu. Y las lecturas son síntesis de vida, lo mejor de ellas.

—Lo importante es la conquista de la adecuación fondoforma —concluyó tópicamente Benito.

118

Félix no salía de su maravilla, y dijo con entusiasmo de transportado a la gloria:

—De aquí a la Academia. Qué coño, esto es la Academia —completó.

En aquellos conatos de tertulia a lo culto, Félix y yo fuimos aprendiendo cosas dispersas, agradecidos. Pero lo más de agradecer no se desprendía de nuestro aprendizaje vago, de oír campanas sin saber dónde, sino de esquivar la tentación de buscarle las cosquillas al comandante. Durante un tiempo en paz y rescate de unos conocimientos que a Félix le habían sido negados y a mí me habían rozado en marcha, sin que me fascinara su tren de noche, como un espectro de luces fugaces, nos olvidamos de Morado. Pero acechando estaba, zorro expectante a la huella de sus presas.

9

EL DÍA en que las francesas, el amigo de Roberto y yo pudimos dormir en el infierno si la tempestad dura unos minutos más, lo hicimos en una pensión de Ahijal de la Sierra. A mi lado, bramando en ronquidos como truenos, el amigo de Roberto no logró prolongarme el pánico porque mi ánimo andaba en dulzura. Un poco antes de irnos a la cama había besado a Marion y como si su beso fuera antesala de otros sueños más hondos prometidos me debatía en tormentas de gozos, no de temores. Mirando al techo como si fuera un cielo que, fuera de aquellos muros, cantaba de luna una lechosa mala salud de amantes emocionados, recordé, con la memoria todavía erizada en mis vellos, la cochera con farolillos y guirnaldas, las parejas bailando, las ancianas sentadas en las sillas de eneas, de carabinas atentas, la orquesta rural de chim pum chim pum con canciones de Manolo Escobar.

Habíamos preguntado en la pensión sobre la existencia de algún local donde se encontrara a la alegría parte de aquella población de cuatro casas y tuvimos la suerte de haber llegado en la laguna anual de las fiestas patronales. Aquella mañana, mientras la cohetería monumental del cielo ensortijado nos ponía el corazón en un puño, había surcado el pueblo la procesión solemne de la Virgen, había corrido el anís, se habían hecho en el aire rosas blancas de humo la fugacidad de los cohetes, las muchachas habían ofrecido uvas y flores a los mozos y se había abierto el hervor de un paréntesis de diversiones flacas, que, a la noche, en la cochera de Gabino, entrelazaba los cuerpos en abrazos tímidos.

—La chica gorda —me desplazó del sueño el amigo de Roberto, seguramente despertado por sus propios ruidos— quería ligue. Me estuvo buscando toda la noche. Fea no era

121

—intentó magnificar lo que proponía como una conquista—. Gorda, sí, pero en los pueblos, eso, se lleva —dijo jaleándose lo que no llegaba a entusiasmo—. De todas formas, este tipo de metal, que en otras situaciones puede ser aprovechable, queda oscurecido frente al que nosotros traemos —concluyó frenando la marcha y atajando por donde le convenía.

La chica gorda, hermana de otra chica que acercaba su «i» escueta a la «O» mayúscula de su fraternidad bien criada, no sólo lo era en torrentera de tocino sino que, en su desbandada de morcón, apenas consentía frontera entre sus miembros. La papada inclemente no lograba independencia de los mofletes avasalladores, los pechos le ganaban las espaldas, abdomen y barriga eran mellizos, el culo patrimonio de los muslos y los pies de las piernas. Para colmo de bulto informe, y como consecuencia, los ojos se le adivinaban, la boca era gollete de garrafa y sus palabras partían de cráter de ballena tan en enjundia que eran de grasa, pegajosa de materia e intenciones. Nada más verme vino al arpón, suicida. Me cogió de una mano, como quien es dueño y señor, y me sacó a la pista, que era campo, camposanto en rigor de baches, dominadora y desinhibida. A ambas en cojunto, a la «O» mayúscula y la «i» escueta, les llamaban en la comarca *las Látigos Negros,* y al verlas pensé maravillado en la torpeza de Buñuel, que de sacarlas en su película hubiera impresionado más que con los leprosos y tullidos. Margarita, que así se llamaba la Oliver Hardy de Las Hurdes, aprovechó el bolero para engullirme, pues debí de desaparecer entre su riada de pellas, y sin saber qué hacer para desarmarme de semejante latitud, le silbé a la parte de elefante —por donde supuse estaba el oído— que aquello, en Madrid, se bailaba suelto, porque bailar suelto era lo moderno y que ella, como chica moderna, debía de estar al día. Mi ingenio me salvó, si no de sudar la gota gorda, de tener que cambiar de nombre y adquirir otro como el náufrago de la Biblia que en la Historia de la Religión de cuarto de bachiller volvió al mundo del aire tras unos días de visitar paisajes triperos. Aquella conquista, que de llevarla a cabo hubiera empequeñecido la de América, era la del amigo de Roberto, no tan tonto como para utilizarla a su orgullo sino como punto de arranque para clarificar posiciones.

—A ti —le interpelé— ¿cuál de las dos te interesa?

—Hombre —me contestó— interesar, interesar, ninguna.

El amigo de Roberto sabía de sobra a quienes me refería,

pero como me salió remolón decidí no insistirle porque su evasiva de poner *Látigos Negros* donde se trataba de Marion y Marie-France me dejaba las manos libres y la oportunidad de, en cualquier momento propicio, recordarle que *interesar, interesar,* no le interesaban ninguna de las dos francesas, como me había asegurado. Claro quedaba que iba a por Marion por cuestiones obvias de diferencias carnales bien dispuestas y por la complementaria de creer, como el resto de los amigos, que entre la France y yo existía acople frenético. Con aquella ventaja me callé y, para que nuevas palabras no menguaran la diferencia que le había tomado, simulé estar dormido y puse en marcha un aparato de violencias respiratorias que hasta en ralámpagos cuajaron, según imaginé posiblemente referida mi alma al ataque celestial de la mañana. No estaba yo en congoja, sin embargo, sino para, ida la tempestad, ver claridades como primaveras, la orquestina de bombo, violín y acordeón atacando *Angelitos negros,* Marion en mis brazos, ya ahuyentada Margarita, los saltos divertidos para que nuestros pies no afincaran en flagelo, y los empujones benditos, uno de los cuales me puso recto y encajado en los labios de Marion, que no huyó de la llama. Algo grande y hermoso, cardinal, me recorrió el estómago y puso en la garganta las sacudidas de los estertores. Algo con señas de inmortalidad, sólo que al separarnos para arrimar aire a los pulmones, cuando intenté retornar al paraíso, Marion hizo mutis de su boca, siguió bailando tan tranquila y como si nada hubiera sido aquel temblor. Pero lo fue, sellado estaba y dando brincos.

Como no era momento, sino cuestión de espera, el otro viajero no mojaba con la France y se hacía imposible el cambio de cuarto, demoré la propuesta, que sobaba despierto en aquella habitación sin ventanas —con todo el cielo abierto para mí— de la fonda de Ahijal de la Sierra, pueblecito de Las Hurdes que, a tono de su fama, me contagió una enfermedad, más bien grave, de amor. En ella me quedé dormido como de un pasmo venturoso, viajando en las alas cálidas, engoladas y ajenas de mis palabras y del diálogo que me llevó hasta el beso que sin el empujón preciso poco hubiera ayudado.

—Quiero a la reina del aire, novia azul de las nubes, navegadora por los cielos de Francia, lunar en la camada de estrellas, brilladora en su pulso numeroso. Quiero su norma azul de espíritu y silencio...

—¿De quién es el poema?

—Es el poema de un incomprendido que sólo besa su sueño.

—¿Su amo?

—Su dueño, no, su sueño, el imposible que lo torna melancólico y hace que entregue de su riqueza, lágrimas.

—¿Y por qué llora?

—Porque su mano extiende y da en vacío, habla su boca y nada desordena, busca espejo su ojo y no halla luna que lo conduzca sino a abandonarse.

—No entiendo bien, pero es bonito.

—La mirada del verbo, ¿qué es?: la música. Tiene la boca notas de mirada, la luna rima su melancolía y la traslada por los corazones.

—Manolo, entonces, ¿es verdad que eres poeta?

—¿Y quién negó tal evidencia clara?

—Marie-France...

—Marie-France no está hecha para el nardo, aspira a la belleza quien la tiene, tú eres espíritu que se da y recibe el narcótico trágico y hermoso.

—Parece de Baudelaire.

—Comparación no tiene la esmeralda con la bisutería y los cristales en su verdad se dan a diferencia, en la dureza suave de su brillo.

—Mejor que Baudelaire.

—Ya la semilla a punto se estremece, cuaja en rosa el jilguero de sus labios, cada prodigio es multitud de un vientre.

—Manolo...

Como por un cristal borroso, humedecido y salteado de lluvia, recorrí paisajes de campos y de pueblos sin nombres hasta llegar a La Alberca. Ni por los pueblos ni por los caminos encontramos leprosos para decepción de las francesas, a no ser el que llevábamos dentro del coche, el amigo de Roberto, que con tanto pelo de cráneo y barba y tantos zurcidos como llevaba en el vaquero escapado de cárcel u hospital parecía. A falta de una gracia, que si al presentármelo escuché y no entendí, para entenderme con la francesa si a él me refería le puse de mote *el Mapa,* por la policromía de sus manchas, que sólo en comparación con *el Catalán* no alcanzaban categoría de mapamundi. Las francesas, de ingenio y recibo más proclive a lo gráfico, rieron a gritos el acierto en francés y en castellano, pero a mí me cayó en suerte la antipatía de mi reciente prohijado, que ya me la tenía en larva, al que bauticé sin intenciones de reyerta, para hacerle gracia a Marion. Que le había llegado al oído el chiste lo supe en La Alberca, donde para recomponer la imagen lisiada nos sorprendió con un terno de alpaca azul, envidia de horterillas y rechifla de las francesas, la cuales registraron para siempre, junto al mal gusto del *Mapa,* su falta de personalidad, que yo me ocupé se comparara con la mía, si no de hombre culto, a prueba ingenioso, si no bien vestido, limpio como los chorros del oro, y si no millonario, como *el Mapa,* con los encantos que no da el dinero: pícara malicia excitante, psicología de donde más duele, olfato, vista y, sobre todo, don de saber cómo se pisa el área, a la busca del gol, encontrando cosquillas, sus fallos al portero de la vida. Con política atenta de localizar los puntos flacos y, luego trabajarlos hasta su agradecimiento, había ido ganando puntos con las francesas y, especialmente, con quien por entonces era objetivo de mi regateo, a la que, lo sabía, tenía ya madura, fruta a punto de dar lo más dulce de sí, que en La Alberca no fue todo, pero bonito, con el sabor adolescente que llega a fijarse en el corazón y a lo largo del tiempo sigue siendo un tatuaje de agrado.

Nos habíamos alojado en un hostal de las afueras y cuando bajamos al pueblo supimos por los trajes de la gente que también en aquella localidad era Fiesta Mayor. El pueblo estaba lleno de campanas y había olor a trigo, a horno entretenido. Las grímpolas y los gallardetes columpiaban el aire y los marcos de las ventanas se prolongaban alegres en las colgaduras sobre las lóbregas paredes de piedra negra. Había palomas, pájaros, por el cielo, en competencia con las campanadas, una claridad filtrada entre lo oscuro que al contraste con la piedra sucia, solemne y dogmática de los callejones, hacía hervir la luz, le daba a su ejercicio de ventana una pasión de ensalmo. El aire limpio, sin prostituir, se dejaba caer como una mano abrileña, amiga, desde la sierra cercana, como si el almanaque diera marcha atrás y espantara el espadazo del verano, sólo presente en aquel pueblo por la nube de moscas, impensadas y molestas colaboradoras prescindibles en mi guerra de desdoro con *El Mapa,* ávido de protagonismo.

—Señora —le preguntó a una anciana queriendo hacerse el gracioso—. En este pueblo, ¿por qué hay tantas moscas?

La señora estaba a la puerta de su casa, sentada en una silla baja, viendo pasar el tiempo. El pelo negro, recogido sobre lo que ya era un proyecto en firme de calavera, contrastaba con la población de arrugas, como de mapa orográfico, y se afirmaba en su baño de luto desde el cuello hasta los pies, ocultos bajo el vestido penitente y la silla. Era una parte más del paisaje anclado en otro siglo, un jirón vivo de la muerte, pero tan de la muerte que supuraba eternidad. Dudé que tuviera voz, de que cualquier hilo de aliento pudiera traernos desde su mundo un hálito de viveza. Pero con voz segura, bronca y de otra edad lejana a la que la disponía para tierra, dictaminó:

—Porque las traen los forasteros.

La risa de Marion puso un beso en mi rostro y Marie-France me dijo, cómplice de mi oído, que el *Mapa* era gilipollas, con música celestial que se mezcló en la estela de otra menos sacra, la cual llenó la calleja de flautas y tamboriles. Corrimos hacia su origen de la iglesia, por cuya puerta de misterio ofrecido comenzaba a darse forma completa la imagen pequeña de la Virgen de la Alberca, que en aquella fecha anual, señalada de gozo, aceptaba sobre las oraciones una dádiva de flores, de fuegos artificiales, de yerbas aromáticas, de incienso y de música, junto al cortejo en su honor, que la precedía hecho luz de prohombres, maceros, guardias civiles de gala, la alborotada chiquillería, las mozas ataviadas con el traje típico, los ancianos, limpios de calendario en sus vestimentas de siempre, los cánticos de gloria, la rotunda autoridad, a los pies de la Virgen, del cura envuelto en su dalmática de fiesta. Había en aquella noria de colores, olores, ofrendas y ritos un otoño de la verdad, la fuerza incontenida de un encuentro con lo desconocido propio, la conmoción bombardera de los recuerdos que no se han vivido, y todos lo acusamos.

Embargado en la tensión del sortilegio y batido en la red del bullicio, de pronto, me di cuenta de que había perdido de vista a Marion y comencé a buscarla lejos de donde mis ojos no la hallaron ni habrían de verla los de Marie-France y el *Mapa*. Se había despistado adrede, como si el recuerdo de la noche anterior en el baile le demandara mi presencia, y pude seguir sus huellas por lo que sólo como fragancia de espíritu puede definirse. En la espalda de la iglesia me ofreció sin resistencia, anhelante, su boca, horma ya de la mía, y cuando regresamos entrelazados al resto del grupo, por el brillo lastimero de los ojos del *Mapa,* pero mucho más por barrunto de consecuencias en el rostro desesperado de Marie-France, supe que la alegría se había enredado en nuevas complicaciones. La France, ametrallada por un resorte de angustia, se dio a correr, y con tantas facultades impensables que me puso en ahogo, primero, y, después, en preocupación. Mientras la buscábamos, con los naturales al tanto y más pendientes de nosotros que de la Virgen, el *Mapa* puso duda de tragedia, cenizo de diploma:

—Ha sido muy fuerte la impresión.

—Pero, ¿qué le ha pasado? —preguntó Marion.

—¿Intentará suicidarse? —arrimó leña al fuego el *Mapa*.

—¿Qué coño se va a suicidar? —vaticiné para tranquilizarlos, no demasiado seguro de por dónde podía salirnos aquella loca.

—Yo soy la culpable —resolvió Marion.

—Tú, no —intervino, adivino, el *Mapa*—. Este —dijo señalando hacia mí con mirada de desaprobación y el dedo como una flecha hacia mi costado izquierdo.

—¿Yo? —pregunté con la voz del desconcierto.

—Sí, tú —aventuró el *Mapa*—, porque la has traicionado.

Como cuando acosado se necesita a un compañero que asuma su parte en el peligro o como cuando acusado se hace parte al cómplice de las responsabilidades, pregunté tontamente.

—¿Yo sólo?

—Sí, tú —contestó el *Mapa*—. Tú que no entiendes de amor sino salvajemente. Tú, que eres un profesional de la carne y un embaucador que no tiene en cuenta sentimientos. Tú, a quien sólo le interesan las muescas que pueda apuntar en la culata de su pistola.

—Eres más tonto que el asó la manteca —le respondí—. ¿Qué te crees, que ha salido de estampida porque nos ha visto abrazados?

—¿Por qué si no? —preguntó sin dudas Marion.

—Pues, vete a saber por qué. Por algún recuerdo, por algo que le ha chocado, por su puñetera madre —terminé haciendo culpable del follón a la France.

Al cabo de un buen rato dimos con Marie-France. Sentada en el escalón de una casapuerta y vigilada de asombro por dos niños y un guardia civil intentaba una sonrisa boba que los surcos de las lágrimas reforzadas de rimmel proponían como falseada. Súbitamente había envejecido. Los ojos se le aplazaban en las cuencas como si para esconderse de la vida hubieran cavado en su repliegue brusco dos cuevas profundas. Las ojeras marcadas de alquitrán hasta las orejas la retrataban de treinta años después y un despliegue de piel desobediente, en cruzada lejana al territorio de su carne, repetía a la vieja cáustica y sentenciosa que le diera al *Mapa* el corte de las moscas y los forasteros.

—No sé que me ha pasado —dijo intentando justificarse y autoculpándose al mismo tiempo—. No sé.

Como si un experto en cirujía plástica hubiera hecho en su rostro una obra maestra de restauración, se fue restituyendo a la normalidad con la desaparición del sofoco, la caja de polvos, el lápiz de labios, la pintura de ojos y la escobilla con que lustró de negro las pestañas. Nos miró como segura de haber superado un tiempo sombrío, y dirigiéndose al *Mapa* masculló, a la contra, una coquetería plena de sentido del humor.

—Hay tantas moscas porque las traen los forasteros.

Por un instante se había imaginado como la vieja, como nosotros la vimos. Había ido a su futuro en unos minutos y lo había recorrido vertiginosamente desde su nacimiento, desde su infancia y adolescencia, desde su juventud, ya macerada, hasta el final su vida, marcada por el escalofrío de tener existencia sin patria. Marie-France había nacido en Argelia, durante la ocupación francesa, de una argelina y de un francés, se había educado a la europea y su sangre indígena la situaba en un mestizaje desorientador que hacia se sintiera de ninguna parte. Así nos lo dijo y de tal forma, frente al escepticismo de Marion y el *Mapa*, explicó su conducta.

—Viendo el pueblo, la celebración, la gente, pensé que los *pied-noires* sólo tenemos raíces en la muerte. Como en un torbellino vi mi tierra argelina de la que no soy. Vi mi patria francesa en la que siempre seré una extranjera. Vi la aceptación donde no tiene sitio mi cultura y el rechazo donde no cabe mi origen. Vi el filo de la navaja, por donde caminamos la gente como yo, hincándose en mis pies.

—Camus —aportó el *Mapa*— nació en Argelia y no por ello deja de ser francés.

—Los genios no necesitan patria —corrigió Marie-France—. Tienen su patria en el universo —subrayó trascendente—. Pero la gente como yo necesitamos ese asidero imprescindible.

—La noción de patria —insistió *el Mapa*— es una noción anticuada, caduca. Y más ahora, cuando se pretende un supraestado europeo.

—Los resultados de intereses económicos o defensivos no tienen nada que ver con dónde se nace al amor de un paisaje o de unas costumbres. Yo he nacido en un paisaje al que no corresponden mis costumbres, estoy seccionada.

Marion pidió a Marie-France que le explicara en francés el sentido de la palabra seccionar y fue entonces cuando, tras nosotros, comprobamos la presencia de dos guardias municipales y un señor de corbata, gafas de montura dorada y cristales precipitados hasta el cerebro por espirales misericordes de apoyo a las dioptrías, bigotito atusado y tres pelos escasos, casi al socaire del frontal. El hombre de paisano, con gesto trascedente, dándole la importancia que tenía el suceso aún desconocido por Marion, por *el Mapa* y por mí, le preguntó a Marie-France por qué lo había hecho, sin comprensión, en facultad de ordeno y mando.

—Si hubiera estado aquí hace sólo unos segundos, lo sabría —contestó Marie-France—. No me gusta repetirme.

El rumor de suicidio frustrado corrió como la pólvora, y a pocos metros de donde estábamos, a cuyo fondo la calle desembocaba en la plaza, pudimos comprobar que se habían paralizado los fastos de la ceremonia. Caminamos hacia ella con los guardias municipales haciéndonos escolta y el que debía ser oficial del Juzgado afanado en su diligencia, cada vez más sonoro en su pregunta a medida que caminábamos hacia donde se encontraba la gente, a la que la Guardia Civil había puesto dique en su curiosidad. La Virgen había sido abandonada en el suelo, a lomos de sus andas sin horquetas. Los integrantes de la banda de música encontraban refugio entre las sombras de los soportales. Los medallones y las pértigas de los prohombres refulgían dañinos, tocados por el sol que se había adueñado de la plaza con la rapidez y la jactancia del golpe de estado de un general rebelde. La gente se hacía cúspide de cábalas y de invenciones y, puesto a pique de solución, quien debía ser el alcalde mandó colocar a la Virgen sobre los hombros devotos, ordenó formación y decoro a los músicos y les dijo:

—Toquen algo. *El sitio de Zaragoza* mismo.

Entre sus notas cruzamos la plaza, en uno de cuyos costados se elevaba, sin destacarse de la uniforme arquitectura, el Juzgado de Instrucción, de cuya puerta no se llegó a encontrar la llave, con lo que la requisitoria tuvo que llevarse a cabo a no demasiada distancia del lugar, en el cuartelillo de la guardia civil. Accedimos a él después de cruzar de nuevo la plaza en sentido contrario, para lo cual tuvo que abrirse la fila de la procesión, recién ordenada, paralizarse un tanto su marcha de caravana de cánticos y, por nuestra causa, de murmuraciones. A Marion, como un trofeo de caza o de guerra, se le ocurrió tirar una foto y su carrete terminó en el bolsillo de un guardia civil que había entendido como profanación, desde su recto sentido y juicio, las ganas de la francesa de conservar un testimonio de la jornada insólita. *El Mapa*, de listo por la vida, protestó, al igual que más tarde, en el cuartelillo, habló de sus influencias y sus dineros, amenazó con comunicar a un tío suyo, general del cuerpo, lo que consideraba una injusticia y una usurpación de competencia y consiguió, finalmente, que se cansaran de nosotros, le dieran puerta amable a las francesas y nos retuvieran a los dos, como prenda, hasta el día siguiente en que se abrirían de par en par las puertas del Juzgado.

En el calabozo del cuartel tuvimos tiempo de pensar y de echarnos en cara todo lo imaginado y todo lo comprobado. Nos pusimos como los trapos y si no dimos en agredirnos físicamente fue porque estábamos convencidos de que nadie nos iba a separar.

Por la mañana, antes de la visita al Juzgado, un guardia leyó en auto la relación de efectos personales incautados que se nos devolvía y probé el mal sabor del regodeo del *Mapa*, que no quiso evitar la carcajada cuando el lector minucioso consideró oportuno dar la cantidad en metálico de mi propiedad.

—... y una peseta y cincuenta céntimos en dinero efectivo.

Sin medir consecuencias de nuevo alboroto, me abalancé sobre él y, enroscando mis manos en su garganta, le dije por cubrirme de inclemencias:

—La Guardia Civil no se arredra. Tú y tu estúpida chulería de señorito tenéis la culpa de que paguemos justos por pecadores.

El sargento me miró fijo, sin dejar muestra de aprobación, pero con agradecimiento secreto a mis palabras, y dijo:

—¿Os ha gustado el hotel? ¿Lo echáis de menos? Pues, a la primera palabra volvéis a él. Y usted —señaló al *Mapa*— muéstrele a su tío, el general, mi disposición a servirlo en la justicia.

—Él, y nadie más que él, es el culpable, el incitador al suicidio— se chivó *el Mapa*—. Lo juro por lo más sagrado.

Busqué por la mesa del sargento lo más sagrado, una biblia, algo así, sobre lo que jurar también y contrarrestar el impacto de la acusación del *Mapa* y, como no viera nada que encuadernara papeles, elevé los ojos al retrato de Franco que presidía el cuarto. Ya había empezado el juramento sobre mi inocencia en aquello y en todo lo demás de mi vida, cuando me percaté de que a mi izquierda, en la pared contigua, un crucifijo sin prioridad de presidencia, de representación secundaria, se alzaba humilde como soporte de un Cristo crucificado.

—Por él lo juro.

Por un momento temí que, como en la poesía del Cristo de la Vega, descolgara un brazo acusador contra mí, pero poco tiempo me dieron para arrepentimiento porque, instantáneamente, nos pusieron, como deber de cohete, en la mismísima calle, en la que nos esperaban las francesas.

En el Juzgado no tomaron declaración más que a Marie-France, que no nos dijo si repitió su historia de *pied-noire* como móvil de la intentona contra su integridad física, y de inmediato partimos hacia Madrid sin hacer más comentario sobre el asunto a todo lo largo del viaje. Del asunto y de cualquier otro. Entre que el *Mapa* y yo habíamos prometido no dirigirnos nunca más la palabra, Marion se sentía culpable y Marie-France ridícula por el espectáculo organizado, llegamos a Madrid con una economía de verbo que, de aplicársela Morado una temporada, las madres de media España le pondrían dos velas. Por bien empleado estaba dispuesto a darlo todo si Marion se olvidaba, como parecía seguro antes del bochinche. Pero nada más entrar por la Universitaria me preguntó:

—Manolo, ¿dónde te bajas?

Con el pretexto de un olvido en el piso de la calle de la Menta logré llegar hasta él. Pero cuando se manifestó que lo mío era lo puesto, sin otra propiedad que la de encima, me quedé sin coartada y en la calle. A Marion no había quien le quitara de la cabeza que Marie-France era mi amante. Y para colmo de desgracias, al tomar del buzón el correo, se le había desprendido de los labios un remite de sangre: Dominique Lecanuet. Rue de Mazarino, 120. Cherburgo. Francia.

10

LA INFANCIA campesina de Benito Núñez, sus incursiones domingueras por las tabernas de Puente Genil y su posterior residencia en el barrio de Triana, lo habían abocado al cante flamenco y le habían hecho, a martillazo de grito, una garganta recia por la que ascendía furiosa la tormenta de su cante. Pez sin agua y poeta sin luna era Benito fuera del ambiente cobrizo de la seguiriya, piriñaca sin tomate y copa sin vino, por lo que, en cuanto entró en las tierras a compás de Cádiz y se le permitió un franco de ría en el Cuartel de Instrucción, se fue a Jerez de la Frontera, cuna del cante, como solía decir, en busca de sus orígenes. En Jerez funcionaba una reunión de poetas y artistas aficionados al flamenco, agrupados en peñas bajo el altisonante título de Cátedra de Flamencología, y poco tuvieron que debatir sus miembros para acoger en su asociación a la persona de Benito, que reunía, a partes iguales, la condición de artista y el entusiasmo del buen aficionado a lo jondo. Por allí o por nuestros dominios destacaba y repartía su figura marinera en el tiempo que le permitían sus obligaciones en el *Guadalete*, cada vez menos apremiantes desde que le salió el chanchullo poco gustoso de pintar a la mujer de su comandante. El reparto de atención entre nosotros y sus nuevos amigos, resultaba, no obstante, desigualitario, por impositivo que, generosamente, volcaba la balanza de su presencia y su cante hacia nosotros: la indigencia económica a que se veía sometido y que paliábamos, con nuestros ingresos espurios, Félix y yo. Fabio, también andaba siempre a la quinta pregunta, dicho aplicado al que no da en billete ni por oficio mandadero, pero ni Félix ni yo notábamos aquella carga con la que llevábamos encima de Morado. Incluso sus ventajas nos traía, como una inversión en arte y en saber, aunque, por el momento, no supiéramos de la pintura de Benito más que por sus palabras, apenas crítica con su obra y, por el contrario, disparada en ponerla alta como la de Velázquez. Con su palabra y la más brillante de Fabio nos conformábamos y dábamos por bien pagados, sobre todo Félix, a quien el poeta le había agitado tanto el corazón de verbena que desatendido tenía al *Alicantino*. A fuerza de arte y literatura nuestra inclinación a la pillería había ido remitiendo y, tan flagrante, que no parecíamos nosotros. Tuvo *el Madrileño* que volver, como boomerang querencioso, para que la tertulia se aplacara de rimas asonantes, perspectivas, formas y colores. La presión de la policía, que no cesó en sus huellas, y su tesón de cabrita que tira al monte, nos lo regalaron de nuevo, y como si tal cosa, voluntario en volver hasta donde, como *el Calella*, más seguro estaba. En su reincorporación a la Brigada de Trabajo y al grupo, con su presencia en vías imposibles de redención, *el Madrileño* había cambiado en lo único que podía cambiar: en darse cuenta de que no éramos tontos y en descubrirse. Nos contó que era cleptómano, lo que de sobras sabíamos, excepto en el sonido nuevo y disparado de la palabra; que no lograba cambiar aunque quisiera, voluntad a la que había que conceder el beneficio de la duda; que se le habían complicado las cosas, desasosiego que espontáneo alimentaba, y que había acordado con su padre someterse al yunque de la disciplina, que era en lo que podía hacer virar su vida. A la síntesis siguieron los detalles y nos fuimos enterando de una verdad, que, tal como él la había esbozado, lo era a medias. Pero *el Madrileño* había comprendido que solamente con pelos y señales podía conseguir nuestra confianza, y desembuchó:

—Lo de mi salida de aquí ya lo sabéis. Mi padre se movió y se le echó tierra encima a los errores. Pero él mismo fue el primero en caer en otro. Creyó que, pagando la pensión directamente y dándome lo justo para tabaco, me iba a recluir en los estudios. Así fue durante los dos primeros días, pero al tercero me vino el mono de la calle, el vino y las mujeres. Y decidí pescar. Recordé que mi padre, en una ocasión en que vino a Cádiz en viaje de negocio, se alojó en el hotel América, el mejor, como sabéis, y de ahí me vino la idea.

A la carrerilla del relato siguió un prolongado silencio, como de reflexión por la que procurara no contradecirse. Fabio, que sólo conocía al *Madrileño* por nuestras referencias, pronunció unas palabras de ánimo, calificando su exposición como muy interesante para un escritor. Félix movió reiteradamente el trasero contra el asiento de la silla, mole de expectaciones.

—Me presenté en recepción —prosiguió *el Madrileño*— y pedí alojamiento. Comuniqué mis apellidos y comencé a dar propinas de veinte duros a los conserje y a los mo...

La palabra se quedó incompleta, como de testamento rehecho y reducida la herencia a la mitad. Félix, de nuevo en la pesquisa, lo había interrumpido.

—¿Y cómo diste tantos veinte duros si no tenías un céntimo?

—Me lo agencié de un compañero de pensión. Escúchame y, luego, hablas, capullo —dijo molesto *el Madrileño*—. Comencé a dar propinas de veinte duros a los conserjes —repitió— y los mozos, y a hacerme el señor. Los mozos, los conserjes, los intérpretes, la telefonista y el gerente que sin don Pablo para allá y don Pablo para acá —sonrió pícaramente—, *que sí, claro, que sabemos quién es usted, cómo no*. Y a la semana, aprovechando que era sábado y estaban los bancos cerrados, le dije al director que tenía que realizar unas compras, que no disponía de dinero en aquellos momentos y que tuviera la bondad de pagar la factura cuando el chico de los almacenes llevara el paquete.

—No lo entiendo —objetó Félix—. La factura, el chico...

—Si no paras de interrumpir —le amagó con una mirada fulminante *el Madrileño*— corto el rollo y adiós, muy buenas. El chico de los almacenes, que no era tan chico ni trabajaba en ningún almacén, estaba de acuerdo conmigo. ¿Comprendes? —inquirió a Félix, casi boca a boca—. Se presentó con el paquete y con una factura que habíamos distraído en los Almacenes Cervantes, cobró los veinte mil duros y aún nos estarían buscando de no pasar lo que pasó.

—¿Y qué contenía el paquete? —pregunté.

—Cosas. Unos ladrillos, papeles de periódicos, botellas vacías...

—Eres un genio, un genio —proclamó Félix.

—¿Y lo del acuerdo con tu padre? —le dije.

—Con la pasta me largué a Madrid, ganas tenía ya de moverme en mi terreno. Y, como Dios manda —dijo con una sonrisa escéptica elevando los ojos al cielo— la distribuí entre los necesitados del *Canoe, Pasapoga,* la bolera de Recoletos, el bingo del Círculo de Bellas Artes y los garitos de la calle

Doctor Fleming. Cuando me faltó, tomé prestado el Alfa Romeo de mi prima y me vine zumbando. Todo, por esta vez, quedó en familia. Pero mi prima le contó a mi padre el robo, mi padre se vino a Cádiz por el coche y, con tan mala o buena fortuna, según se vea, que se alojó en el América, donde le presentaron la cuenta, la cual pagó religiosamente a cambio de que retiraran la denuncia.

—¿Y la policía? —preguntó Fabio, tentado de cambiarse a novelista.

—La policía tuvo que tragársela... Y yo convencerme de que no podía darle ventaja. Por eso estoy aquí.

Brindamos por la vuelta del *Madrileño* y decidimos echar el día de copas. Por la tarde se incorporó al deambular de la pandilla Benito Núñez, que había terminado de pintar el rostro feo y gordo de la mujer de su comandante, con lo que a los versos de Fabio se unió su cante de tabarro, explosivo, vinagre rociado en el viento. La película de cuando *el Madrileño* fue sospechoso del robo en Casa Porrea se repitió casi con exactitud matemática, pues recorrimos el camino del bar de la Compañía a Porrea varias veces, hasta acabar, con redoblados ímpetus por conseguir la espuela en la cantina inexpugnable del Cuartelillo, donde, una vez más, nos dio calabazas el marinero delegado por el sargento de cocina. Con tanta precisión se repitieron las escenas, que lo comentamos en el momento en que estábamos dispuestos a desistir de la *penúltima* y a dispensarnos, cada mochuelo a su olivo.

—Algo falla —dijo Félix—. Entonces éramos tres y, ahora, cinco.

—Además —añadí— aquello terminó en la playa.

—Yo tengo una botella de Tío Pepe en la taquilla —ofreció *el Madrileño*, retirando a poco la oferta—. El problema no es ir a por ella sino salir después de la Compañía.

Nos dimos cita de día siguiente y desde el camastro pude escuchar la conversación de Félix, *el Madrileño* y Benito con el capitán Gaciño, sus voces internadas por el marco sin cristales de la ventana del barracón. Había llegado un policía naval en tránsito para Canarias y Gaciño, jefe del Servicio de Guardia en la jornada, quería que Félix le buscara aposento, pretensión que logró en cuanto que *el Catalán* puso un ojo en el gollete de una botella asomado por la boca del saco del policía. Junto a mi camastro y el superpuesto en la litera de Fabio había plaza libre de jergón y taquilla, y Félix, que se sabía de memoria cada recoveco del Arsenal, condujo al policía frente a nuestras propias narices, o acaso mejor sea decir a límites de nuestros pies enemigos del aire irrespirable. Me guiñó y, mientras el policía depositaba con mimo en la taquilla los desvelos abundantes de su madre, se fue a reacción a la busca del *Madrileño,* que, un poco después, le trajo al policía confiado las nuevas de que Gaciño tenía algo urgente que decirle. Convencido de su autoridad y del terror que su condición contagiaba a los marineros, el policía naval se puso al trote, dejando la taquilla abierta y, en ella, el botellón de Ribeiro, un salchichón, dos latas de lacón y lo que, a colmo de nostalgia, nos pareció excesivo: un manojo de grelos, en cuya degustación futura debería pensar hallarse en su lar de Galicia. Azucé la indecisión de Fabio, tomamos la taquilla por asalto y cuando llegamos a la playa ya nos estaban esperando con Benito —que se olió la juerga y se quedó por los alrededores del Cuartelillo— Félix y *el Madrileño.* El grelo lo tiramos al agua para alimento de los cóncavos cerúleos, como dijo Fabio que un poeta paisano mío y de Benito llamaba a los peces. Dimos cuenta acelerada del lacón y del salchichón y nos supo a poco en gloria el Ribeiro. Fabio le dio largo al verso, y Benito, que tenía una gramola indomable en la garganta, a la soleá de Utrera, la de Triana, a la malagueña y al taranto. A continuación se marcó unos cantes livianos y dijo:

—Cádiz, salada claridad. ¡Cómo se canta en Cádiz! Tan sólo nuestro divino paisano Fosforito —señaló hacia mí— es capaz de hacer estos cantes como la gente de Cádiz. Fosforito —remató suspirando—, lo que eso encierra.

Benito, que estaba en forma, fue deslizando el recital hasta el colofón de las densidades de la seguiriya y cantó una como una cerbatana, seguida, terrible, sin tomar resuello, de la que me apropié para uso particular:

> *Dios mío, te pido*
> *con llanto en los ojos,*
> *que no me la encuentre en la calle y me hable*
> *porque la perdono.*

—Jerez, cuna del cante —repitió el tópico como un descubrimiento—. A Jerez vamos a ir un fin de semana de estos, hombre, ya tengo ganas yo de presentaros a mis amigos y de poder invitaros sin tope. En Jerez se me debe dinero. Nos vamos para allá, pongo la mano en lo que es mío y ya veréis lo que es cante y vino bueno, a mansalva. Y si no me pagan, para eso está mi amigo Jiménez, el dueño del *Catavino*.

—*El Catavino* está al lado de la Academia de San Dionisio, ¿no? —traté de asegurarme.

—Pared por pared —puntualizó Benito.

—¿Y decís que en la tertulia también hay poetas? —preguntó Fabio.

—El mejor de España, Manolo Guío, que ha ganado, nada menos, que el Premio Adonais.

Fabio había sido recientemente accésit de aquel premio y el anuncio en Jerez de un colega suyo en oficio y distinción le redobló el interés por el desplazamiento.

—¿Por qué no vamos este fin de semana? —propuso.

—Este, no —contestó Benito—. Este lo tengo comprometido. En Jerez, precisamente, donde me espera un negocio. El otro, sí. Hecho —decidió sin contar con los demás.

Al remate de la conversación nos dimos cuenta de que nos habíamos quedado sin tabaco y Félix me recriminó el que tirara el grelo. Pensaba haberlo fumado liándolo con un papel de estraza abandonado en el barril donde los familiares de los marinos echaban los cascos de Coca-Cola, las mondas de las frutas y los pedazos de pan de los bocadillos. Hurgó en él por si algo bueno había y tras un largo escrute logró el botín de un condón usado, todavía con un resto de semen en el que había perecido una hormiga. El líquido le bajó por un dedo y como si le hubiera picado un tábano despidió la morralla de plástico, que fue a pegarse momentáneamente en la frente de Benito, como si le hubieran dado la confirmación entre las cejas y el lepanto, siempre en su sitio para disimular la calva.

—¡Me cago en todas tus castas, catalino! —gritó Benito con la misma vehemencia en sacrificio de cuando cantaba por seguiriya gitana.

—Ha sido sin querer —contestó Félix, al par que, de rodillas, hundía sus manos en la arena para limpiarse la viscosidad—. Me cago en la puta madre del chulo que lo engendró —farfulló vejado.

—O alguien va al Cuartelillo por gasolina y cilindrines o se va al carajo la tertulia —comentó *el Madrileño*.

Dispusimos la suerte al palillo más corto y me tocó a mí hacer la descubierta, predestinado como estaba para aquellas misiones. Crucé hasta el fondo de la playa y noté que la arena se me había metido en una bota. Atajé por el comedor y vi, tras el torno que lo comunicaba con la cocina, a un sargento gallego que se estaba sanando el estómago con alguna conserva, la boca de ventosa por la lata, vista al techo en lametón. Por un momento pensé en aprieto de chantaje por si había más lata o algo que cambiar por mi silencio, pero como el sargento de cocina era zorro entre desconfiados deseché la idea por lo que pudiera traerme de contrario y me arrimé hasta el patio, en donde la tropa en formación daba vueltas al trote en derredor de Gaciño y el policía naval herido en su amor propio y expropiado en viandas. Llevaban en carrera el tiempo que nosotros en la playa, por lo que a punto andarían de desmayarse. Recorrí con mirada en abanico el horizonte atlético y vi a dos marineros tendidos, las cabezas echadas sobre el pie de unas columnas que, más que para decoro como antaño, apuntalaban a duras penas el piso superior. Gaciño, con el pique del mollate, ni nos había echado de menos ni se le había pasado por las mientes pensar lo sencillo.

Me volví a la playa y conté lo que estaba ocurriendo sin que al personal, excepción hecha de Fabio, se le alterara una víscera, a no ser por lo mondo que volví. Dije que había que hacer algo y tuve por respuesta una pedorreta de Félix.

—Que se jodan —añadió.

Dábamos por acabada la sesión nocturna, cuando Benito, con una solemnidad poco corriente, y en decisión que en dura lid lo tuvo, llevó los dedos índice y pulgar de su mano izquierda al plato del lepanto y, trazando en el aire una trayectoria magistral de ángulo recto que lo colocó boca abajo, dijo prestidigitador:

—Nada por aquí y nada por acá. ¿Veis? Pues helo aquí, dos Celtas.

Como sabíamos que se iban a ir en nada y en el patio del Cuartelillo, por el que, forzosamente, teníamos que cruzar hacia los dormitorios, no estaban de feria, llegamos a la conclusión que nos fumábamos uno en rueda y el otro nos lo jugábamos a cualquier cosa, que era una forma de distraer el tiempo hasta que Gaciño mandara la tropa a dormir.

—A los chinos —dijo Félix.

—A la porrita —propuso Benito.

—Al que le toque treinta y uno —recomendó *el Madrileño*, que ya había hecho la cuenta.

Fabio dio, amén de con lo más constructivo, con lo que

más podía dilatar la estancia en aquella playa, sobre la que la temperatura había bajado y la humedad comenzaba a poner su testigo poco piadoso. La brisa se había tornado en viento no demasiado agresivo y, de cuando en cuando, nos llegaba una racha molesta de arena con acompañamiento de agua. El cerco de la luna, no obstante la apocada fuerza del viento, hacía presagiar levante, señal no muy definitiva de no ir acompañada de otros signos más claros: las estrellas capotando en el cielo, el aire amarronado y el colectivo de las gaviotas apuntando su pico unánime hacia el oriente.

—El que cuente la historia más bonita, se queda con el Celta —había dicho Fabio—. Pero tienen que ser historias originales —aclaró poco después.

—Yo cuento la de la plaza de toros de San Fernando, lo del negro y *el Alicantino* —interrumpió Félix.

—Esa no vale —replicó Fabio—. Tienen que ser historias inventadas.

—Te parece poco invento *el Alicantino,* la leche que mamó.

—No hombre, historias nuevas.

—¿Y cómo sabemos que son nuevas? —interpeló Benito.

—A lo mejor no lo sabemos de todas —repuso Fabio— pero si en su desarrollo alguien detecta el plagio, descalificamos al que la cuenta y en paz.

Me tocó primero hablar a mí y fui eliminado rápidamente por contar un chiste viejo que todos conocían. La misma suerte corrió Fabio y se quedaron en liza narrativa los tres, si no de más imaginación, de más mundo. El siguiente turno fue para *el Madrileño* y cuando todos pensábamos que nos iba a deleitar con una de rapiñeo nos sorprendió por brujería:

—Como dicen los gallegos yo no creo en las meigas, pero haberlas, haylas. Si no, de qué me iba a pasar a mí lo que me pasó. Iba entrando un día en un club de Madrid y, caminando hacia mí desde la barra, me paró una señora de unos cincuenta años, bien vestida, guapa y con unos ojos de mirada intensa, casi perforadora, que supuse amiga de la familia. Me dijo, *tú eres Pablo, Pablo Francisco de Esquivias y Téllez de Meneses.* La saludé besándole la mano, como dando a entender que la recordaba, pero, rápidamente, me relevó del compromiso: *Tú,* continuó, *no me conoces de nada, ni yo te he visto nunca, a no ser en el hondón de los sueños, donde todo es verdadero.* Le pregunté qué pretendía y me contestó que sólo alertarme, y para que ese consejo no cayera en vacío demostrarme que lo sabía todo sobre mí y mi futuro. Con la intención de garantizar sus dotes adivinatorias, me dijo que yo era del signo Géminis, pero que como podía entender el acierto una casualidad también me iba a decir el año, el mes y el día de mi nacimiento. Pensé que estaba borracha, aunque ningún signo de ebriedad se delatara en la firmeza de sus palabras. *Naciste* —me dijo— *en 1943, en el mes de mayo, el día 30.* Le contesté que se había equivocado en un sólo día y me insistió en que no, en que el tiempo no podía equivocarse. Lo dejamos ahí, sin más disputas, ella porque se daba por infalible y yo porque lo señalaba nítidamente mi carné de identidad, y pasó a contarme cosas de mi pasado y de mi futuro como las que ahora me tienen aquí. No llegó a detallarme cuanto de mí sabéis, pero me aseguró que siempre andaría sobre el borde del precipicio, y que todas mis prerrogativas de niño bien llegarían a faltarme en un momento. Me situó en un lugar como éste, desvalido y acosado, y concluyó su disertación diciendo que en ella se alojaba el alma positiva de mi alma negativa y que no estaría en plenitud hasta que yo rectificara. Por un momento pensé que era una de esas personas que las sectas destacan en los lugares públicos de mala nota como gancho para la captación de adeptos, pero la idea voló al par que ella, pues, tras decírmelo, desapareció entre el humo denso del tugurio. Las copas y un ligue que me salió bordado me alejaron de aquella aparición extraña y, hasta pasado un tiempo, no volví a recuperar su figura y sus palabras. Fue en casa, en la que únicamente se encontraba mamá aquel día. La señora bajó despacio y segura por la escalera que comunicaba al piso alto de los dormitorios con el living, y con los ojos profundos de más allá me dijo: *Pregúntale a tu madre el día en que naciste.* La nueva aparición llegó a inquietarme. Últimamente le había dado más de la cuenta al hachís y pensé que me estaba llevando al terreno de la alucinación. Aquello resultaba como un viaje impremeditado, como si la droga hubiera empozado en mi cerebro y fuera fuente inagotable que no necesitara de nuevo aprovisionamiento, porque hacía veinticuatro horas, por lo menos, que no le daba al canuto. Me guardé de preguntarle nada a mamá, en la certidumbre de que, si lo hacía, caería en brazos del encantamiento definitivo a que conduce la droga, con la consiguiente pérdida de voluntad para combatirla. Sin embargo, cuando la señora desapareció, lo primero que hice fue dirigirme al Rastro y comprar marihuana en uno de los tenderetes aviados para el caso. Del fume pasé a la coca y de la coca a la heroína, hasta que la señora tuvo a bien aparecérseme por tercera vez. *Sólo si cambias de camino* —me dijo— *serás libre.* Y se volatilizó, mientras el aire quedaba impregnado de unas palabras: *Pregúntale a tu madre el día en que naciste,* que yo traduje por ten fe y te salvarás. Por entonces, todavía, quería salvarme. Salvarme de lo que fuera, ser una persona normal, corresponder al desvelo de mi padre. Terminé preguntándole a mamá la fecha en que nací. Y me respondió que ya lo sabía, *el 29 de mayo, qué estúpida pregunta.* La señora volvió a mi mente y me inyectó la clave: *Pregúntale la hora.* Mamá me respondió que a la una de la madrugada, o sea, el día 30. Desde entonces no he vuelto a probar la droga, pero mi droga es ella. A cada efluvio positivo de su alma corresponde el efluvio negativo de la mía, todo elemento engendra su contrario, una ley científica por la que los polos opuestos se atraen, crean la tensión del mundo. Y así será eternamente. Cuando estudié Física en la Escuela de Náutica me di cuenta de esta realidad. La señora de la aparición, mi otra alma dispuesta en ella, quería atraerme a su condición, esa era su obligación, su tendencia. Y yo, condenado a ser el malo de la película, debo procurar pervertirla a ella, que me quiso llevar a la verdad en dirección opuesta a donde la he encontrado.

Una ráfaga imperceptible de asombro rebotó por nuestros rostros hasta que fuimos reaccionando. Fabio dijo que lo que había hecho *el Madrileño* no era otra cosa que aplicar a su vida la teoría del bien y del mal y quiso profundizar en ella. Félix, aplaudió, primero y, a continuación, disintió por cuanto no le parecía un cuento. Benito aclaró que de haberlo narrado en segunda persona nadie podría discutir su originalidad y yo abundé en que lo que interesaba era la calidad de la historia, se hubiera experimentado o no en nosotros. La narración del *Madrileño* quedó allí, flotando entre las llamas de la hoguera que habíamos hecho para mitigar el frío, como una propuesta del infierno, como una oferta de Satanás y con mi voto preparado a su favor.

Le correspondió la palabra a Félix y recalcó que iba a contar una vivencia suya, que, luego, no hiciéramos reclamaciones porque el procedimiento se le había aceptado al *Madrileño.* Y, con gesto travieso de contrapartida, comenzó.

Iba yo un día por el barrio chino de Barcelona, vestido

como un príncipe, mi traje marrón con ribetes verdes por las solapas, los cascabeles maqueones en las hombreras, que me hacían una fiesta ambulante, el jipijapa en su sitio y el puro como una chimenea. Iba yo por allí, digo, y detrás mía tres rumberos gitanos, garrafa de vino y jamón a cuestas, la banda de música de Pueblo Nuevo y una docena de putas escoltándome. A todos los había alquilado a mi servicio porque el día antes me tocó lo que, como yo, dan en la lotería: el gordo. Cuarenta mil machacantes de vellón, de los que, después de pagar por anticipado a la banda, las putas, los rumberos, el jamón y el vino, me quedaban más de treinta mil. Cogiendo toda la calle, y no sólo con mi cuerpo sino con mi importancia, iba yo de Onassis cuando me paré a comprar unos caprichitos de rico en una cacharrería: una gramola vieja que me gustó, una pareja de ratones blancos, tres abanicos, que les di a otras tantas putas para que me aliviaran la sofoquina del calor y el vino, un tití, para ver como lo hacía con una de las furcias... Mientras buscaba cosas raras, ordené a la banda que tocara *España Cañí* y, después, algo más moderno, *Siboney*. Tocándolo estaba cuando escuché que alguien le ponía la letra. Miré a las putas y a los gitanos, y nada, todos como temiendo que le entraran moscas en las bocas, en las que nada más entraban el vino y el jamón que mi generosidad disponía. Miré a la gente congregada como cuando a los pueblos llega un circo, y lo mismo. Miré al dueño de la cacharrería y al municipal unido a la tribu, que antes de probar el jamón, el vino y la fuerza de mi cartera quiso detenernos, y tampoco. «El loro», me señaló, por fin, uno de los rumberos. Estaba allí colgado, tan pancho, como Lucho Gatica, cantando. Y como me gustó, le dije al dueño que lo bajara a la tierra. El tío, viendo que yo iba de alegrías, se quiso aprovechar y, sin que le preguntara, me soltó el precio: Treinta mil claveles. Le dije que estaba loco, que qué coño tenía el loro para costar tan caro. E interrumpiendo la serenata, ¿sabéis lo que me dijo? Lo que me dijo el loro, no el dueño. Me dijo: *¿Que qué tengo? Tengo, cojones, que hablo mejor que tú cuarenta veces.*

Las carcajadas llegaron al Cuartelillo porque, desde una ventana, un marinero organizó la marimorena a grito pelado, que ya estaba bien, que lo dejáramos dormir y demás, aparte de los insultos, que llegaron en legión. Por su protesta supimos que había terminado la sesión de atletismo en que Gaciño empleó a la marinería. El frío se había ido estrechando sobre

143

nosotros, y la marea, en su reflujo, amenazaba con llegarnos hasta las posaderas doloridas por la acritud de la arena. Debatimos si aplazábamos la intervención de Benito para otro día y como él no tuviera inconveniente encendimos el Celta y nos fuimos calando en aparcería hasta el patio del Cuartelillo. Ya en él, Benito y *el Madrileño* cayeron en la cuenta de que las puertas de sus respectivos cobijos eran infranqueables a aquellas horas de la madrugada, a no ser por noqueo de los vigilantes. Les comenté que tenían otro problema añadido con el que se debían enfrentar por la mañana: no habían pasado lista al toque de retreta. Y a dúo de avezados nos contestaron que, si faltaban, el *presente* de marras lo daba algún compañero, el menos notable en el cupo de malandrines. En el *Guadalete*, con menos dotación, y sobre todo de gente baqueteada, la argucia era más difícil, aunque Benito tuviera bula desde que pintara a la mujer de su comandante. Hubo, por tanto, que buscarles camas en el Cuartelillo para lo que quedaba de oscuro. Félix, aportó una de ellas en un visto y no visto de lince, la del *Madrileño*, para lo que tuvo que despertar al *Alicantino*, decirle que de tanto dormir los músculos se agarrotan y se embota la mente y que se pusiera a correr por aquellos andurriales para mantener la forma.

—Venga, a correr, al campo de fútbol.

—Si no he parado —le contestó con resignación su pupilo.

—A las doce iré a ver cómo tienes las pulsaciones.

Benito se quedó en mi cama y yo me fui a la Secretaría, de cuya puerta tenía una llave por si había que tramitar algún telefonema nocturno urgente. Al cruzar por la puerta de guardia, Gaciño, que no había conseguido dormirse, me preguntó que hacia dónde me dirigía y, a riesgo de comprobación perniciosa, le respondía algo sobre un submarino ruso que se había detectado en el Estrecho y con el que llevaban liados desde las once de la noche el contralmirante y el secretario. La respuesta me la facilitó un telefonema, recibido unos días antes, en el que se hablaba del caso, mala ocurrencia tuve. Gaciño estaba ojeroso, de evidente mal humor. Tenía desabrochada la chaqueta, sin camisa, y desde la camiseta interior empapada se cernía sobre mis narices un acusado hedor de sudorosa humanidad sometida a los rigores de su camareta pequeña, caldera a todo tren incluso en época más frías. A renovarse de temperatura había salido al callejón que servía de zaguán entre el patio y la puerta principal del Cuartelillo, cuando me sorprendió hacia Secretaría.

—Mañana, quiero aquí una copia del telefonema —dijo.

—Mi capitán —le contesté—, eso va a ser difícil. Ni debía haberle dicho lo que ocurre. Es como si en la guardia un superior te pide el mosquetón. Las ordenanzas dicen que no hay que entregarlo, que no hay que obedecer la orden.

—Es cierto —contestó—. Pero ni un telefonema es un arma ni tú estás de guardia.

—De guardia estoy —le repliqué—, si no de qué iba a andar por aquí a estas horas. Y en cuanto al telefonema, es más que un arma, es un arma secreta.

A Gaciño debió de llegarle el sueño en aquel preciso instante porque abrió la boca hasta hacerse daño y se volvió a la camareta, sin insistir. Sólo unas palabras, que me advirtieron sobre la acechanza de Morado, me devolvieron a la idea de que no me perdían de vista.

—Ándate con cuidado.

Por si las averiguaciones de Gaciño iban a más, cuando llegué a Secretaría busqué en el archivo el telefonema que comunicaba la presencia de buques rusos en el Estrecho. El texto decía exactamente: «*Recibidas noticias del Mando Conjunto de la Base Naval de Rota sobre submarino soviético en aguas del Estrecho, se ordena a todos los buques en la zona estén alertas y, caso de divisarlo, se tomen fotografías, a ser posible.*»

Estaba fechado el 2 de octubre, justo el día de la guardia anterior de Gaciño. Si se lo comunicaba a Morado y éste hacía lo imposible porque el secretario tomara parte en las indagaciones, yo podía alegar que se había equivocado de guardia.

Así tuve que hacerlo en su momento.

11

LA TARDE del regreso de La Alberca anduve vagando por Madrid como alma en pena. Mi capital para el futuro se cifraba en la peseta y cincuenta céntimos que me puso colorado cuando el guardia civil se refirió a mis propiedades como quien se refiere a una ruina sin historia. Pensé acercarme al Café de los escritores, pero el verano aún no se había vencido y me imaginé a Manolo Rosas de vaquero en Almería, a *Alvarito* y a Juan, *el Niño de las Putas,* reponiendo fuerzas en Jerez y en Córdoba y a Casandra de pingoneo, moviendo el culo por la costa y allegando fondos para el invierno de su vida, ya amagándole en las arrugas. Marmolillo de mí di vueltas y más vueltas sin saber qué hacer. Me senté en todos los bancos que encontré al paso y tentado estuve de tirar la una cincuenta lejos, para poca salud, ninguna, me dije. Desmoralizado andaba y sin esperanza de que mi situación fuera a modificarse cuando, en un periódico, que tomé de una papelera, leí el anuncio de un acto folklórico-poético, que, a la cola de la cultura, ofrecía cóctel. Intervenía en él un matrimonio de Castro del Río, del que tenía noticia vaga por el diario *Córdoba,* gente dedicada, según supe después, al rescate y difusión de romances de ciegos, coplas antiguas y primeros testimonios de la poesía oral. Y allí que me fui, no por reclamo paisano, sino por llamada del estómago, a ver qué pinchaba en el cóctel, que lo fue de aceitunas y papas fritas, amén de carga, pues todos los hambrientos de Madrid se habían concentrado a la busca de la oliva perdida como única oferta de la rifa, domingo como era, sin otros actos culturales en los que buscarse la calderilla del condumio. Como me quedé en lo mismo de insatisfacción —tres aceitunas y cuatro papas me tocaron— pensé que, hecho el viaje y el gasto del tiempo, no perdía nada con saludar a la pareja y, por el contrario, a lo mejor la Providencia, que se me estaba haciendo sombra, daba en obsequio de sufragio, como en efecto, fue. Sermita y Carvando, que así se hacía llamar la pareja, no sé si como recurso ingeniado de nombre artístico llamativo o como jugarreta de sus padres al bautizarlos, me acogieron calurosamente y no sólo me invitaron a cenar cuando les dije que era poeta y de Puente Genil sino que, como si me tocaran los ciegos, que ellos remedaban con tanto acierto como sobra de vista, me dijeron que en su casa tenían una cama vacía para descanso, consuelo y disfrute de paisanos tentados por el arte. También me dijeron, como desde una advertencia envuelta en finura, que el último recogido no se comportó con el debido respeto a su hospitalidad y que, por favor, nada de mujeres, porque su hijo de cinco años ya las había visto en bajeras, en bragas y desnudas, beodas, fumadas y chutadas, celosas, reiterativas e histéricas, amenazantes, coléricas y hasta suicidas. Me daban cama, en resumen, por una semana, según nueva estrategia de distribución de la curiosa beca, y de tal forma —me explicó sonriente Carvando— ni se creaban obligaciones ni compromisos, resultaban más equitativos y el niño no le tomaba adición al huésped. El huésped, en realidad, era la niñera del chico —por más que no hubiera premeditación de intenciones en la pareja— si salían de gira al extranjero o a un viaje nacional largo, y el que me precedió llegó a encajar tan bien con él que sólo una conducta reiterada de irregularidades hicieron que se impusiera su salida de la casa y la estancia de sus sucesores en ella sufriera recortes de duración y norma.

—Fue una pena —me dijo Carvando desde una bondad de corazón que le trascendía al rostro—. Lo teníamos como de la familia. Aquí dormía y aquí comía e incluso le dábamos para su cine y su tabaco, dinero que nos teníamos que quitar de nuestro tabaco y de nuestro cine. Nosotros siempre hemos andado más bien escasos de recursos, por no decirte que a remolque de la privación. Pero como era paisano, educado, culto, servicial y sobre todo de una simpatía arrolladora, le tomamos tanto apego que decidimos, como al niño, ponerle su paga semanal, poca cosa, pero dinero que necesitábamos para comer. Desde entonces se creyó que le habíamos firmado un contrato y comenzó a exigir, a portarse peor con el niño y a comentarle a los amigos que lo estábamos explotando. Andrés es una persona que nunca ha encajado en nada; que quiso ser escultor y jamás llegó a tocar el barro, que tiró luego por la novela y aún estamos esperando el primer folio, que le dio por la música y en la vida fue a un concierto. Saber, sí, saber sabía más que nadie y, prodigiosamente, había leído todos los libros, aunque nunca lo vi con uno en las manos.

Carvando repitió la sonrisa de comprensión, tolerante hasta los límites donde la bondad se queda sin contenido, y me dijo, íntimo, secreto:

—Si por mí fuera se hubiera quedado, pero Sermita...

Sermita, a la que la vida y sus metrallas la habían ido separando de una generosidad sin límites, que todavía le bañaban la cara de Virgen buena y le urgía en la mano frenada por la experiencia, intuyó el sentido del comentario y, para justificar lo que estaba justificado, me amplió noticias sobre Andrés, sin rencor, casi con simpatía a su persona.

—Lo de encontrárnoslo con cara de reclamación era lo de menos. El problema estaba en el niño, que, mientras más coscorrones le daba Andrés, más lo quería. Lo otro, podía pasar. Como lo del periquito y el conejo.

Lo del periquito y el conejo retrataba a la perfección la personalidad inusitada de Andrés *el Lucena,* como después dimos en llamarlo, su desbordada imaginación, sobre todo, y la capacidad para darle salida insólita a las situaciones complicadas, que resolvían, más que la verosimilitud de lo expuesto, su gracia impagable. Sermita me contó que la trastada que colmó el vaso se la jugó durante un gira a Portugal, a la que se desplazaron con el niño, dejándolo como dueño y señor en la casa, toda para él y sin más compañía que el conejo y el periquito. Al partir habían abastecido la nevera, dentro de sus posibilidades modestas, le habían dejado su paga a Andrés, el alpiste para el periquito y la lechuga para el conejo. Y cuando volvieron se encontraron la nevera vacía, como la casa, sin Andrés, sin el conejo y sin el periquito. Sólo una nota pegada al espejo, que repetía la puerta de entrada, dio razón del desalojo: *«Queridos —decía— he tenido que salir de Madrid para escribir un libro sobre la fauna ibérica, que me ha encargado Salvat. Me he llevado el periquito y el conejo para investigar en ellos. No temáis. Los devolveré vivos y gordotes. Abrazos. Andrés.»*

Sermita, al barrer el suelo, había encontrado un plumón azulenco debajo de un mueble y se pensó lo peor. Hurgó en la basura, que *el Lucena* no se había preocupado de sacar a la calle, y la cabeza roída y maloliente del conejo derivó en seguridad la sospecha.

—Se ha comido el conejo— le dije a Carvando, me explicó Sermita.

—Y el Periquito —añadió Carvando.

Cuando al cabo del tiempo, sin sitio mejor o peor donde guarecerse y sin otro trabajo más liviano que encontrar, apareció por la casa, antes de que Carvando y Sermita lo eximieran de mentir, lo primero que hizo fue lamentarse de la desaparición de los animales.

—Como a hijos los quería —dijo—. Y los tenía tan gordos y dichosos que deseando estaba de que los vierais. El periquito, como una orquesta, y el conejo, feliz, casi hablando de contento, como si fuera el conejo de Walt Disney. Pero, tan ambientados como estaban, debieron de encontrar pareja y, bueno, vosotros sabéis lo que es el amor.

Sermita lo sacó de lo que la imaginación del *Lucena* ya daba como ciertamente ocurrido, y le espetó:

—¡Mentira, todo mentira! El conejo y el periquito te los zampaste.

—¿Cómo que me los zampé? —se sorprendió *el Lucena*—. ¿Me creéis capaz de hacer eso con lo que me gustan los animales?

—Precisamente por eso —respondió Carvando—, por lo que te gustan.

—Las pruebas son evidentes —atacó Sermita.

—¿Qué pruebas? —retó *el Lucena*.

—La cabeza del conejo estaba en el cubo de la basura, ni siquiera te molestaste en tirarla —acusó Sermita.

—¿Y voy a ser tan tonto como para dejar esa prueba? —replicó *el Lucena*.

—¿Entonces...? —preguntó Carvando.

—De un gato. La cabeza era de un gato.

Al *Lucena* le debió de producir náuseas la idea del gato en su estómago y se desmoronó.

—Bueno, era la cabeza del conejo —aceptó—. Pero no lo que os creéis.

—¿Entonces...? —repitió Carvando.

—Cuando os fuisteis al conejo le entró por el cuerpo una tristeza que ni comía ni dormía. Lo vi cómo enfermaba poco a poco sin poder ponerle remedio. Y un día, estiró la pata.

—Hasta tu estómago —precisó Carvando.

—Hombre —se justificó *el Lucena*— ya sin vida no lo iba a desaprovechar...

—¿Y el periquito? —preguntó Sermita.

—Al periquito, de verlo muerto, le dio la misma tristeza que al conejo y...

—También se murió —aventuró Carvando.

—No. No se murió, se suicidó.

—¿Cómo que se suicidó? —se asombró Sermita.

—Abrió la puerta de la jaula, me miró fijo y se dejó caer, contra el suelo.

La pareja de actores ambulantes por Cajas de Ahorros, institutos, cafés teatro, asociaciones y ateneos, que eran los sitios en los que solían actuar, me dio junto con el cobijo y la confianza, una bocanada de buen humor y de libertad. Vivían al día, con lo que les iba cayendo, sin demasiadas angustias y con ninguna holgura, con una sola meta en su camino: desarrollar su arte. Al trato con ellos pensé que, a lo mejor, aquello del mimo, los títeres y los romances de ciego podrían orientar mi vida, a la que estaba exigiendo oficio el amor por Marion, a quien, por cierto, estuve sin buscar seis días, justo lo que me duró la beca en casa de los cómicos, resistiendo al deseo, de cilicio el control en mi cuerpo para ganármela, hasta que, en las mismas que yo de desazón y ganas, cedió, finalmente, haciéndose, como quien no quiere la cosa, la caediza por el Café. Aquel mismo día, en el parque del Retiro me confirmó su amor, contra el que, según certificó con una lágrima de impotencia, había luchado hasta que la necesidad de verme resultó superior a su voluntad de evitarme. Visto el caso, debió de ser de hierro y, en efecto, de hierro era, porque sofocada la urgencia de verme, contra su voluntad e impulsada por ella misma, le entraron las prisas de irse, la figura de anuncio corriendo por el parque, los ojos bañados en lágrimas, el pelo al aire y la carta de Dominique estrujada en la mano, como si su subconsciente intentara ahogarle las letras. Unos momentos antes me la había leído y le hablaba de su hijo como si yo fuera el padre, de lo que me iba a necesitar y de que ella, Marion, no debía ser obstáculo en lo que a la larga podía volver a la normalidad. Aprovechando su reacción confusa me había acogido al párrafo más ambiguo y le había explicado lo que quise dar en sentido justo, o sea, que Dominique aprobaba lo nuestro porque estaba convencida de que tarde o temprano volveríamos a estar juntos, sin que, entre tanto, le importara lo que pasase. Pero

Marion, que no era tonta, rechazó el anzuelo y tuve que ir a buscarla, ya por la noche, al piso de la calle de la Menta. La situación había cambiado ligeramente porque Marie-France acababa de ser descartada como amante mía. Dado el sufrimiento visible en Marion, la franco-argelina le juró y perjuró, hasta convencerla, que ni tenía, ni tuvo ni iba a tener nada conmigo, que entre sus proyectos españoles no se encontraba el de poner un jardín de infancia porque no le gustaban los niños, y yo lo era, opinión con carga despectiva retardada que debió darle más seguridades que el mismo juramento.

Mientras andábamos en discusión apareció el americano que quería ser novelista e intercambió con Marion unas palabras de saludo, en inglés. Le dijo que yo tuviera a bien disculparlo y, con la misma sonrisa de niño grande que vino, se marchó al momento. La casa de Marie-France, Marion y el americano consistía en un pequeño recibidor, contiguo a la puerta, una cocina que servía a los inquilinos de comedor y los tres dormitorios alineados entre el pasillo y la terraza. En las paredes del recibidor había pegados unos pósters de Edith Piaf, de Marlon Brando y de Yves Montad, este último repetido en la habitación de Marion. La visita del americano recomendó un traslado a lugar de menos tránsito, pero como mi amada inclaudicable no quería estímulo de tentaciones, en vez de en su cuarto me dio cancha de terraza, desde la que se divisaba un paisaje átono de edificios vulgares al fondo de un llano en el que jugaban unos niños, cuyas figuras se recortaban al contraluz de una hoguera. La visión infantil y a deshora debió de reforzar la obstinación de Marion, que, en sus palabras dramáticas, a punto estuvo de hacerme reír, peliculera en exceso.

—Uno de ellos —dijo— puede sufrir la afrenta diaria de no tener padre reconocido.

Lejos, al fin, la sospecha sobre mi amartelamiento con Marie-France y con propósito de deshacer el encanto humanitario de Marion le pregunté por ella y me dijo que se había ido de fin de semana a Cuenca, con Roberto, *el Espermatozoide* y otra francesa profesora en la academia, hija de españoles asentados en Francia desde la finalización de la guerra de España. Entendí que la ocasión la pintaban calva y que aquella noche, o ninguna, era la señalada para establecerme definitivamente en el piso y en la cama de Marion. En mi baraja de zalamerías, sutilezas, promesas y apelaciones, le entré por donde ni yo mismo podía imaginarme tan persuasivo y tan inteligente, pero su fortaleza, a la que se le había caído algún muro, era más que espartana, por lo que tuve que poner en práctica el último procedimiento que encontró mi cuquería. En un rapto premeditado de dignidad, le dije que sacrificaría mi amor antes que violentar de nuevo su decisión, le dije adiós con cara de amante que despide un barco y me precipité por la escalera, desde cuyo primer descansillo pude oír, afirmado, sus jipíos convulsos.

En un vistazo previo por el dormitorio de Marie-France, había divisado un billete olvidado, váyase a saber si en desprecio, de veinte duros, y su cantidad suficiente como para pagar pensión me trajo la idea de irme a una, dormir hasta las cuatro o las cinco de la mañana y volver al piso de la calle de la Menta como si hubiera estado toda la noche de ronda, con el frío hasta los huesos y expuesto a que la policía me confundiera con un delincuente. El problema, que no sería el único, surgió cuando comprobé que la zona no lo era de pensiones, no encontraba la estación de Metro y los autobuses hacia el centro no acababan de pasar. El primer inconveniente me tuvo durante un tiempo, que se me hizo eterno, en el papel de lo que tenía pensado fingir, de vagabundo muerto de frío y temor a la policía. Casi hora y media perdí entre la espera y el viaje hasta que llegué a una pensión de la calle Montera, Socorro se llamaba, en la que tuve que sufrir un interrogatorio del conserje de noche —hasta consejos me dio— que lastró más todavía el tiempo que quería de descanso. La desconfianza le vino por la largura de mi pelo, la barba de dos días, que me había dejado crecer a fin de dar el pego de poeta, y la caducación de mi carné de identidad. A punto estuve de largarme con viento fresco en busca de otra menos tiquismiquis, pero cuando extendí la mano en gesto de retirar el carné y hacerlo, rectificó, y como si quisiera convencerme de su corazón pío, en busca de propina, volvió a la cháchara canalla de que allí no dormía nadie con el carné caducado, a lo que finalmente iba a acceder, rompiendo la tradición, porque tenía cara de buen chico y le quedaba una habitación libre. Una sola. Ante la exteriorización de su pálpito, no puse dificultad a creérmelo y asentí con sonrisa angélica de Joselito, el pequeño ruiseñor, a ver si el mimo colaboraba en que se diese prisa en buscar la llave. Tocándola estaba y desgraciadamente el sonido del timbre de la entrada lo frenó de muñeca, me miró cretino y me dijo:

—Cada cosa, a su tiempo.

153

Por la conversación que subió escalera arriba supe que venía de compaña y consideré que había una sola habitación y que íbamos a tener jaleo. Volvió jadeante, pionero y alcahuete de una pareja, a todas luces recién formada, y con cara de contratiempo me comunicó lo que estaba esperando:

—Lo siento. pero había olvidado que estaba reservada para estos señores.

Antes que enfadarme pensé que lo que se me ofrecía era sacar renta de la situación, y aparentando la tranquilidad del que razón lleva, le dije:

—De acuerdo. Un fallo lo tiene cualquiera. Devuélvame las quinientas pesetas que le he dado para que se cobre y no se hable más.

Al instante de verlo, me di cuenta de que el varón de la pareja furtiva llegaba de puntillas y con más miedo que vergüenza. Seguramente hombre de bien y de posibles, había decidido aliviarse con contraria distinta a la legítima y había aparcado sus necesidades por aquella pensión, que por algo se llamaba Socorro. La cana al aire —me dije— le va a costar a éste cien duros y al conserje de mierda el disgusto de ver cómo me los llevo. Tal como lo concebí me salió el tiro, por el cañón y hacia la cartera del visitante. El conserje había amenazado con llamar a la policía y le dije que bien, que cerca estaba y que aquellos señores iban a servir de testigos. A la puta le faltó tiempo para decir que *en contra,* pero como esperaba, su acompañante los puso en razón de escándalo que no le convenía, sacó la cartera, me dio el billete y, dirigiéndose al conserje, le dijo:

—Las del chico, para usted, de propina.

Salí de la pensión Socorro con la gloria del reivindicado, quinientas pesetas más en el bolsillo y la seguridad de que estaba de suerte, en vista de lo sucedido y el horizonte halagüeño de Marion. Pensé que ya no eran horas de pensión, pero tampoco de emprender la vuelta —mientras más tardara, más madura estaría la francesa—. Y decidí homenajearme con una copa en un club que encontré al paso, en la calle del Príncipe, un tugurio de artistas, en el que, ya en su espuela la noche, recalaban las putas de la demarcación. Me senté en un rincón del local, como el hombre que, cansado del trabajo cotidiano, se abandona a no pensar en nada, mecido por la música del piano, dueño congratulado de un dinero ganado por mí en trabajo de cerebro y valentía. Escuchando la música me olvidé de todo, tiempo y Marion, hasta que una voz conocida me extrajo del mutismo.

—Este es el tío que yo necesito —dijo.

Desdibujada por el humo y la penumbra, las dimensiones de la silueta y el timbre destartalado de la voz me fijaron en la persona de su dueña. Era la puta que, dos horas antes, estaba dispuesta y voluntaria para llevarme a lo más peligroso y enfadado de la Dirección General de Seguridad.

—Esta es Aziza —me dijo— y yo, Rosi.

Aziza resultó ser una colega suya marroquí, que apenas hablaba español, circunstancia por la que la tuvimos un buen rato de mirona hasta que Rosi propuso gastarnos en otro sitio lo que le habíamos ganado a su acompañante. Nos fuimos a la chocolatería de San Ginés, un lugar de nocherniegos con mesitas de mármol, que dispensario de la Seguridad Social parecía en vez de local de disfrute, y a fe que, en parte, lo cantaba, pues al margen su gente distinguida, tullidos, alcohólicos, subnormales y hasta un enano y un mono moteaban su población de variopinta laya. Al mono lo tenían vestido de cocinero, con un gorrito blanco sirviéndole de toldo a su cabeza de cara triste, nostálgica de otra selva. El enano, vendedor de lotería, intercambiaba su profesión con el mono, se plantaba su gorrito y su delantal, le dejaba a recaudo los décimos de la suerte, se embadurnaba el dedo índice de chocolate y, luego de encaramarse en el mostrador, hacía como que se lo sacaba del culo y gritaba, mostrándoselo a la concurrencia:

—¡Esto es lo que bebéis!

—Qué gracia tiene el hijo de puta —babeó Rosi entusiasmada de anís—. Y un mango como una vigueta Castilla —certificó—. Ni aziza le... —cortó las palabras como si le llegaran inconvenientes.

La mora había empezado conversación con uno que sabía francés y ganada de irse con él estaba cuando apareció un bailarín relativamente famoso, acompañado de un tipo bajito con cabeza gorda que alardeaba de ser el mejor poeta entre los funcionarios y el mejor funcionario entre los poetas, a excepción de Pepito García Nieto, dijo. Venían del *Corral de la Morería,* donde actuaba el bailarín y como aún no había visto fondo de cartera nos propuso irnos a una venta de flamencos situada por la carretera de Barajas, con una puta más —propuso— y a ser posible con el enano y el mono, objetivo este último que no le dio resultado y a punto estuvo de crearnos un conflicto con

155

los empleados de la chocolatería. De pronto, como desde un secreto que quisiera compartir sólo conmigo, el bailarín me hizo gancho con el dedo de la misma mano que el enano se llevaba al culo, y me dijo al oído:

—Son travestis, ¿lo sabes, verdad?

Como la palabra se la había oído entre risitas a las francesas y me figuraba que tenía truco, pensé que lo mejor era no parecerle ignorante y le contesté que sí, que me había dado cuenta.

—Creo que Paco no lo sabe —añadió.

—¿Se lo decimos? —le pregunté.

—Vamos a dejar correr la cosa. En situación normal va de tío, pero a estas horas y con copas, cualquiera sabe.

Por las palabras del bailarín me hice una idea aproximada de lo que significaba la palabra y sólo me vino a la mente una Rosi en posición distinta y sin melena, el pelo al cepillo como un cabo gastador del Tercio, decúbito prono el acompañante de las quinientas pesetas. La imagen me trajo a la memoria mis amigos del castillo de Santa Catalina y, por unos instantes, me escapé al Sur, hasta que el bailarín me sacó del mutismo por creer que me sacaba de otra preocupación, con mira en los travestis.

—Tú, tranquilo. En un momento dado le damos larga.

—¿Y por qué no nos vamos ahora?

—Ahora empieza lo bueno, así que vamos a esperar un poco.

Llegaron dos cantaores amigos del bailarín y un tipo de unos cincuenta años, alto y fuerte el último, vestido de esmoquin, que el bailarín me presentó como pintor en sus horas libres.

—Ese es su hobby —me dijo en un aparte— pero si quieres progresar, arrímate a él. Es presidente del Consejo de Administración de cinco empresas.

Uno de los cantaores, el más viejo, *Baldera de Badajoz* se llamaba, trabó conversación con el multimillonario y, en confianza de hacer el gasto, le dijo que había conocido a un colega suyo muy importante, pero, como todos los artistas, sin dinero.

—Picasso. Cuando fui a cantar a la *Soborna*. Una lástima, don Pablo —le dije—, que nuestro arte no se pague como Dios manda.

La chocolatería había entrado en sus momentos de mayor apogeo. El humo subía más espeso que el chocolate. El enano, en solapa y suerte de degustación de sus propias heces, se

156

llevaba el dedo desde el culo a la boca, encima del mostrador. El mono dejó el resto de lotería en el bolsillo del multimillonario y, como adivinando que dinero llama a dinero, el poeta funcionario no quiso estar al margen de la elección de la fortuna y se quedó con la mitad, depositando su importe encima de la mesa. *Baldera de Badajoz* se echó un cante al oído del pintor en horas libre y, antes, tuvo el detalle de dedicárselo a él y a su colega Picasso. Le fue subiendo el tono hasta el éxtasis y Aziza, la mora, se arrancó a la llamada del melisma de sus ancestros. En la apasionada entrega vertiginosa le cogió la falda más aire de la cuenta y dejó ver un bulto grande, de berenjena cohibida, apresada, que el mono vicioso pretendió librar de su cautiverio. El enano cambió su púlpito del mostrador por el de nuestra mesa y quiso comparar. *Treinta y ocho centímetros*, apuntó, poniendo las manos de metro imaginario, el bailarín. Al olisqueo de la broma y la moneda, la Estudiantina entró por nuestra mesa cantando *¡Viva Murillo!* como una marabunta, al asalto de anises, chocolates y churros, y aprovechando su presencia devastadora, Rosi vio coartada y se guardó el dinero que el poeta funcionario había dejado encima de la mesa, mientras que guiñaba un ojo cómplice a mi mirada en aviso. Como los estudiantes me conocieran desde la noche de la Universidad de San Bernardo, refirieron el hecho en versión de homenaje a mi figura académica y volvieron a dedicarme *Clavelitos*, por lo que no tuve más remedio que corresponder con una buena propina, la cual, lógicamente, no iba a salir de mi bolsillo.

—Rosi, del fondo común —le dije.

El pintor millonario, que se había tragado la invención de los estudiantes proponiéndome como conferenciante emérito, al que como reconocimiento de su sabiduría homenajearan en la Universidad, se interesó por mí y me ofreció una beca para ampliar estudios en Estados Unidos.

—Mañana hablamos. Llámame —me sugirió entregándome su tarjeta de visita.

Rosi, no sé si porque vio en peligro su negocio con el millonario o porque me quería para ella, debió pensar que habíamos ligado y me advirtió que era maniático, extravagante, y que sus aficiones pictóricas en horas libres no las plasmaba en lienzos sino en el cuerpo de quien alquilara.

—Todavía huelo a aguarrás —me comunicó llevándose una mano a la nariz—. Y el otro, no te digo —continuó en su alarma—. Como tiene complejo de bajito, lo hace sin quitarse ni los zapatos ni las alzas y, antes, te lee *El Quijote*. Martirio puro —enfatizó Rosi— porque te deja molidas las espinillas y la cabeza.

Para que no se llamara a engaño le dije que sabía lo suyo, que, todavía, no iba de depravado y, a fin de no delatar al bailarín, que le había visto a Aziza el revoltijo en descuido.

—Yo voy de tía y me he operado —me contestó—. Toca si quieres.

Como la sola idea de imaginarlo me repugnaba, rechacé el ofrecimiento de indagar en la zona capciosa, le dije que otro día y, cuando vuelta a mi pensamiento Marion me puse en pie para irme, me detuvo el bailarín, quien andaba en la creencia de que todos aquellos me estaba procurando apuros.

—Te digo que no pasa nada, hombre. Espera un momento, que están al caer dos hembras de bandera y van a ser para nosotros dos —me dijo como rogándome—. Una para mí y otra para ti, muchacho —repitió la cuenta simple.

La promesa no se hizo esperar y, en cuanto vimos camino libre, tomamos carrera para la casa del bailarín, pero con tan mala sombra en nuestras huellas que, como *Baldera de Badajoz* conocía la dirección, antes de que se hiciera la distribución de habitaciones ya estaba el timbre de la puerta sonando y nuestros amigos dando crédito de presencia. El bailarín, nos pidió silencio, oteó por la mirilla como quien necesita ver para creer y, volviéndose a nosotros, nos dijo entre divertido y desolado:

—Traen también al enano.

—¿Y al mono? —le pregunté.

—El mono no lo veo.

Permanecimos en silencio unos minutos, que distraje en observar la habitación llena de trofeos, noticias de prensa enmarcadas y fotos de personajes haciéndole los honores del triunfo al bailarín. Como me detuviera en una de más relieve, que parecía estar colocada estratégicamente para que presidiera el coro de testimonios, me dijo, sin necesidad, que el personaje del abrazo a su figura era Fraga Iribarne. Y seguramente convencido de que me estaría preguntando qué harían por las paredes multitud de japoneses que no eran Hiro Hito, aunque tales sutilezas no se me presentaran fáciles sino por sus atavíos flamencos, me informó de que estaba casado con una japonesa, también dedicada al baile, de vacaciones en su país. Los visitantes siguieron en sus trece de no darle tregua al timbre y el bailarín, en la mensura de que el escándalo estaba servido les dejara o no entrar, se decidió por hacerlo. Al poco estábamos todos vestidos de gitana. Alguien había descubierto el vestuario de la japonesa y al poeta funcionario le dio por calarse en el cuerpo, ciertamente con dificultad, un vestido de volantes por la cabeza rotunda, excedente en los parietales al límite de los hombros. La guerra del vestido con el alcor humano lo dejó mocho a lo largo, como ringlera cortafuegos en el centro del monte, y Rosi tomó la peluca y la empleó de capote, toreo negro con burel de enano entre las tablas de los faralaes. *Balderas* comenzó lo oles, secundado por el otro cantaor, un tipo ligeramente más joven que él, al que apodaban *el Triste* con todo merecimiento, pues hasta sus efusiones tenían toque de funeraria. Al poco cayó al suelo, con estruendo de contenido de hierro, el retrato de Fraga, y un grupo de japoneses kamikazes dieron en explosión aérea al colisionar con la nave viajera de una lámpara. Aziza, la mora, lloraba de un canto africano con destellos de cuevas para turistas, el pintor millonario veía llegar la hecatombe, serio, desde un sillón, y el poeta funcionario recitaba, encendido de calva, *A las cinco en punto de la tarde,* equivocado en diez horas solamente. Con la corrida en alza, el ambiente tan entregado en lidia de mojiganga y el enano a cuatro patas arrastrando por el suelo los pantalones en traba, llegué a temer que Rosi quisiera llegar al final, lo humillara y con la espada al aire lo atravesara por donde, la mayoría de las veces, mata Curro Romero. Pero, para su mala suerte y la nuestra, sonó el tercer aviso del timbre, que resultó en autoridad descontenta. Salimos a la calle con un guardia por delante y otro detrás, los colorines de los trajes alhajando la mañana como si estuviésemos en el Rocío.

Un obrero con tartera me preguntó cómo se iba a titular la película que estábamos rodando.

12

CON EL OTOÑO el Arsenal se iba quedando huérfano de sí mismo, la gente se empobrecía de tristeza, se apagaba más la bombilla de su miseria y el mar tomaba color de plata bastarda. Mirar hacia él, o hacia ella, como decían los marineros de oficio, era volver al origen de la vida, como si empezara a brotar informemente, en pujanza que no encuentra su molde y se avasalla de sí misma. Su mal humor dejaba en la playa el hedor de las basuras y los peces muertos, y una salinidad alterada cuarteaba el suelo, como si el cadáver del agua quisiera hacer la tierra de su especie. En aquella rebelión pertinaz y sin sentido, sorda y cruel, en afirmación de nada que quiere pulsarse la paciencia devastadora, todos entrábamos en la melancolía y recordábamos las cosas bellas como cosas inmóviles y sin corazón, contagiados de inanidad. Fabio llegaba a extremos de desaparecer en la existencia de su figura, ausente de su cuerpo toda razón de vida, y se hacía de olvido, como el otoño, y sólo hablaba por sus hojas vencidas, hasta que un día se transparentó de amarillez y Félix me trajo la noticia de que lo habían trasladado al hospital de San Carlos.

A la semana ya había recobrado el brillo de sus ojos, como si el mismo sol del verano tapiado por las nubes se le hubiera posado en el alma con las flores y los alimentos que su madre le llevó al hospital. Y la recuperación trajo prueba de que no lo mataba el otoño sino los días muertos de otro mundo. La hepatitis lo tuvo postrado dos meses y durante ellos se inyectó de plantas, proyectos y literatura, redescubrió la vida como quien sale de un agujero y, una de las veces que fuimos a visitarlo, nos dijo que le había visto las orejas al lobo, sin temor, convencido de que cuando volviera al Arsenal iba a vérselas de nuevo. Había redescubierto la vida, que siempre, a partir de entonçes, lo acompañaría con la punzada de la muerte. La reflexión batió la llama débil de nuestra esperanza y, al abandonar aquel destacamento del dolor, Félix y yo quisimos reafirmarnos en nuestra manera desentendida de ser, pero Benito, a tenor del sentimiento artístico, nos dijo que lo que realmente había descubierto Fabio era el sentido de su existencia y que desde aquella experiencia iba a ver el mundo en todos sus planos y dimensiones, poseedor del don de haber penetrado otra realidad, la que completa la que percibimos.

—A partir de ahora —sentenció— es cuando va a ser, de verdad, poeta.

Obscuramente reconfortados por sus palabras regresamos al Arsenal como si algo nos hubiera cambiado de pronto. En la parada del autobús nos esperaba *el Madrileño*, con ansiedad visible que lo entregaba a la bondad recuperada de su niñez. El día estaba blanco, rematadamente ajeno y, sin embargo, lucía las galas interiores de nuestra paz, adquiridas en las palabras de Benito. *El Madrileño,* todavía sin frenar definitivamente el coche, se precipitó a la puerta y nos dijo:

—¿Cómo está? —y de inmediato—: ¿Ha preguntado por mí?

—Está mucho mejor y lo primero que hizo fue preguntar por ti —le aseguré.

—¿Y le habéis recordado por qué no he ido a verlo?

—Él sabe de sobra que los de la Brigada de Trabajo no podéis salir del Arsenal —intenté tranquilizarlo.

El Madrileño recordó que para otras cosas menos importantes había saltado la valla o se había internado a nado en el agua, hasta Puerto Real, la ropa en una mano y la otra de remo, que estaba dolido consigo mismo por no haber hecho lo que debía y que, en la próxima visita, no faltaba, aunque se hundiera el mundo. Y, acaso, por la contundencia de la última frase arrasadora y una vez mostrado el interés prioritario por la salud de Fabio, sólo entonces fue cuando nos comunicó la última novedad trágica de aquel entorno maldito por la que volvía a hundírsele el mundo.

—Un marinero del *Canarias* ha matado a un cabo y estoy en el pelotón de fusilamiento de la Brigada.

En San Fernando, a la espera del autobús de retorno al Arsenal, habíamos oído algo al respecto, pero con la tranquilidad de una lejanía como punto geográfico de suceso que no podía afectarnos. Habíamos confundido el lugar del hecho con las islas Canarias en vez de con el barco de su nombre y enfrascados en la sensación que nos produjo Fabio lo habíamos oído con la impropiedad de lo remoto.

—Hay otro pelotón del *Guadalete* y otro del Cuartelillo —amplió *el Madrileño*—. Pero no preocupaos porque ninguno de los tres estáis en las listas —tranquilizó.

Nos fuimos a Casa Porrea y el acontecimiento desgradable marginó el estado de Fabio, del que informamos en unas palabras. Según nos relató *el Madrileño*, el marinero era hijo de un capitán de navío, destacado en El Ferrol, y en otras ocasiones se las había tenido tiesas con el cabo. Incluso —a decir de la gente— con anterioridad al desgraciado desenlace, sostuvieron una pelea, de la que ambos salieron con lesiones graves. El cabo había aceptado el reto de hombre a hombre que le hiciera el marinero, se encerraron en una camareta, tiraron la llave por el portillo y se tuvo que echar la puerta abajo para que la gresca no diera dos muertos en vez de uno. El remate de sus desavenencias se produjo cuando desde una litera alta el marinero le disparó al cabo en la nuca.

—Ya sabéis cómo son estas cosas —dijo *el Madrileño*—. Se comenta, se comenta y, luego, elige la versión que te dé la gana. Lo que parece cierto es que el gallego quiso salir y el cabo le dijo que si lo hacía no iba a tener más remedio que denunciarlo. El otro le contestó que si daba parte lo mataba y no se quedó en la amenaza. Lo jodido de esto es que me toque a mí el caramelo —terminó con cara de predestinado a participar en lo que se buscaba y también en lo que no.

Los pelotones de fusilamiento, como si el veredicto del Tribunal Militar no tuviera más desembocadura que la pena de muerte, los habían elegido a sorteo entre todas las dependencias, de las que salieron diez. De entre ellas habían escogido a los diez marineros de peor conducta, selección que en la Brigada de Trabajo presentó demasiados problemas e hizo que Morado allanara por el orden alfabético. *El Madrileño*, por su apellido Esquivias, quedaba en noveno lugar, lo que para los efectos suponía lo mismo que figurar en primero, si el sorteo definitivo entre los diez pelotones le echaba la bola negra a la Brigada de Trabajo. A resultas de cuentas tenía nueve oportunidades, contra una, de no verse en la obligación de disparar, pero ninguna de evitar su presencia en el macabro acto, a no ser que la pena final desmintiera los preparativos en firme.

—Como es hijo de un capitán de navío —interpretó Félix— verás cómo lo declaran loco y no le dan el pasaporte al nicho.

—Pues, fijaos —contestó *el Madrileño*— que ya se habla de que no se arrepiente, maldita sea su estampa. Que ha dicho que siete veces que naciera, siete veces volvería a matarlo.

—Ni que fuera un gato —farfulló Félix, intentando disminuir la tensión.

—Un tío que habla así —intervine— se merece la muerte.

—La muerte —terció Benito— no se la merece nadie, ni siquiera los que nos tienen aquí. La muerte no la deseo —comenzó a cantiñear— ni al que asesinó a mi padre, porque es más muerte este infierno.

Miré hacia el techo y vi el ventilador quieto, como una araña gigante de hierro que pendiera sobre nuestras cabezas. Dirigí la mirada hacia el mostrador y dieron mis ojos con el infierno en vida de Porrea, la cabeza emergiendo de perfil como un monstruo marino que quisiera escapar de las tenazas de tiburón de su silla de ruedas. Apenas hablaba nunca y cuando lo hacía era para dar una orden escueta y tajante al dependiente o al mozo de las mesas. Llevaba así cuarenta años, como un fósil que supiera de cuentas y ni los horrores de la guerra de España lo habían hecho esperar una situación más noble en la muerte. Allí vivía y allí dormía, en su postura de retratado por la parte más fea de la cara. La noche del atraco oyó ruidos entre los sueños, pero no despertó, creyó que eran las ánimas de los denunciados y prefirió que se lo llevaran en aquel sitio, sin separarse de su dinero. Según decían había hecho un pacto con el demonio por el que habría de entregarle el alma, no la bolsa, a cambio de la delación de mucha gente. Sentí una viva repugnancia más que por su cara de monstruo marino con cabeza de pulpo y ojos de sapo, por su historia de fiera que toma la venganza de su condición desdichada en la vida de los demás. E hice un mohín en dirección a donde no dejaba de estar su carroña para que mis compañeros multiplicaran mi desprecio hacia él.

—Cualquier día —dijo *el Madrileño*— le doy un susto a ese usurero que se sale del pellejo.

—La única forma de quitarle el dinero —contestó Félix— porque tiene el pellejo cosido a la caja fuerte, con alambre.

—La silla eléctrica debía ser la silla —añadí.

—En la silla eléctrica nos va a poner cuando nos mande la cuenta —observó Benito.

No fuéramos a pasarnos y tener luego que pagar con cosas nuestras más valiosas, el Madrileño llamó al mozo y le tendió un billete de quinientas pesetas. Benito, para corresponder en medida de su buena disposición, le dijo que a ver si despejaba su situación de controlado y nos íbamos a Jerez, donde podía correr con la cuenta. Entre medias llegó el cartero y, como si fuera del Dúo Dinámico, Félix le preguntó que cuántas cartas le habían escrito. Y, curiosamente, traía una de su cuñada, que nos leyó llorando: *Te echamos mucho de menos* —le decía— *tu hermano, los niños y yo, tenemos muchas ganas de verte. Haz lo posible por venir en Navidad. Hemos comprado un pavo para engordarlo, pero no come, se lo huele.* De las lágrimas, sin transición su latido gigante, pasó a la risa y dijo:

—Ni que mis sobrinos estuvieran tocando ya la pandereta. No está preocupado ni nada el pavo. A propósito de aves de corral —cambió de conversación para desestremecerse—, el hijo mayor de mi jefe se ha comprado un gallo de pelea y quiere que el domingo lo probemos en San Fernando. A lo mejor lo probamos, como se distraiga, pero en la cazuela.

Comenzábamos a ponernos de parte de la diversión y del contento, cuando el Madrileño le pidió prestado el periódico a un civil de una mesa vecina. La posibilidad de tener que disparar sobre una persona, no lo atemorizaba, pero si la de hacerlo gratuitamente. Pasó las páginas con cara de angustia y no encontró nada que lo relevara de lo que se estaba haciendo pesadilla en su pensamiento. Al fin, con consuelo de tonto, se puso a hojear las páginas de deportes.

—¿Qué te creías? —le preguntó Benito, mientras con la mano como un soplador intentaba espantar una mosca—. ¿Acaso te creías que iban a hacer público el suceso?

El Madrileño lo miró con la cara reajustada del que vuelve de un entierro. Después se sonrió tímidamente, con tanta inocencia que parecía haber cambiado su rostro por el del día de su nacimiento. Carraspeó y dijo:

—Estaba buscando lo del referéndum.

—Lo del referéndum viene en la primera página —precisó Benito—. Yo soy republicano, como todos los artistas que se precien, pero ojalá el de El Pardo se quede contento.

—¿No es eso un poco contradictorio? —repuse.

—No —contestó Benito—, porque en caso de ganarlo aplastantemente a lo mejor se siente generoso y nos licencia de un plumazo antes de tiempo.

—El referéndum es un trámite. No pongas tus esperanzas en la horca —aconsejó *el Madrileño*.

—¿Y para qué coño, entonces, buscabas la noticia? —le preguntó Félix.

—Vete a saber —contestó—, quizás por aburrimiento. A lo mejor para imaginarme la cara del facha de mi padre.

Cogí el periódico y España era una balsa de paz. Se inauguraban pantanos, se abrían paradores y se hacían carreteras a troche y moche. Europa nos estaba aceptando definitivamente, y la Patria no estaba en peligro ni había motivo para que lo estuviera, gloria de bienestar y horizonte sin mácula que hicieron me preguntara qué hacíamos allí nosotros, de retén. Sólo, como avergonzada, escondida en un extremo de la penúltima página, una noticia daba razón pintoresca de una algarada juvenil. La leí, con grandilocuencia, como quien posee un mirlo blanco, y Félix se encargó de hacerle el comentario.

—El mundo está corrompido.

Una de aquellas tardes fui con Félix a San Fernando con el objeto de probar el gallo del hijo del ayudante mayor y vimos en la terraza de *La Mallorquina* al padre del marinero encausado. Por los tres galones de oro horizontales sobre fondo blanco con un sol coronándolos en la bocamanga, supimos que, al menos, uno de los rumores era falso. No era capitán de navío sino teniente coronel del Cuerpo de Intendencia de la Armada. Estaba sentado contra la pared, serio y aguantando, y con él un teniente coronel del Ejército, que pudimos distinguir en el grado por las dos estrellas de oro de ocho puntas y el sol de oro entre dos ramas en el cuello de la guerrera. El paso constante de transeúntes por la puerta del establecimiento había dado en corro de civiles que, a la novedad de la presencia de una de las víctimas, discutían los últimos acontecimientos del caso. Según lo que pudimos oír el padre del marinero se había movido a tope, pero el empecinamiento de su hijo había echado por tierra lo que, como aventuró Félix, se podía haber quedado en locura transitoria y unos años de penal. La sentencia a muerte estaba prácticamente sellada y al *Madrileño* podía tocarle en mala suerte ejecutarla, idea molesta que nos rondó toda la tarde por la mente e hizo que Félix la asociara al gallo cuando el hijo del ayudante mayor, que nos esperaba en la puerta del reñidero, lo sacó del portamaletas del coche, medio asfixiado, haciendo zoom con el pescuezo, tal nos imaginamos al gallego después de la traca de los tiros.

—Este gallo viene lastrado —diagnosticó Félix—. ¿Cómo se te ha ocurrido traerlo detrás, sin ventilación?

—Para que se haga más duro —comentó el hijo del ayudante mayor.

—Pues, con los entrenamientos que le pegas no va a servir ni para Nochevieja.

Mientras el hijo del ayudante mayor se adelantó a entrar en el reñidero, Félix me comentó que el niñato estaba convencido de que tratándolo a patadas el gallo se iba a volver más fuerte y más fiero y que su política de endurecimiento no tenía más camino a seguir que el de salirle por la culata.

—Me ha contado, como una gracia, que lo llevó al Club Naval y que en la piscina le dio una ahogaílla de dos minutos. Cuando el gallo, en las laderas de la muerte, volvió al aire, se desperezó y llegó el agua hasta el mismísimo Almirantazgo. Duchó a la media Marina que tomaba el sol, tan tranquila, en las hamacas. Y al llamársele la atención, más por la ducha inesperada que por la barbaridad de aplicar tortura a un animalito, ¿sabes que contesto? Contestó: *Este hijo de puta se va a criar aquí más duro que en la selva.* Me recordó —prosiguió Félix con balanceo de cabeza explicativo de que el mundo no tiene remedio— una película de cacería que vi en el cine *Roxy*. El marqués, el duque o lo que fuera, se estaba jactando de su poderío y de que una cacería como aquella no se había dado en la historia. Como le fuera el ayudante de campo, el mayordomo o como coño se llamara con el argumento de que había más escopetas que piezas, contestó: *Pues que le tiren a los guardas y cincuenta duros para Cáritas por cada uno.* La leche que mamaron —concluyó.

Afortunadamente para el gallo y para Félix, el dueño del que se le tenía preparado como contrincante, que lo era también del reñidero, se negó a enfrentarlos nada más ver el del hijo del ayudante mayor. El referido señor sabía a fondo de aquello y al comprobar al gallo arruinado de pulmones, desfondamiento que le notó en las boqueadas jeremiacas de auxilio, le dijo al muchacho que hacía más de cuarenta años que gozaba de la amistad de su padre y que no quería perderla.

—En la calle San Nicolás nos críamos, ahora José Antonio Primo de Rivera —situó—. Cuando habló conmigo —hizo ademán de sostener un teléfono— pensé que estaba en condiciones, y, encantado por tratarse de quien se trata, le dije: *Vale.* Pero este gallo, hoy en día, no sirve ni para echarle una gallina.

Así que lo mejor es que me lo dejes a ver si lo recupero y ya hablaremos.

—Lo mejor es que te lo comas —apuntó Félix, un ojo en el gallo y otro en una foto gigante de Rafael Ortega, el gran torero de La Isla.

Al salir del reñidero, el hijo del ayudante mayor tiró el galló en el asiento trasero del coche como quien castiga una ofensa. El gallo, que vio libertad por la ventanilla abierta, sacando fuerzas de flaqueza, acertó a traspasarla en un voletido que lo puso en el cabezal de un cierro de la calle. El hijo del ayudante mayor sacó del portamaletas un bate de béisbol y comenzó a intimidarlo con la punta, hasta que decidió bajarlo más expeditivamente. El gallo, de otro voletido, tomó tierra a una treintena de metros de donde nos encontrábamos y enfiló en vertiginosa carrerilla de resucitado por la calle Real, hacia el cine *Almirante*, perseguido por el hijo del ayudante mayor, Félix, yo, la marinería de paseo en la zona y unos chiquillos que se sumaron a la caza. Hacia el colegio de monjas de la Divina Pastora regresaban, en aquellos momentos, en filas de a dos, sus alumnas internas y cuatro madres religiosas, todas las cuales salieron de estampida al ver al bicho, y lo que llevaba detrás, acercarse a ellas. Como invadieran la calzada, se paralizó la circulación, y entre el pito en destajo del guardia y los bocinazos de los coches, alguien, en la otra punta de la calle, creyó motivo de fiesta el barullo y, por dar alegría a población tan patriótica, corrió la voz de que Inglaterra había anunciado formalmente la devolución del Peñón de Gibraltar. Los jefes y oficiales, que tomaban el té en *La Mallorquina*, se colocaron en posición de firmes y entonaron el Himno Nacional con lágrimas en los ojos, el cuerpo de suboficiales, de vagabundeo aburrido por la arteria principal del pueblo, secundó el arrebato, la tropa echó el lepanto al aire, convencida de que la feliz noticia traería la otra más alegre de una licencia anticipada. Mientras corría detrás del gallo, y convencido yo también de que la noticia de la devolución de la plaza gibraltareña era un hecho sin relación con nuestra aventura, recordé la conversación sobre el referéndum en Casa Porrea y estimé, con sensación agradable, que Benito ya no tendría que contradecirse en su alma republicana para conseguir lo que estaba por encima de tal causa. De repente, con el ensordecedor ruido de los coches, himno a todo tren, pito del guardia de la circulación y demás desórdenes sonoros, comenzaron a elevarse en acción de gracias las campanas de la iglesia del Carmen, al par que el gallo había desaparecido como si la tierra, queriendo poner calma, se lo hubiera tragado. El hijo del ayudante mayor, reivindicando su razón, hizo un comentario, suficiente:

—Y decíais que el gallo estaba arruinado. Más ligero que Mariano Haro es lo que está.

—Sí, pero ¿dónde? —le contestó Félix, burlón.

Una monja, póstuma ya de temblores, la mano en flecha con los pulgares pegados a la pechera y la cara en gesto de haber sido sorprendida en pecado mortal, fue concentrando la atención de la gente que, en principio, la imaginaron en oración de agradecimiento por la vuelta al seno patrio de la Roca usurpada, pero que, pronto, se dio cuenta de que su enajenación no era de éxtasis sino de susto, porque el gallo sagaz se había empotrado entre los tobillos, guarecido en los faldones del hábito.

—La leche que mamó el gallo —me dijo Félix—. A ver quién mete mano ahí.

A la voz corrida de gallo profanador en morada divina, llegaron los municipales, que lo tentaron, para que saliera, con el cebo de una gallina inglesa. Ante el fracaso, lo intentaron los bomberos, con un lebrillo de afrecho. Pero como el gallo no se movía ni la monja estaba dispuesta a que se le vieran los tobillos, tuvo que intervenir el cura del Carmen, quien, tras hablar largamente con la religiosa, le expuso al concejal de Urbanismo las condiciones para llevar a cabo la evacuación, que consistía, primero, en desalojar las aceras y la calzada de personal en un diámetro de doscientos metros; segundo, en que se montaran cordones policiales en los extremos de la distancia referida y en todas las calles convergentes en la del suceso, de espaldas al mismo, y, tercero, que la operación la realizara el cura, con los ojos vendados.

Con el rigor de las condiciones y el tiempo de reposo conseguido ya nos imaginamos al gallo volando otra vez, nosotros de maratonistas y el jaleo crecido. Félix, me subrayó lo que era certidumbre en mi pensamiento, y me hizo reír cuando añadió:

—*Córdoba,* ¿tú te imaginas algo más blanco que el culo de una monja?

—Mira que si se le ha ido arriba —conjeturé.

Poco a poco se fue despejando la zona y, en el extremo de una de las fronteras, por encima de los cláxones de los coches, que pugnaban reñidos con el aire y la paciencia, se oyeron los cánticos de las internas de la Divina Pastora. A Félix le llegó la onda y se hizo flor de análisis teológico, puesto que no comprendía como Dios, principio y fin de todas las cosas, creador del mundo, de su pena, pero también de su alegría, tenía que estar *eternamente enojado*.

—¿Ni una mijita de cachondeo, *Córdoba?*

El cura, limitado en sus medios, privado de la vista y a tacto reprimido, se cercioró, con una pregunta a la monja, que el gallo seguía en el mismo sitio, se hincó de rodillas, se persignó, se puso la venda, tacteó en el suelo como un topo que jugara a la gallinita ciega, deslizó la mano derecha hasta el hábito y lo recorrió en descenso con las yemas hasta que tocó pie. Entonces, introdujo la mano en la espesura y, como si hubiera tocado un enchufe belicoso, la retiró con tanta violencia que se le llevó el cuerpo hacia atrás y dio con él en el suelo. El gallo había recibido la mano bendita con un espolonazo del infierno y, al tanto de peligro, decidió asomar la cabeza oteadora. Después, inició un vuelo corto hasta un balcón con las puertas abiertas y se escuchó un estrépito de cacharros, de cosas rotas, y unos gritos.

—No digas que el gallo es tuyo porque nos joden —le dijo Félix al hijo del ayudante mayor—. Despídete de él y date por contento —le recomendó.

Cuando abandonamos la calle y tiramos por la acera de Capitanía, camino de la *Venta de Vargas*, en cuyas proximidades paraba el autobús del Arsenal, tuve la impresión de que el gallo no se había dado aún por vencido. La invasión ciudadana de la Plaza de la Iglesia, prohibida a los peatones, el rumor de asombro sostenido y los gritos confusos, me pusieron en creer que lo peor estaba todavía por consumar. Félix, en un resoplido de alivio que debió influir en la marea, me dijo:

—¡Qué día, *Córdoba!* Menos mal que por lo menos, ya no vamos a tener que ir a partirnos los cuernos por el pedazo de piedra. Y, a lo mejor, para celebrar la entrega del Peñón, hasta nos dan de comer bien durante unos días, y me retiran el recargo y puedo ir por Navidades a Barcelona. ¡Jo! —exclamó— en la gloria va a dormir *el Madrileño* esta noche, cuando se entere que Franco va a dar amnistía y no va a tener que fusilar al gallego.

170

13

EL MILLONARIO, pintor en horas libres, logró entenderse con los policías porque, de repente, se alejaron por la calle y en ella nos vimos como despedidos de un tablao flamenco. Ante la curiosidad de la gente arremolinada nos fuimos quitando los trajes uno a uno y, al final, la acera parecía el proyecto de un baratillo de oportunidades, como si los gitanos hubieran descargado su furgoneta en un punto cualquiera de la vía y estuvieran prestos a montar el tenderete. Había vestidos de volantes, abanicos, castañuelas, collares, zarcillos, peinetas y un cañero que el poeta funcionario jamás pudo enjaretarse en su cabeza colosal y le sirvió para hacer chiste de una copla por la que alguien, maravillosamente, sombrero en mano entró en España y al verla se descubrió. Lógicamente no entendía como llevándolo en la mano se podía destocar y con aquel motete estaba, único empeñado en que le vieran los faralaes, cuando a los demás ya nos había entrado por el cuerpo el hormigueo del ridículo.

No a demasiada distancia de su casa, el bailarín pidió colaboración para que, después del desbarajuste, por lo menos le ayudáramos a poner el vestuario en el sitio de donde lo habíamos sacado. Pero el personal, acaso en la conciencia de que se había salvado de chiripa o por los buenos oficios de talonario del millonario pintor, se mostró poco amigo de desandar la ruta con tanta mercadería escandalosa y se fue perdiendo en taxis por la mañana, ya dueña absoluta de las calles. Me quedé sólo con el bailarín y el poeta funcionario, llevamos la carga de colorines a la casa del primero y, después, fui a dar con mi persona devaluada por el vino y la falta de descanso en el apartamento del poeta, tras cuya puerta y a bocajarro, encima de un sillón polvoriento y lleno de periódicos, había un diploma como meditadamente abandonado, en el que se podía leer: A don Francisco Rávena Flores, ganador de los IX Juegos Florales del Turrón de Jijona. Por su poema *Celeste dulzor de almendra.*

Dándome cuenta que lo tenía allí, tan estratégicamente colocado en indiferencia para mostrar su homologación de vate laureado que no le da importancia a la cosa, le hice observar mi admiración en mala hora, porque recurrió a una cordillera de carpetas y, de una de ellas, sacó el prodigio alejandrino, que comenzó a leerme como quien le lee al reo la sentencia de muerte. A medias de una estrofa entré en cielo de dulzor diferente y más amigo, y sobre las tres de la tarde abrí los párpados y comprobé que el poeta funcionario andaba en sueños galanteadores a su musa de almendra, dulcemente sonriente y alado de gañidos, desnudo de alma y cuerpo, excepto por los pies guarnecidos por zapatos y alzas.

Me dieron ganas de llevarme algo que no fuera diploma o carpeta de rimas, pero pensé que su amistad podría servirme más que la rapiña de tres perras gordas y enfilé para el piso de la calle de la Menta, donde me esperaba Marion en derrota aceptada de resistencia inútil.

Su primera experiencia lo fue de desagrado, como para mí. Marion era virgen, pero tan a la bárbara que entendí su entrega como un último coletazo, enorme, de testarudo aguante, como si el abandono del espíritu fuera anterior al del cuerpo y cuando en aquel todo era disposición, en éste, todavía, quedara la secuela de un largo aprendizaje en negar lo querido. Fue combate difícil, laborioso, pero encajado el mundo lo hicimos largamente, toda la tarde, toda la noche y hasta la madrugada.

Durante un tiempo viví en felicidad y sosiego. Me instalé en el piso de Marion y me dispuse a buscar oficio que la aligerara un poco de la carga. Marie-France y el americano, siempre de gira en otros territorios, hacían la vista gorda y todo marchaba como un reloj que marchara bien. Ni siquiera tuve que comprarme ropa, teniendo allí como tenía el vestuario del americano, unas chaquetas de cuadros larguísimas, que me ponía no sin experimentar cierta vergüenza, unos pantalones que había de remangarme una cuarta y me dejaban fondillos como velas y unos zapatos generosos de proa a popa y de babor a estribor, que, como tenía que rellenar para encajarlos, en naufragio de trapos y algodones me alojaban los pies navegantes. Todo marchaba perfectamente, digo, pero el demonio de las tentaciones, que está dentro y no duerme sino con la mitad de los ojos, no debía de mostrarse dispuesto a abandonar una de sus canteras más fieles y rentables, y uno de aquellos días me puso delante a Marie, la hija francesa de españoles, que había ido a Cuenca con Marie-France, *el Espermatozoide* y Roberto.

Marie tenía unos ojos imponderables, negros y rasgados; era bajita y reconcha, más bien garrafa que botella y, por el trato, me fui enterando más ampliamente de que era medio compatriota, francesa por guerra civil y española por padres toledanos, los cuales reclamaban de su autoría los ojos como espadas —aunque no la forma vietnamita del enmarque—, su tipo español, rechoncho y abadeso, su garrafa carnal imbotellable por más sauna y gimnasia a que se sometiera. Físicamente, descartados los ojos gloriosos, no era nada extraordinario o del otro jueves, pero debía de ser mi tendencia al chicoleo y a la necesidad de que se me quisiera la que puso nueva inquietud en mi corazón versátil, porque, a partir de entonces, la carcoma de un cambrón se metió en él y no veía más que Marie por todos lados. A veces, la obsesión me hacía compararlas y, sin posibilidad objetiva de comparación, Marion salía triunfante, pero Marie, en el aldabonazo del deseo, extrañamente vencedora. Todo embarullado en mi pensamiento, y como en una carrera ciclista en la que alguien ganara a alguien sólo por extraña regalía de bonificación, pasaron los días sin que me atreviera a abordarla, hasta que Marion comenzó a sospechar de mis reservas, eternos períodos de silencio y falta de entusiasmo en la cama. Y ante la situación, reaccionó con extraña dignidad de buscar en el armario el saco de viaje, depositarlo en suelo y decirme, a prueba de asceta, que en duro se aclaran las ideas y que allí iba a dormir hasta que las despejara.

Sabía sobradamente que cuando algo se le instalaba en la cabeza tozuda había que sacárselo con ventosas de mimo, no con tenazas de violencia, pero confié en mis fuerzas y ataqué por la tremenda como quien tiene ejércio invencible. Marion, desde que éramos amantes, había cedido en muchas cosas, por más que no en tantas como Dominique y Claudine. Había cedido, en lo fundamental, en tenerme de zángano, pero no en la impensable posibilidad de compartirme con alguien. Y como entendí que lo mismo pensaron las otras al principio, decidí reanudar la lucha sin medir consecuencias, ojo por ojo y diente por diente, en pos de vengar mis espaldas doloridas en el rigor del saco del viaje.

173

Una de aquellas tardes salí con la France y con Marie y descubrí que *el Espermatozoide* no había perdido el tiempo. La franco-española comenzó a hablar de él como quien vive en gozo y me di cuenta de que se me había anticipado sobre seguro. Por sus palabras supe que estaba en Puente Genil, adonde hubo de desplazarse por una desgracia familiar. Marie le había mostrado su deseo de acompañarlo, pero, a la defensiva de que explotara el escándalo pueblerino, *el Espermatozoide* se aguantó las ganas de fardar y le contestó que un velatorio no era el sitio adecuado para presentaciones familiares. Con aquella confesión se vino abajo el mundo, pero sabía yo salir de los derrumbes y pronto me di cuenta de que, encima, sólo me había caído un poco de polvo. Me propuse, entonces, echar la tarde de jarana, olvidado de la fuerza de los ojos indescriptibles de Marie, de su color huracán y el enmarque oriental de sus selvas vietnamitas, que trasladé en mi imaginación a playas oceánicas dominadas por la duna gorda de su cuerpo. Me acordé de Marion, amotinada en casa; puse el cuerpo en consuelo de pájaro en mano; en la ruta de los mesones opté por los fandangos de Huelva y terminé olvidado, considerando que a una mujer enamorada no hay forma de meterle el diente, y que, en caso de que mi olfato me hubiera traicionado, darle comienzo a una conquista supone el esfuerzo de impostar la voz, alzar la ceja, apretar un labio contra otro de modo que el superior aumente y cobre aspecto sensual, mirar desde dentro, a la distancia apropiada, dar el mejor perfil como si se fuera por la vida de moneda, etc... Así que, ante tanto trabajo sin garantía de éxito, me bebí González Byass, puse el mingo en seis o siete mesones y cuando subimos la escalera del Arco de Cuchilleros llevaba encima media lagartijera que más parecía una entera en el morrillo. Las francesas, que tampoco andaban muy serenas, hablaban en su idioma de patos, *suá* por aquí y *tuá* por allá, y no dejaron de hacerlo hasta que, llegados al centro de la Plaza Mayor, Marie-France me dijo con su retintín de siempre:

—Manolo, tú que eres una persona culta, ¿cuál es el rey del caballo?

Estábamos debajo mismo de la estatua y en estado normal habría podido suplir mi ignorancia con una ojeada al letrero, pero por más esfuerzo que hice no logré enterarme y, devolviéndole la broma, le respondí:

—Ese, Baltasar.

174

Marie rió mi ocurrencia y logré salirme por la tangente de la trampilla de Marie-France. Pero noté en mi sangre su intención cruenta y no tuve más remedio que apostillar para que no se repitiese el examen.

—La amistad no tiene sitio para el sarcasmo. Te puedo relatar ahora mismo, no sólo la lista de los Austrias y los Borbones, sino también la de los reyes godos. De todos los reyes —insistí— no sólo españoles sino también franceses. Aunque a ti, como buena comunista, no creo que te interesen demasiado.

Me vi abocado por unos instantes a sostener mi apuesta arriesgada e intenté extraer de entre las brumas de la melopea el nombre de los reyes godos, carrerilla tantas veces puesta en marcha, que en mi cerebro no acababa de dar el primer paso. Y otra vez la Providencia me alejó de complicaciones cuando, como si procediera de un país de gigantes, un grupo de portugueses se acercó a nosotros con la intención de sacarle más partido a las francesas que al que tenía que disputar. Eran los miembros de un equipo de baloncesto de Lisboa que se había desplazado a Madrid, sorteando nubes, para enfrentarse a pie de ellas con otro equipo español. En las solapas de las chaquetas azules se podía leer, con menos dificultades que el nombre del rey en el monumento, el de la institución que representaban: *Banco del Espirito Santo*. Dos de los portugueses trabaron conversación media apañada de entendimiento con las francesas, y el resto, con problemas de idioma y número, decidió desmarcarse a zonas de Madrid más potables en lo que eran sus misiones prioritarias de enceste: ligar. Se quedaron los dos más altos y, a la larga, como Marie no pensaban más que en su *Espermatozoide* de luto, desapareció uno de ellos porque la francesa enamorada le quiso demostrar que su corazón tenía amo, no fuera a caer el portugués en malentendidos prometedores. Lo curioso del caso fue que, cuando había abandonado toda esperanza y ya me conformaba con la vuelta a la paz de Marion, Marie se lo quiso demostrar conmigo, y me besó delante de Marie-France como si me tuviera ganas de toda la vida y tantas como hasta aquel día yo le había tenido a ella. Alentado por su iniciativa inesperada, le propuse lo que se suele proponer ante manifestación tan clara de que la cosa cambie de escenario, y fue entonces cuando me dijo a lo que obedecía el beso, que de ser cierta su causa impulsora lo hubiera sido de simulacro, no de torniquete. Seguro me quedé y a la espera de que, fuera de la vigilancia de Marie-France y en lugar más resguardado, aquel beso tendría nueva entrega y, con el desasosiego, me dio la alegría hasta el punto de que, cambiado en el hechizo de las copas, le propuse a Marie-France llevarnos al gigante portugués al piso de la calle de la Menta y gastarle con semejante monstruo una broma a Marion, la cual, a nivel de la hora, andaría por el segundo sueño. La francesa argelina que era pícara y le gustaba una travesura como un volante a un tonto, me mostró su acuerdo con una condición relativa a que ella no debía de aparecer por ningún lado en la incubación de la burla. Y, una vez que llevamos a Marie a su casa y tras dejarle sentado al portugués que sólo íbamos a tomar una copa, pusimos ruta al piso.

El portugués, a buen seguro convencido que por una copa se empieza, nos había contestado que perdiéramos cuidado, que era un caballero, pero Marie-France, inteligentemente desconfiada, le hizo jurar por la Virgen de Fátima que pasara lo que pasara tenía que comprometerse a permanecer no más de una hora en el piso.

—Yo, José Augusto da Ferreira y Mendes do Alentexo, lo juro por la Virgen de Fátima y por el Espíritu Santo —dijo el portugués, probablemente pensando que con una hora tenía tiempo más que suficiente.

—Pues, luego, acuérdate del juramento —le dije.

Por la escalera nos encontramos al americano, que se quedó mirando al portugués como desde la Luna mirarían los primeros astronautas que pusieron los pies en ella. Intercambió unas palabras de saludo con Marie-France y a punto estuvo de caerse por la escalera cuando volvió la cabeza para comprobar que mi indumentaria le era de la familia. Entramos en el piso sin hacer ruido y recomendándole cautela al gigante, no fuera a dar su cúspide de jirafa con una lámpara o con el techo. A la altura de la puerta del cuarto de Marion, le dije que entrara, sin más explicaciones. El portugués, ya al borde de las sábanas, debió de pensar que más fácil, imposible, que yo debía de ser uno de esos que se dedican a buscarle planes a las mujeres, que tendría que contar con su cartera y que todo estaba preparado con el consentimiento de la bella durmiente.

Los gritos de Marion llegaron al cielo y a mí, como por brujería, se me quitó la borrachera cuando —después de intentar presentarle la bufonada como algo sin otro objeto que el de distraerla— me ordenó irrefutable que tomara mis cosas y me fuera a asustar gente por las calles.

—Te vas ahora mismo, que no quiero volver a verte nunca más. ¡Merde, merde! —gritó desencajada.

Al ruido, y suponiendo que su presencia podía quitarle hierro a la situación, reapareció en bata Marie-France, restregándose los ojos e intentando transmitir la impresión de que vagaba por un mal sueño. Y, mirando al portugués, dijo con las manos en la cabeza:

—¿Y esto de dónde ha salido?

Ganas me dieron de contarlo todo y descubrir lo que era comedia cínica y a costa mía, pero me di cuenta de que ponerme a Marie-France en contra no iba a traer mejor resultado y busqué alguna justificación que me restituyera, mientras Marion, que se había arrojado a los brazos de su compatriota, no dejaba de repetir entre sollozos *merde, merde* y lo peor de que cogiera mis cosas y me fuera, que no quería verme nunca más. En la búsqueda de una argucia reparadora se cruzó, frenando mi carrera a su encuentro, la idea de que mis cosas no eran otras que las del americano, y con aquella sensación extrema de orfandad y el espectáculo del portugués me entró la risa nerviosa y se añadió gravedad a la situación delicada. El portugués, que no salía de su asombro, estaba en calzoncillos, al aire las dos palmeras de sus piernas, con un calcetín puesto y el otro en huelga de arrope, preguntándome con los ojos qué había ocurrido. Y, una vez apelado el juramento, sólo al cabo de la calle se lo pude explicar, a riesgo y conciencia de que decírselo era poner en peligro mi integridad física. Afortunadamente, José Augusto da Ferreira y Mendes do Alentexo, no era hombre violento. Su reacción consistió en mover la cabeza repetidamente de izquierda a derecha y en mirarme como quien mira a un mendigo, apiadado. Me dijo, como desde un púlpito, una frase manida que no supe entender ni pude imaginarme en refranero lusitano:

—Quien a hierro mata, a hierro muere.

Y se perdió por la calle profético, chasqueado en su buena fe y, sin embargo, cumplidor de palabra, como un caballero, derramándose por su estatura, acaso dando tumbos, solo y alto en la noche encorvada, sin una estrella.

De tal guisa, si no tan digno como el portugués, me vi de nuevo en lo que ya iba siendo producto exclusivo de mi marca: la calle. Recalcado en la fachada del edificio donde poco antes tenía casa segura, medité qué hacer y a dónde dirigirme. Se me pasaron por la cabeza Sermita y Carvando y a no ser por la hora

177

intempestiva me hubiera acercado hasta su casa por ver si la beca no había sido cubierta. Como una sucesión de vértigo, ocuparon su sitio de anfitriones, ideales para aquella ocasión desesperada, todos los amigos que había ido conociendo, sin poder ofrecerse en oportunidad tan necesaria su patronato de apoyo. Decidí arrancar y tiré por la calle en la esperanza de que una vicisitud favorable le echase un cable a mi desamparo, y a punto estuve de conseguirlo, pero de alta tensión, porque llegado a la Plaza de Colombia un coche de la policía me dio el alto y ya me vi bajo techo, a salvo de intemperie, fichado y con cautela que poner no se me aplicara la ley de Vagos y Maleantes. Bajó del coche un inspector y, sin mostrarme la chapa —para qué, pensaría, el requisito, saliendo de dónde salía— me pidió la identificación caducada y me preguntó que a qué me dedicaba y dónde estaba alojado. Mi rapidez mental, como si quisiera sacarse la espina del episodio de la Plaza Mayor en que los reyes godos no aceptaron propaganda, puso esa vez su apoyo y le dije que iba buscando un taxi, que trabajaba en Canada Dry, nombre agarrado por los pelos de un anuncio luminoso, y que vivía en la calle de Sagasta, 28, lugar de residencia de Marie. A este punto llegaron hasta nosotros dos policías armadas, más papistas que el inspector, los cuales, como si no quisieran contar con la decisión aplazada de éste, me agarraron por los brazos con la intención de introducirme en el coche. Fue entonces cuando la cabeza, al par que sombras de calabozos, por oposición a la desesperada se llenó de luces ágiles y me hizo decirle al inspector que era sobrino de Manuel Ramos García, inspector de primera del Cuerpo General, colega suyo, en prestación de servicio en la comisaría de policía de Linares, mientras rogaba a todos los santos del cielo que hubiera en Linares comisaría de policía y al inspector no se le posara en la mente la idea de comprobar el nombre de mi supuesto tío detective.

—¿Dónde dices que está destinado? —inquirió.

—En Linares.

—Este chico no tiene cara de delincuente— le dijo a los grises como si tuviera que darles explicaciones y los quisiera convencer de su olfato infalible.

—Me dijo que cuando me encontrara en una situación como ésta le refiriera su nombre al compañero de turno —aventuré.

—Bueno, puedes irte —me absolvió—. Pero pon al día el carné de identidad.

Como en aquel momento pasara un taxi libre no tuve más remedio que cogerlo para demostrarle que no mentía, e imbuido en la farsa, como si estuvieran presentes, le indiqué al taxista que me llevara a la calle de Sagasta, número 28. Ya en la puerta, pensé que podían estar siguiéndome a distancia para verificar si era cierto lo de mi domicilio y le toqué las palmas al sereno, que acudió diligente haciendo sonar el bastón y el manojo de llaves, me abrió la puerta y me extendió la mano pedigüeña. Por dentro del portal, me sentí a salvo y tuve la sensación de que la parte más contrincante del suceso estaba superada. Miré a los casilleros del correo por si había en el edificio alguna pensión en la que alojarme, y como no hallara ningún nombre que me hiciera suponerlo o lo indicara, esperé a que entrase o saliera alguien para ponerme en camino de la primera que encontrara al paso. En contra de otras veces, mis bolsillos daban el mínimo exigido y, por lo menos aquella noche, podía espantar las preocupaciones del frío y la policía. Esperé media hora y como me pareciera por la ausencia de movimiento que la gente de aquel edificio no era ave nocturna, pensé en desconsuelo que me iban a dar las del alba en cama de escalón de madera, y decidí que, con algo de fortuna, podía dar con Marie, de cuya residencia conocía calle y número pero no el piso. Conocía también su apellido Martínez y se me clavó en el recuerdo de cuando · inspeccioné los casilleros un Martínez Jaén, que, a lo mejor, podían ser apellidos de sus padres. Me fui de nuevo a los buzones para constatar que sólo había uno de aquel nombre cuando, a horas de Mangas Verdes, oí al sereno abrir la puerta y, a reserva mi cuerpo en escalera de sótano, vi cómo un inquilino regresaba en alegría a su casa, estado de ánimo que intuí por su tarareo cantor como de querer prolongar la juerga. Pensé que en su estado lisonjero y en resistencia a recogerse podía darle alcance en la subida y, convencido de que su presencia suponía mi última posibilidad de oriente, me fui detrás de él hasta que en el tercer piso lo tuve a tiro de interrogatorio. Mi interlocutor, que había bebido a placer, mostraba la confianza que da la borrachera y debió de entender mi entrada al edificio como sucesiva a la suya y natural, porque no sólo se privó de comentario al respecto sino que, sacando un paquete de Marlboro del bolsillo posterior del pantalón, me ofreció un cigarrillo.

—Martínez, Martínez, aquí... —dudó.

—En el cuarto centro izquierda hay uno —ayudé—. Pero no estoy seguro de que sea el único.

—¿Y por qué no llamas? —me animó.

—La hora —le dije.

—Pues no dices que es tu tío —reflexionó.

—Es mi prima. Los tíos con quienes vive son de ella. Y los míos, sus padres, pero están en Francia.

—¿Entonces es una chica? —comenzó a aclararse.

—Una chica francesa de padres españoles. Bajita, rellena, con los ojos achinados —le amplié.

—Creo haberla visto, pero me parece que no te puedo servir —desistió.

El hombre impedimentado se dio la vuelta, tiró la colilla por el hueco de la escalera y tornó a subirla mecido por el alcohol y por su canto ininteligible, penosamente. A la altura del quinto, según mis cálculos, carraspeó, estornudó, se fue del vientre y, tras la sesión de demostraciones ruidosas, entró en silencio, como si se hubiera quedado dormido antes de pasar a su casa, adivinación nada meritoria por mi parte que vinieron a ratificar unos ronquidos inmediatos. Estuve tentado de ir a verlo, pero como su espectáculo no era el objetivo de mi estancia en aquel lugar, intermitentemente a oscuras, le dejé dormir la mona, no fuera a ser que con despertarlo se le rebelara en averiguaciones, y me lancé a probar fortuna en el timbre de los Martínez Jaén. Primero, toqué con timidez, en roce apenas de la yema con la superficie pulida del timbre. Y, después, por dos veces, a dedo encajado, hasta casi la bola de la uña. A la tercera fue la vencida y me abrió, de mal humor comprensible, un señor con bigotes, al que le dije para atemperar que el señor del quinto derecha me había dado seguridades de que allí y no en otro sitio era donde vivía la persona que buscaba. En lotería de cuatro números, acerté —tampoco nada zahorí en mi descubrimiento, orientado por los ronquidos que supuse en la puerta misma de su casa— porque el señor malhumorado definió sin reservas a la vez que me daba el portazo.

—Ese no es ningún señor, sino un borrachín.

Al borrachín debió de llegarle el insulto al fondo de su sueño, ya que, hecho de nuevo el silencio, noté ruido de incorporación y de llaves, unas cuantas maldiciones y, al instante, una batahola involuntaria de huesos y maderas con marchamo inicial de cambalada y traspiés. Al estruendo salió el señor del bigote sin prestarme atención, centrada su censura agresiva en el caído. Y, a sus voces, que lo fueron de traca, se repobló la escalera con todos los habitantes de la casa en escándalo. En la exposición repentina, busqué por las barandas la figura de Marie, y por fuera del palco improvisado, justo a la izquierda del piso del señor con bigotes, vi su cara encajada entre el quicio y la puerta. Medio dormida como estaba, y a expensas de imposible aparición milagrosa, no acertó a reconocerme. Sólo cuando le dije que yo era quien era, me tomó de la mano y me introdujo en el piso a tientas, con la luz apagada. Pasado el Rubicón de la sorpresa, aún le quedaron dudas. Marie no vivía con tíos algunos, como yo argumenté, por más que el recurso fuera ardid y no suposición, sino con una cuñada, la mujer de su hermano, viajante de comercio y ausente casi siempre. Me lo dijo en voz baja, en su habitación, y me expuso, entre el temor y el deseo, sus dudas sobre si darme largas o dejarme allí un rato, hasta que amaneciera.

Hasta entonces, hasta el amanecer, hicimos el amor, reprimiendo toda exteriorización de gozo incluso en el punto en que se hace imposible, controlados susurros y alaridos, sólo el gusto, el sabor y el tacto entremezclados en una pasión sin nombre, sin palabras ni gemidos, como si fuera un sueño táctil nuestra brega. Y al día siguiente, cuando fui a buscarla a la academia de idiomas, me dijo que así fue, un sueño irrepetible, al hablarme del *Espermatozoide* tan calurosamente como en la tarde del día pasado.

—Anoche —me dijo—, en sueños, hice el amor con un cuerpo y un alma de hombres diferentes. Y puedes estar seguro de que no volverá a ocurrir porque el cuerpo no dio la talla del alma, y ésta es tan grande y tan bella que no merece mancilla.

Sentí una rara sensación de furtivismo, de arrebolada tristeza y de derrota en algo más importante que mi orgullo ofendido. Y creo que no llegué a llorar porque siempre me dijeron que los hombres no lloran.

181

14

NOVIEMBRE se apagó de tristeza y llovió sobre el Arsenal durante todo el mes. La tierra se convirtió en un charco como si la
marea hubiera crecido desmesuradamente y el territorio diera
razón de isla sólo por los edificios de no más de dos plantas y
por el campanario de la iglesia. Andábamos a saltos y únicamente en el Cuartelillo, en las oficinas o bajo los soportales de
la plaza del Contraalmirantazgo podíamos movernos sin que la
lluvia nos calara. En el mes de los muertos, la Carraca se erigía
en un homenaje permanente a su mundo y un depósito de
cadáveres, de juventud marchita, parecía. Temíamos por la vida
de Fabio, pues aves de mal agüero nos recordaban que era el
mes en que un alto porcentaje de enfermos le decía adiós a la
vida. Y temíamos por todo, por la mar encrespada, por el cielo
monótono y porque la muerte se nos había colado de rondón
en nuestros corazones jóvenes con la enfermedad de nuestro
amigo, el fusilamiento pendiente del gallego y la noticia del
hundimiento de un barco, en el que, siempre por rumores no
confirmados oficialmente, habían perecido cinco marineros.
En aquella atmósfera fría y cargada de electricidad matábamos
el tiempo jugando a las cartas o renovando nuestra sarta de
tunanterías, pues a más juntos, más revolucionados, como si el
estar cerca uno de otros potenciara las ganas de obtener espa-
cios ajenos aligerando de peso y volumen al prójimo en los
objetos de su propiedad. En tal distancia de promiscuidades,
Félix y yo vimos crecer nuestras pertenencias, algunas de las
cuales fueron a parar a la custodia de Benito y *el Madrileño*
porque los almacenes de nuestras taquillas no daban abasto a
tanta hacienda expropiada. La prosperidad disparó las envidias,
pero, sobre todo, el que alguien se sintiera dolorosa y definita-
vamente vejado en un engaño y quisiera tomarse la justicia por

su puño y letra, sin firma, en un anónimo dirigido al comandante Morado por el que se le informaba de la administración fraudulenta de los partes. Morado andaba al quite en aquel toro por algo contundente que a Félix y a mí no se nos había pasado por alto y a lo que habíamos puesto arreglo relativo constriñendo la expansión de nuestro negocio. Pero las denuncias de la Policía Naval, aunque ya no llegaban, como hasta poco antes, de higo a breva a sus manos sancionadoras, lo seguían haciendo con sospechosa frecuencia escasa. El anónimo le dio la clave al comandante y, escaldado de antigua ocasión enemiga, no quiso cometer el mismo error y le fue con la noticia al secretario general quien no tardó en llamarme para esclarecer la denuncia. Nada más entrar en su despacho, en el que también se encontraba Morado, y ver el cambio de su rostro, que pasó en unas décimas de segundo de adusto a preocupado, entré en ventaja de darme cuenta que su ánimo estaba conmigo por varias razones, pero, principalmente, porque a ningún jefe le gusta equivocarse y tener que cederle la razón a un supeditado que, en su día, le llevara la contra con la misma persona por referencia. Permanecí firme durante todo el interrogatorio y tieso, como una vela, a mi lado Morado, no menos disciplinado. El secretario terminó de despachar la firma, se estiró la manga izquierda por la coca, flexionó los hombros como si quisiera desentumecer los huesos y le dijo:

—A ver, primero lo del telefonema.

Cuando concluyó la exposición por la cual yo le había tomado el pelo a Gaciño, el secretario general se quedó mirando a la lámpara y comentó:

—Me suena a mí ese asunto. Manolo —volvió a demostrar que estaba de mi parte, porque de lo contrario no me hubiera llamado por mi nombre—, a ver cómo te las arreglas en el archivo. O mejor —rectificó— que lo busque el otro ordenanza.

A los pocos segundos, el otro compañero, que se alternaba conmigo cada dos días y con otros dos marineros en servicio llamado de pareja, regresó con el telefonema alusivo a la presencia del submarino ruso en aguas del Estrecho. El secretario lo leyó de un vistazo, casi con desgana, hizo memoria afirmativa, comentó críticamente la falta de seriedad de su coletilla, miró severo a Morado y le preguntó dónde estaba el problema. Morado le aclaró que en la fecha, yo negué y el secretario, en concesión excepcional a su palabra exacta, poco amiga de imaginerías literarias, observó favorable a mi tesis lo que, si no esperaba, me imaginé podía rematar a mi favor el caso.

—Aquí se bebe mucho vino y no voy a tener más remedio que cerrar la canilla —sentenció—. Vamos al otro asunto.

Morado volvió a mostrarle lo que ya le había enseñado, el anónimo delator, y el secretario, señalándome con el dedo índice de la mano derecha, le ordenó que me lo pasara. Esperó que lo leyera y dijo secamente:

—¿Qué tienes que alegar?

—Nada, señor —le contesté.

—Entonces, ¿aceptas la acusación?

—No, señor. ¿Pero qué quiere usted que diga? —respondí como intentando hacerle ver que era una mera denuncia sin firma contra mi palabra.

—No quiero que digas nada que no debas decir, sino que te defiendas si puedes.

—Señor —le dije apostando por lo que difícilmente se iba a poner en comprobación—, la letra. Por el hilo se saca el ovillo. Ponga usted a examen la letra entre los marineros, los oficiales y los suboficiales —subrayé—. A los destinados en Secretaría se nos tiene manía porque, según se comenta, usted desautoriza cualquier medida que se tome con nosotros.

El secretario estrelló sonoramente el puño contra la mesa y gritó:

—¿Quién dice eso?

Encogiéndome de hombros le hice ver la situación en que me ponía y di con mi mirada en Morado, como el que señala al pecador sin comprometerse con la palabra. El secretario se abstuvo de hacer comentario sobre el mío y sobre mi sugerencia visual, y con los ojos, visiblemente molesto, siguió hasta la cristalera del ventanal la trayectoria de una mosca, que yo, tras pedir permiso, no tardé en cazar con la hoja suelta de anuncios del Diario de Cádiz.

—Morado, como usted comprenderá esto no tiene posibilidad de comprobación y más bien parece la venganza de un resentido —reaccionó el secretario.

—Mi comandante —respondió Morado—, los partes cantan. Desde hace tres meses llegan con cuentagotas.

—El que lleguen con cuentagotas, como usted dice, puede significar que el marinero cada vez es más disciplinado, al par que cobra mejor sentido de la higiene personal, o que la Policía Naval funciona relajada. Voy a cursar un escrito al contralmirante para que en la próxima reunión del Estado Mayor se dicten medidas al respecto —decidió dando por acabada la audiencia.

Fuera del despacho, la figura gorda del comandante y su razón maltrecha volvieron a amenazarme con el cambio de destino del secretario. Morado me llamó de nuevo papafrita y cordobés cabrón y acabó la ristra enfadada con su inalterable coletilla de *al carajo te vas a ir.* Pero más que a sus amenazas ilustradas de símbolos sexuales, a las que había que anticiparse antes de que su ejecución fuera realidad sin respuesta posible, le temí a las últimas palabras del secretario, desasosiego que halló su fundamento cuando nos llegó la noticia de que el Estado Mayor había aprobado una propuesta consistente en arrestar la negligencia de los policías navales, los cuales, a partir de entonces, tenían que efectuar un mínimo de denuncias. Debatí el asunto con Félix, que, ante la medida, reaccionó exultantemente por lo que entendió como una facilitación de nuestro trabajo.

—A más partes, más posibilidades de elección y menos de que echen en falta sus llegadas.

—Pero los policías tendrán que cubrir el mínimo, pagarán justos por pecadores y los mismo marineros terminarán por denunciarnos.

—Explícate, *Córdoba.*

—Tú, imagínate que los policías del Arsenal hacen un día diez denuncias y nosotros secuestramos siete. Que el mínimo son seis diarias y que como, efectivamente, no las cubren porque a Morado le llegan tres, los arresta. Desde ese momento, actúan en consecuencia.

—Y qué —se sorprendió Félix.

—Que en vez de diez denuncias se ven obligados a hacer veinte.

—Mejor para nosotros.

—No, hombre —intenté meterle en la cabeza lo pernicioso de la medida para los dos—. Diez de las veinte denuncias las fuerzan ellos.

—¿Cómo, si los marineros van apañados?

—No importa. Ellos mismos los mancharán, les pisarán las botas, les harán desaparecer el lepanto, les romperán la marinera y, ante la plaga, los marineros terminarán por hacernos culpables de sus desgracias.

Félix acabó comprendiendo, y en la conciencia de haberse

186

despedido de algo, inmediatamente comenzó a elucubrar sobre lo que podía sustituirlo. La lluvia, como un inmenso cono transparente, caía sobre la isla, pausada y monótona, como si se hubiera hecho paisaje constante. Del techo del barracón se desprendía una gota insistente, repetida, igual en su sonido sobre una lata colocada para domeñarla. Los marineros, vestidos, se ajustaban en la litera la manta con la presión de los pies y la nuca, resguardándose contra el aire gélido, y algunos de ellos, los más veteranos y previsores, se cubrían con una de las dos colchonetas acopiadas para las rigideces invernales. En lo que sospechamos como la caída de la tarde, Félix sintió avanzarle por el vientre las razones expeditivas del hambre y dijo:

—*Córdoba,* vamos a procurarnos el puchero. Con las preocupaciones ya estaba echando de menos las ganas de comer.

A mí también debían de haberme invadido porque, hasta entonces, no caí en la ausencia de Benito y del *Madrileño,* fijos a diario entre nosotros por aquellas horas del día. Se lo dije a Félix y me contestó que vendrían de camino o que nos estarían esperando en Casa Porrea, pertrechados de algún dinero extra. Me recordó que entre el diez y quince, el *Madrileño* recibía el giro de su casa, que cuando lo recibía jamás hacía presencia voluntaria, sino en Porrea o en el bar de la Compañía y que estábamos a trece.

—Mala pata —añadió.

Como no llegaban, sobre las ocho nos fuimos a buscarlos en medio de una lluvia que ya era borrasca furiosa. Los cables del tendido eléctrico chascaban con el viento, las bombillas se desplazaban en el aire como si las moviera una mano invisible y sentimos algo parecido a una liberación cuando entramos en el comercio del viejo paralítico.

—Está cerrado —nos dijo desde su perfil inalterable—. Vayan a la Compañía.

Sin hacernos ilusiones sobre la orientación adecuada de su respuesta, le preguntamos por nuestros amigos y nos contestó desabridamente que no solía hacer distinciones entre marineros. Félix, para que pagara su desagradable contestación con la inquietud de quien se ve asediado, le tomó de la barbilla y le hizo girar la cara, hasta poner los ojos de Porrea frente a los suyos inolvidables.

—¿Y a mí, será capaz de distinguirme? —le preguntó terrible, los ojos fuera de las cuencas e indisciplinados de mira.

—El alto acaba de irse —confesó Porrea.

—¿Y el bajo? —preguntó Félix, crecido por el resultado de su intimidación.

—*El corto* no ha venido hoy —aseguró Porrea.

—De modo que no suele hacer distinciones entre marineros, ¿eh? —exclamó mirándome—. Hasta sus motes conoce el chivatón éste.

Al *Madrileño* y a Benito le decían por la diferencia ostensible de estatura entre ambos, *el Celta largo* y *el Celta corto,* apelativos chistosos que debió poner Benito en bandeja con su costumbre consumidora de pedir un *Celta* si le preguntaban qué iba a tomar. *El Madrileño* era moreno de tez y de pelo y, aunque en sentido capilar Benito era difícilmente calificable, terminó mereciéndose el mote por la manía señalada de apuntarse al exterminio de pueblo tan antiguo en tabaco tan duro.

—Al Porrea de los cojones le voy a dar una lección —dijo Félix, camino de la Compañía.

—A mí Porrea me da igual —le contesté—. Morado es el que me preocupa. Esta vez ha estado a punto de cogernos.

—Y de mí, ¿qué se dijo? —se interesó de nuevo.

—De ti, nada. Pero porque no di opción. Si acepto la acusación hubieran ido a por el intermediario. Y tú sabes de sobra quién es el intermediario, ¿no? —le interrogué sonriendo.

—¿Yo? Ni que yo fuera adivino, *Córdoba.*

Su respuesta nos procuró risa para cruzar la calle olvidados del agua. Entramos en el bar de la Compañía y *el Madrileño* enfatizó su presencia en una mesa elevando un brazo para que lo viéramos. Morado estaba en la barra con el subteniente y por las gesticulaciones desaforadas y el tono de su voz comprendimos que se había tomado unas copas. Antes de que pidiéramos las nuestras, el subteniente llegó hasta nosotros y nos dijo que había terminado la velada y que nos largáramos con viento fresco, emisario a la brava de Morado. Félix quiso resistirse y tuve que convencerlo de que a la provocación hay que verla pasar desde la barrera. Achicábamos complicaciones hacia el *Guadalete,* en busca de Benito, cuando desde la puerta de la Compañía oímos jaleo en el bar. Alguien había disparado al aire al cabero de un chusco con puntería policíaca y había dado en el mentón del subteniente enojado, quien, debió pensar, con Morado, en la mala suerte de tenernos fuera del arco de tiro. *El Madrileño* quiso conocer detalles de lo que había sido revancha por nuestra injusta expulsión del bar e intentó introducirse en él, pero me hizo caso cuando le pedí que desistiera. Seguimos camino hacia el *Guadalete* y a unos treinta pasos de la dársena de amarre nos miramos como si hubiéramos contemplado una foto velada por la lluvia. En la entrada de la escala, firme y con un Cetme ametrallador, estaba montando guardia lo que, de no ser Benito, debía ser un hermano suyo gemelo del que nunca nos hubiera dado noticias.

—Es igualito —dijo Félix.

—Es un efecto de la lluvia —replicó *el Madrileño*—. Qué va a estar ahí montando guardia rebajado de servicio como está.

Durante los fines de semana pasados Benito se había estado desplazando a Jerez para ejercitarse de garganta montuna. Nos había comentado la doble ventaja adquirida en sus contactos con los de la Cátedra de Flamencología, que le habían gestionado una exposición en la Caja de Ahorros y un recital de cante en un festival flamenco que se iba a celebrar en La Barca de la Florida. Sabíamos que para la primera manifestación se había estado atareando en reunir obras suyas dispersas en colecciones de particulares y que en la mira de su rescate estaba el retrato de la mujer de su comandante, misión culminada sin grandes problemas con el orgullo vanidoso de quien, en aras de amor ciego, creyó a su mujer como una nueva Venus de Milo legada al tiempo para admiración y delicia de sucesivas generaciones. Nuestra certidumbre de que el hombre del ametrallador y el impermeable no podía ser Benito creció con aquellas consideraciones, y si también, al tenerlo a tres metros de distancia, el convencimiento de que si no era él era su calco perfecto, las palabras que dispuso nos alejaron de cualquier duda.

—Santo y seña o disparo —advirtió cimarrón.

—Somos los amigos de Benito —dijo *el Madrileño*—. En el barco se nos conoce de sobra.

—Digo que santo y seña o disparo —volvió a intimidar. Como pensamos que estaba dispuesto a hacerlo nos fuimos para el Cuartelillo y, a mitad de camino, tomamos posada de contingencia contra la lluvia en la casapuerta del ayudante mayor. A nuestra charla de desconcierto sobre lo que no solamente pareció la figura de Benito sino también su voz de aguardiente, respondió la puerta de la casa y, en su entorno, la cara cegata de la institutriz asturiana que invitó a que pasáramos dentro.

—La familia está en Cádiz —dijo— y volverá tarde. ¿Queréis un café?

—Un latigazo —respondió Félix.

Miré al *Madrileño* y vi sus ojos vehementes inspeccionando el terreno. Como lo conocía tal si lo hubiese parido le recordé que en aquellos momentos su otra alma estaba haciendo un bien y que no se le ocurriera actuar por contrasimpatía, que aquello era lugar sagrado y que teníamos demasiadas complicaciones como para añadirnos otra. La institutriz había ido a otro cuarto a por la botella de coñac, y Félix, gente de la casa al fin y sospechoso de cualquier falta que se registrara en ella, abundó en el consejo y dijo supersticioso:

—Cuidado, tío, que es día trece.

La institutriz cegata volvió con la botella y cuatro copas, les puso coñac y durante media hora nos concentró en sus piernas, que eran la oposición constructiva de sus ojos, punto de referencia que sólo abandoné para insinuar con la mirada a mis compañeros la conveniencia de que me dejaran el terreno libre. Félix, al tanto de mi relación con ella, dijo que algo lo reclamaba, se puso de pie, y, como *el Madrileño* se resistiera en la creencia de que tenía su oportunidad, le dio un pescozón cariñoso en el cogote y le dijo lo que le había aprendido a Fabio:

—Alea jacta est.

Cuando ya habían atravesado el zaguán y esperaban en la puerta una concesión de la lluvia, recordé que tenía que cachear al *Madrileño,* y como la institutriz creyera que me iba, me rogó:

—No te vayas.

Aproveché la ocasión y le dije que o todo o nada, que no quería medias tintas porque luego llegaban los dolores del calentón y la noche en blanco como cuando habíamos estado de toqueteo en Chiclana. No respondió, pero, como nunca, supe que el silencio puede ser más expresivo que una palabra afirmativa.

Nos estuvimos mirando hasta que nos percatamos de que Félix y *el Madrileño* habían abandonado el portal. La braga negra de la institutriz, como el trasfondo de la boca de una cueva, se ofrecía inquietante al límite de los muslos, y a ella me fui como perro que ve conejo entrecogido, pero la institutriz me dijo que esperara, se levantó, subió la escalera y, al rato, volvió con un secador de pilas y se puso a espantarme el agua de la cabeza.

—Es el que utilizo en la playa —me dijo.

Miré el reloj y comprobé que eran las diez y cinco. A la desazón de que *el Madrileño* hubiera arramplado con algo se sumó el temor de que volvieran el ayudante mayor y su familia y se me volaron las ganas no fuera a ser que por no reprimirlas me viera en el Castillo, expuesto a la avaricia de Juana *la Guerrillera*, y sin otro remedio.

—La marinera —me sugirió—. Está muy mojada.

Me la quité a su orden y temí que, después, serían los pantalones y así, sucesivamente, todo lo que tendría que ponerme a velocidad de rayo si nos sorprendía el ayudante mayor. Y lo que me temía, fuera ya de mí toda la ropa menos los calzoncillos y los calcetines, se presentó como imperativo de su exigencia higiénica.

—Ahora, a la ducha.

—¿Más ducha? —le espeté estupefacto.

—Cualquier precaución es poca —observó.

Como estaba de acuerdo en lo de la cautela, aunque por otro motivo, tenía la sensación de que me iba a acostar en un quirófano y mi atención quedaba más fija en la puerta absorbente que en sus piernas y el remate cavernario, sin mediar palabra fui colocando la ropa en mi cuerpo hasta que, terminada la faena, le dije que sin ducha, vestido, de pie y en el hueco que la puerta de la calle formaba con la pared del zaguán, como los novios en los pueblos, desde donde podía observar cualquier movimiento de aproximación por parte del peligro.

—Como los animales —musitó.

—Como los animales no, como las personas en sus cinco sentidos.

—Yo no soy una puta.

Me di cuenta que la botella de coñac había entrado en su bajamar del año y la observancia del fenómeno hizo que comprendiera la enajenación de la institutriz, libre de preocupaciones por el efecto alcohólico, al par que, también, la urgencia demandante para que me alejara del lugar. Le dije que al día siguiente podíamos ir a Cádiz, a San Fernando o a Chiclana y hacerlo en una pensión, pero tan encaprichada estaba de que fuera aquella noche que, finalmente, accedió en lo que a la postre ya no se me apetecía.

—De acuerdo, cariñito, en la puerta.

A la pata coja, de pie, como una cigüeña, se quitó las bragas y, al enredársele en el tacón del zapato izquierdo, perdió el equilibrio y fue a dar en el diván del tresillo, la falda sobre el abdomen, los muslos al aire y la caverna franca. Observé que tenía el vello del pubis rubio, y lo que a oscuras no hubiese sido impedimenta, se me hizo resta en la desgana. Como impelido a una obra de caridad, volví el vestido a su sitio, la besé en una mejilla y salí de la casa como quien tuvo querellas con el demonio.

Cuando llegué al dormitorio del Cuartelillo, Félix me estaba esperando para que le contara los pormenores, y antes que los tales acaecidos, que no iba a creer, le pregunté si estaba seguro de que *el Madrileño* no había dado en una de las suyas expropiadoras. Me aseguró que no y, ante la insistencia de que le detallara el trance, se lo conté como él se imaginaba que había ocurrido.

—¿Y cómo tiene la pelambrera? —me dijo.

—Los pelos, como los de la cabeza —le contesté.

—A mí me gustan negros —comentó.

—¿Qué habrá sido de Benito? —cambié de conversación.

—Ni idea —respondió—. Del que ha sido es del *Madrileño.*

—¿Del *Madrileño?*

—Mañana, a las ocho, tiene que estar en la Casería de Ossio, donde van a quitar del tabaco al gallego del *Canarias* que se cargó al cabo. Después de dejarte a gustito, volvimos a la Compañía a ver cómo había terminado lo del chuscazo al subteniente y *el Sevillano* le dio la noticia, que es a lo que Morado fue por la Compañía. Dice que cuando el capitán ordene *apunten* se va a dejar caer como en un tongo. Que va a hacer como el que se desmaya, *Córdoba* —dijo cerrando los ojos y dejando caer su alud sobre la litera a punto de desguace.

—Esa no es mala idea.

—La idea se la ha dado *el Calella*, que como ya ha visto de todo y participó hace siete años en otro espectáculo parecido sabe bien lo que hay que hacer. El caso es que como le toque a los de la Brigada de Trabajo va a tener que disparar el subteniente, porque los demás van a hacer lo mismo que *el Madrileño.* Ya se saben de memoria los pasos que hay que dar, qué se dice, cómo cae el muerto, todo.

—¿Y cómo cae? —le pregunté sin morbo, mecánicamente.

—Dice *el Calellas* que media hora antes de la ejecución llegan los pelotones a paso de desfile, el mosquetón cerca del costado, en vilo. Que, poco después, el reo. Que luego, ya a dos metros del muro, la inmediata fiambre, a la que se acerca el cura con el crucifijo, le reza un poquito, padre nuestro que

192

estás en los cielos —remedó Félix— y le ponen la venda. Dice *el Calella* que el otro muerto —apostilló dando al gallego por ejecutado— la rechazó, con dos cojones. Y que gritó ¡Viva la República!, no sé qué mosca le picaría.

—Sería republicano —comenté por decir algo.

—¿Republicano si lo fusilaron por contrabando de tabaco rubio?

—Félix —le dije proponiendo cordura—, hace siete años, en España, no fusilaban a nadie por contrabando de tabaco rubio. Eso pasa en Rusia.

—Ni por republicano. Por comunista, sí, pero por republicano, no —matizó—. Lo del contrabando lo ha dicho *el Calella*, que era su socio, qué me vas a contar. *El Calella* se salvó por compañerismo, porque el otro pensó que era preferible ir al otro mundo mejor solo que mal acompañado y que delatándolo no iba a conseguir cosa distinta a que lo metiera en más líos en el infierno. Compañerismo se llama eso —afirmó rotundo como si el gesto solidario fuera emblema en su persona—. Algo parecido a lo que yo haría o lo que hubieras hecho tú —concedió generosidad— si te atrincan en lo de los partes. ¿O no? —quiso cerciorarse.

—Bueno, ¿y qué pasa después de lo de la venda?

—Se ordena la ejecución y es cuando los marineros empiezan a desmayarse. Los caídos, se sustituyen por gente más dura, que tampoco lo son demasiado, sino que quieren permiso. Dice *el Calella* que de diez disparos dan en el blanco tres, porque, con pleno, el cuerpo se destrozaría contra el muro. Después del trago, el capitán grita ¡Viva España! varias veces y da un espiche para que sirva de ejemplo, que si así mueren los traidores a la disciplina y el deber patrios y otras paparruchas más. Luego vuelve todo dios a su destino, menos el muerto, que va al definitivo, y los marineros se tiran vomitando y en régimen de diarreas tres o cuatro semanas.

Aquella noche no soñé con el fusilamiento, pero el número trece del día pasado estuvo empotrado en mi mente, como si me lo hubieran grabado a fuego. Por debajo de su llama obsesiva cruzaron, ocultos sus rostros en capuchones blancos, el secretario, Morado, Porrea, el ayudante mayor y Gaciño como un tribunal cruel dispuesto a echar el resto de su justicia sobre mí y sobre el cuerpo aterido de Benito, náufrago entre la holgura del traje, extrañamente entonado frente a la muerte con una seguiriya como una oración estremecida, y más extrañamente todavía, allí, conmigo, culpable de mis cosas más que de las suyas.

Por la mañana, en Secretaría, anduve desasosegado, a la espera de que los camiones volvieran de la Casería de Ossio y con ellos alguna noticia del fusilamiento y del *Madrileño*. Sobre las once fue a verme Félix para decirme que había estado en el *Guadalete* y que Benito, en arresto por causa desconocida, había sido designado por el comandante para formar parte del pelotón del *Guadalete*, según le había dicho un marinero de Huelva, compañero suyo del barco, que no supo ampliarle la información. Poco después tuve que llevar un telefonema al ayudante mayor y me recibió en la puerta la institutriz asturiana como si no le quedara memoria amarga, ni de la otra, de lo ocurrido la noche antes. Por el camino de vuelta a la Secretaría rememoré el episodio con el marinero de guardia en el *Guadalete* y llegué a la conclusión de que era Benito, al que se le debían de haber dados órdenes estrictas de silencio o se debía de sentir vigilado estrechamente, sabedor de que cualquier manifestación al margen de las ordenanzas se podía volver en contra suya. El cielo del Arsenal seguía destilando su canasta de agua y vi a Morado empapado camino de la Compañía, la gorra como un atanor, las botas manchadas de barro y el uniforme en pegajosidades con el cuerpo, estampa en desaliño que trajo a mi memoria la Policía Naval y lo injusta que es la vida. Saludé, la mano en el lepanto y vista a la derecha, a dos capitanes de corbeta que estaban de tertulia en la puerta del Contraalmirantazgo, y ralenticé el paso por si la conversación me aportaba novedades. En la puerta de Secretaría un compañero me dijo que acababa de recibirse un telefonema de Capitanía confirmando la ejecución y lo que quitó aspereza al caso: diez marineros del *Canarias* se había ofrecido voluntarios para cumplir la sentencia. Leí el telefonema varias veces, con cierta dicha triste al convencerme que ni el *Madrileño* ni Benito habían tenido que apretar el gatillo, aunque fuera nada más que para darle al blanco de la lluvia. Sentí la comezón más replegada y los nervios se fueron reajustando hasta que me dejaron hueco, como conveleciente. A las doce volvió Félix y de charlas estábamos cuando un camión pasó hacia el muelle militar con los marineros de los barcos surtos que habían asistido a la ejecución y participado en su parafernalia de desfiles, cantos y consignas. Poco después, llegó otro con los de la Compañía y el Cuartelillo, todos los cuales fueron introducidos en la enfermería como si hubieran contraído un virus y se intentará preservarnos del contagio. Al *Madrileño* lo vi bajar bromeando con *el Sevillano*, y a Benito lívido y agarrándose el estómago, como si se le hubiera estrangulado una hernia y quisiera arrinconarse las tripas en desbandada. Le comenté a Félix que teníamos que hacer algo y no hube terminado de decírselo cuando ya paseaba por la puerta de la enfermería como un zorro enjaulado. A los pocos minutos comprobé que se introducía en ella y, después, de nuevo frente a mí *el Catalán*; supe que no había podido hablar con Benito, pero que se había citado por la tarde con *el Madrileño* en casa Porrea.

—Les van a dar una comida especial.

—Pero si en la enfermería no caben más de cuatro... —le contesté escéptico.

—El almuerzo lo van a dar en Casa Porrea —precisó—. La van a cerrar para ellos.

Le pregunté cómo había logrado meterse dentro y me respondió, *elemental Mr. Watson*, que con una botella de orín, *los análisis*, argumentó a la Policía Naval, que se sorprendería de la rapidez con que trabajaban últimamente los servicios sanitarios.

—Lo lógico, después de susto semejante, es que se investigue el cuerpo, *Córdoba* —se sonrió, catapultando hasta mí una perdigonada de tomates en estampida desde la boca.

Hasta las seis de la tarde no abrieron al público las puertas de Porrea, donde nos esperaba *el Madrileño*. Tenía ya un adelanto notable de borrachera, que le habían estimulado por la mañana con unas copas de aguardiente, antes del fusilamiento, y que luego él mismo se había encargado de abonar con lo que le llegó al gaznate poco exigente.

—Hoy, la cojo —nos dijo con el saludo.

—Pues, cuéntanos antes de que la lengua se ponga de trapo —lo aceleró Félix desde la suya a remolque.

—Ya mismo —confirmó *el Madrileño*, como dándonos a entender que mientras antes nos lo contara, antes se quedaba tranquilo o aligerado de peso—. Aquello —se refirió al fusilamiento— como lo describió *el Calella*, igual, sólo que hasta ha habido momentos más ridículos que dramáticos.

—Cuenta, cuenta —urgió Félix.

—Momentos de película cómica —repitió *el Madrileño*— *porque, como era de esperar, en el sorteo hubo pucherazo y nos tocó a nosotros, a quiénes si no. Pues, siguiendo las ins-*

trucciones del Calella, unos instantes antes de que el subteniente ordenara el *apunten*, Iríbar ya era poco en su récord de plongeones al lado de los que dimos nosotros, todos en el suelo. Pero el subteniente, que se lo esperaba, porque estaba avisado de antemano que aquello podía ocurrir, nos dijo: «*La comedia en el Teatro de Las Cortes, mamonatos.*» Uno a uno nos fue convenciendo de que acabáramos con nuestros pesares con la razón convincente de su nueve largo, y uno a uno nos fuimos levantando del suelo en la seguridad de que más ventajoso era tirarle al gallego que negarse a la orden y que al subteniente le diera por arrimar gusto al gatillo con nosotros.

—¿Y Benito qué hacía? —interrumpió Félix.

—Benito, en el suelo. Pero sin que fuera a por ningún balón, de su peso cayó como un fardo en cuanto vio llegar al gallego.

—Dejemos ese tema para después —propuse.

—Pues como os iba diciendo, nos incorporamos e hicimos de todo para ganar tiempo, a ver si llegaba el perdón de Capitanía, que es lo que estaba esperando el gallego también, gallito mientras tanto, rechazando la venda y en plan borde con el cura y el crucifijo. Nos sacudimos los pantalones y la marinera como si fuéramos a una fiesta de gala, le limpiamos el barro al mosquetón, pedimos el aplazamiento hasta que amainara la lluvia o escampara de una vez, pero el subteniente se cansó y, como le vimos las malas pulgas del cabreo, decidimos alinearnos y disparar. Unas décimas de segundo antes, el gallego dio la de arena y esbozó unas palabras de clemencia, derrumbado, que es en lo que dio de inmediato, arrugado en la tierra como una algarroba. Los de la Brigada nos miramos del uno al diez y del diez al uno, de izquierda a derecha y viceversa, por el rabillo del ojo, como acusando al vecino en la fila de la muerte del gallego. El comandante responsable de la ejecución gritó vivas a España, a Franco y a la Armada y se dirigió al muro con paso firme, el único acaso que pudiera darlo tan marcial en aquellos momentos. Y cuando llegó a la altura del ajusticiado, después de hacer repetidos mohínes con la nariz como si fuera alérgico, exclamó: «*¡Agua, un cubo de agua!*», olvidado de la que el cielo nos estaba regalando a cántaros. Pensé que su conciencia quería borrar la sangre, pero, pronto supe que era para otra cosa menos noble. Era para espantar la peste, que, como de un surtidor de inmundicias, salía atufándonos por las pantorrillas del gallego. «*¡Cristo,* demandó el comandante, *ful-*

196

mina a los cobardes!» Al gallego, desmayado, se le había ido el punto con el miedo, y no estaba muerto sino ensuciado y a pique de matarnos a todos con la eficacia de su última munición.

—Entonces, ¿no disparasteis? —pregunté.

—Disparamos, pero al cielo. En el último momento todos elevamos el arma.

—Y, ¿luego? —dijo Félix.

—Luego, a correazos, nos mandaron al camión, desde donde no pude ver nada más, y agradecido. Sé que lo fusilaron los mismos compañeros del *Canarias*, pero no sé ni cómo ni cuándo.

—En el telefonema —señalé— se decía que voluntariamente.

—En esta Marina de Pancho Villa ni a comer vamos voluntarios, no seas ingenuo, *Córdoba*, no hay más que ver lo que dan —dijo Félix.

—Lo raro es que no os hayan metido un paquete y que, además, os den una comida especial —le comenté al *Madrileño.*

—Si por ellos fueran nos hubieran fusilado. Pero habrán convenido en que lo mejor es echarle tierra encima a la cosa, no vaya a llegar el cachondeo a la gente. Aunque vete a saber qué va a pasar a partir de ahora —dijo con la mosca detrás de la oreja.

—¿Y Benito? —le pregunté.

—Benito se ha tirado todo el regreso sin hablar, como si le hubieran dado para el otro mundo un pasaporte con el gallego. A lo más que llegó fue a confirmarme que, ayer, en el *Guadalete*, no vimos a su hermano gemelo sino a él, y que no pudo darnos explicaciones en aquellos instantes.

—¿Te las dio entonces? —inquirí.

—Ni pío —contestó.

Pusimos paso al *Guadalete* y, en la escalinata, prohibiéndonos el acceso al dragaminas, el sargento de guardia nos dijo que todos los marineros desplazados a la Casería de Ossio estaban en cuarentena y que, por consiguiente, no se les permitía visitas.

—A ese, menos que a ninguno —añadió.

El Madrileño le preguntó el porqué de aquel trato discriminatorio y el sargento, desde su bastión de privilegio, le contestó que no tenía que darle explicaciones y que arreáramos lejos

del *Guadalete* porque se le estaba acabando la paciencia, firmeza de roble en palabras de amenaza que nos recomendaron
comenzar la retirada del sitio no sin dejarle nuestra tarjeta de
visita, anunciadora de que amor con amor se paga.

—Arrieritos somos —le grité.

—Hay más días que ollas —sumó *el Madrileño*, contagiado
de refranero.

—No va a ser ésta la última vez que nos veamos, almirante
Nelson —rubricó a la irónica Félix.

El sargento hizo ademán de sacar la pistola y enfilar la escala para perseguirnos, pero ya estábamos debajo del arco de la
portada de separación entre el Arsenal y el muelle y supimos
que no pasaría de la obligada pantomima. Félix, desde nuestra
posición, avanzó unos pasos para provocarlo, sabedor de que
ni iba a disparar ni podía abandonar la guardia, y le repitió lo
de Nelson, nombre al que *el Madrileño* quiso oponer gloria
nacional de productos españoles rebajándolo a Churruca, Alca-
lá Galiano y almirante Lobo. En el recordatorio y endose de
luminarias marineras estábamos, cuando, desde el centro de la
plaza del Contraalmirantazgo, oímos las voces del comandante
Morado, en sospecha de que los epítetos sangrantes estaban
dedicados a él.

—Vuestros muertos, cabrones, papafritas, os vais a cachon-
dear con vuestras madres, al carajo o vais a ir.

Pensamos que en las dos opciones de camino que teníamos
era peor la del sargento y, para dejar a éste fuera del ángulo
visual, cruzamos el callejón del arco y salimos al encuentro del
comandante, que llegaba a la gresca, pero no persuadido del
todo de que la tomadura de pelo fuera con él, duda que despe-
jó *el Madrileño* al decirle que, como él mismo aconsejaba, nos
habíamos estado ilustrando recíprocamente en el recuerdo de
gestas y nombres marineros. El comandante se la tragó a medias, pero debió de considerar que aceptando nuestra explicación su autoridad no iba a quedar menoscabada ya que apenas
puso pasión en el interrogatorio y sólo hizo hincapié en la
extrañeza vociferante de nuestro métodos de estudio.

—Joder, papafritas, que os parecéis a Manolo Caracol
—dijo, y se marchó.

Cuando llegamos al Cuartelillo vimos en la puerta a un
marinero con la cinta del *Guadalete* en el lepanto y pensamos
a una que había ido a denunciarnos. Era, por contra, un emisario de Benito que, a la indicación de un cabo verde, llegó hasta

nosotros y nos entregó una carta de su puño y letra, ilustrada en la cabecera del papel con un queso, un cantaor de flamenco atravesado por diez flechas como pinceles y unas botellas de vino, derramado. En ella nos ponía al corriente de sus desgracias y por ella supimos que el emperramiento de su comandante lo iba a tener una temporada alejado de nosotros. Benito le había cambiado a Jiménez, el dueño del *Catavino*, el retrato de la mujer de su jefe por dos cajas de fino *La Ina*, las cuales le sirvieron de inspiración, cantaora y pictórica, en sus visitas de fin de semana a Jerez. Ante la insistencia mostrada por su comandante para que lo devolviera, había terminado confesando la verdad de su paredero en museo jerezano de bodega, expuesto al público como si fuera una propaganda de aperitivo.

—La leche que mamó —dijo Félix.

—Ese era el vino que íbamos a beber sin límites — comentó *el Madrileño*.

Me lo imaginé como un San Sebastián escuálido y rojo, atravesado por las flechas de las disciplina, el Cetme a cuestas, el arresto, la claustrofobia del barco. Y propuse homenajearlo en la cantina, tomándole el pelo al sargento.

—Sírvanos tres *Celtas* — le contesté a su pregunta sobre qué íbamos a tomar.

El sargento me miró con amotinada reserva, nos los entregó, le prendimos fuego y, ya en la colilla, puse a mis compañeros en coincidencia de que Benito era el ganador del concurso fantástico de la playa. Su historia, aplazada hasta aquel momento, era la merecedora del premio por más que la recibiéramos por escrito, en primera persona y con faltas de ortografía.

15

SI TODOS los aventureros que aman apasionadamente murieran en la cama y al límite de sus vidas pudieran hablar con detalle, ninguno de ellos podría negar que si tuvieron placeres, a éstos los sucedió el dolor; a la tranquilidad, la angustia; a la alegría, el miedo; a la salud, la enfermedad, y a la abundancia, la pobreza. En algunos casos, como el mío de entonces, ni siquiera al final de la vida, más bien en su plenitud, que es donde yo tenía la mía, menguada a la sazón por el rechazo de Marion y Marie. Pero la naturaleza, como la suerte con los campeones, tiene sus debilidades con los que no se rinden; y yo sabía que para alejar los problemas todo era cuestión de aguantar lo que fuera necesario, porque el sufrimiento defiende, y nos crea, si llega la enemiga con furor declarado, una segunda naturaleza con la que poder resistir los embates de la soledad, el frío y el hambre. Pensaba —mientras me dirigía al Café por ir a algún sitio donde pudiera hallar rostro conocido— que las alegrías y las preocupaciones son partes desiguales de la herencia que en un mismo lote nos dejan para que hagamos de ellas idéntico uso: consumirlas, y que si las primeras son cómodas y bonitas, las segundas feas y tristes, nos dan labranza para las fechas de dolores. Tanto que con dejarlas a su aire, sin combatir, a la larga se neutralizan, desaparecen, y uno sigue viviendo, pero con la sombra de su experiencia a favor, compañera y amiga como un cuchillo. Con tal consuelo, y en la certitud de que ningún hombre puede burlar su propio destino o dar un brinco por encima de su huella, llegué al Café, y como no encontrara en su ambiente agitado las caras deseadas de los amigos, le pregunté al camarero más comunicativo por Casandra y el mariachi, que, según él, ya se habían incorporado a la lucha de cada año, aunque aquella noche, todavía, no hubieran sentado sus reales de pocos cuartos por el lugar. Lo de la lucha, lo dijo con sorna, y a mí me dio el malestar colega de que un simple camarero se divirtiera con los amigos, pero me lo tragué en silencio porque abundó en noticias convenientes que me ponían al tanto del paño y con la ventaja que da la información oportuna. Al fin y al cabo había que estar en guardia, porque la amistad con ellos era tan reciente y poco apuntalada por devaneos y desastres comunes que, excepto con Manolo Rosas, no se podía hablar de ella con fijeza ni con seguridades. ¿Qué sabía yo cómo iban a salir si en el juego estaba lo que podía salvarnos a costa de los otros y la carta marcada era refugio de nuestras vidas? La amistad entre personas permanece siempre que se obtenga provecho recíproco, y si es bueno tener amigos, no lo es tanto, ni son amigos, cuando hay algo que pedir sin nada que dar como respuesta en el presente o el futuro. Todo el mundo habla de la amistad como de La Atlántida y ¿quién la ha visto? Muchos dicen que hay Dios, y más veces de la cuenta solamente es el demonio. Para mí que, salvo en los casos raros y en las situaciones en las que no haya más salida que el frente común contra enemigo poderoso, la amistad entre gente del mismo oficio es más difícil que la que pueda darse entre personas con dedicaciones diferentes, y no más que un cuento que el hombre se crea para acomodarse y entregarse a ser bueno no por serlo o por lo que piense, sino por lo que convenga. A veces damos en engañarnos porque sabemos que engañarnos es temernos y de esa práctica con nosotros mismos surge el oficio rastrero que aplicamos en la conveniencia con los otros. Nos teme el que está convencido de que no nos va a burlar, quien sabe que sus poderes son parecidos a los nuestros y que no hay trampa conocida que, entre buscones, no pueda volverse contra uno mismo. De ahí que el trato, se vuelva incluso cariño, no fidelidad. Creer lo contrario sería desguarecerse, cometer el error, que es humano, pero de mártir cuando en él se persevera. La fórmula para no cometer errores está por inventar. Sin embargo, el conocimiento previo de las cosas ayuda a la hora de moverse con cierta garantía cerca de ellas, y el camarero socarrón, no obstante expansivo, había llegado en mi ayuda poniéndome al día de los últimos acontecimientos.

—La reverenda —se refirió a Casandra— ha venido más pingo todavía, que ya es decir. Viene amartelada con un gitano, cosa fina. *Alvarito,* como si lo hubieran fundido de nuevo, pelado, limpio, con buen color y con dinero, pobres padres. El señor Rosas —se sonrió explicando cínicamente con la sonrisa que su empleo exigía respeto con los clientes— que no se le posa una mosca encima, de serio. Le van a dar el Oscar de Hollywood —dijo arrastrando una «o» embarazada, inacabable, una vez mencionado lo que sonó a hoyo o joya—. Y el torero, ése es el que ha hecho más suerte. Un braguetazo va a dar más grande que el que se case con la hija de don Nazario —dijo señalando al dueño del Café, que, al fondo de la barra y junto a la máquina registradora, controlaba el negocio—. Se ha traído de Marbella a una americana, la señorita Sarah, que Dios nos conserve soltera durante mucho tiempo, porque en cuanto se case con su amigo, adiós propinas, que con la propina va a tener que vivir si es que el matador se conduele. Ya se está preparando, a horizonte de dólares, la reaparición en Las Ventas —terminó regocijado, como si el mundo fuera una sarta de despropósitos.

La primera en entrar fue Casandra, con el gitano y otra señora de naturaleza notable y pechera incendiaria, que sólo disminuyó en mi admiración cuando supe que era *la Salmantina*. Hizo como que no me conocía, no sé si porque el gitano podía encelarse en su racialidad y, a la brava, tomarse venganza con ella o porque era así, despreciativa y desdeñosa o atenta y afectiva, según le diera el fato. Como a los voltarios hay que dejarlos ir en sus barruntos animales, me hice el interesante, no fuera a pensar que iba de carente y en busca de su auxilio, y me coloqué de espaldas a las mesas, a medio perfil de la puerta de entrada, como enajenado. En dicha postura de vigilancia a medias, ni en desventaja ni dominador, me mantuve un rato hasta que entró el torero con la americana, también como si no me conociera, hubiera hecho borrón y cuenta nueva de amistades y no tuviera pasado, sino de toros desorejados y clamores de triunfo. Entendí que a conocido que huye, recordatorio de plata, pero me aguanté las ganas y el berrinche de hallarme en desprecio, que todo tenía que volver a su cauce, a su costumbre. Y así fue, por más que no conmigo, porque recién apoltronado o a punto de hacerlo andaría cuando oí unas voces acusadoras que ni tuve que volver la cabeza para entrar en sabiduría de que iban dirigidas a él.

—Chulo, más que chulo —le gritó *la Salmantina*—. Muerto de hambre, que me has sacado la sangre gota a gota.

Volví la cabeza y lo vi como si estuviera en lo que tanto

había soñado y en aquellos momentos se le volvía quinario, como de merengue, de blanco y grana, puesto que su cara era un compuesto de miedo y de vergüenza, don Tancredo sin respiración, con el peligro de *la Salmantina* encima, acosándole su poca defensa de físico y de verbo, abochornado y deseando encontrar las tablas. *La Salmantina,* una real hembra que podía agacharlo de un tortazo, pero que entendería más rentable hacerlo con unos insultos, se había ido a por él con un vaso en la mano y todos los presentes temimos que lo utilizara en cosa distinta de para lo que estaba fabricado. A mi lado, dos de tertulia en diversión se cruzaron una apuesta sobre quién iba a recibirlo en el rostro, si el torero o la americana, y yo me quedé pensando en las posibilidades increíbles del local, también hipódromo o sitio de quinielas, lotería o bolsa. Del fondo salió un ole coreado, como animando al torero o al toro, que tal, con la pechera de polvorín, parecía *la Salmantina.* El dueño, en plan presidente, hizo una señal al portero galoneado para que aplacara los ánimos o devolviera a *la Salmantina* al corral, y alrededor de la americana estupefacta, que gritaba ¡help!, ¡help!, como si le urgiera una bebida refrescante, del torero lívido y *la Salmantina* arrolladora, el mogollón de camareros con pantalones y chaquetas negras se fue echando sobre ellos en lo que parecía una suerte de dominó movida por los dedos del diablo. El reparto de fichas dio con los tres en la calle, *la Salmantina* en lo que sabía de su terreno, el torero cada vez más mohíno y replegado, la americana amenazando con el embajador de los Estados Unidos, y yo, con el gitano y Casandra, haciendo de árbitro y guardalíneas en la tangana iracunda.

—La sangre me has sacado, sanguijuela, hijo de puta —repitió *la Salmantina*—. Y tú —se dirigió a la americana— prepárate, porque no vas a poder dormir tranquila.

Casandra, que había visto un zeta de la policía por el carril opuesto del paseo, ante la posibilidad de que hiciera la ruleta en la Plaza de Colón hacia nosotros, bien para mediar en remedio no fuera a presentarse la policía o bien porque *la Salmantina* no se dispersara en su ataque al torero, llevó calma a la reyerta cuando dijo:

—Ella, no, pobrecita. Bastante condena tiene con lo que le ha caído encima.

—En el pecado va la penitencia —dije yo sin saber por qué.

—A mí me hace esto una tía y la rajo —me comentó el gitano, menos neutral de lo que yo creía o en otra dirección su voto, volcado a su sexo damnificado por el contrario de siempre, la hembra.

—Eso, bastante castigo tiene —se conformó, por lo pronto, *la Salmantina.*

Como en mis palabras apresuradas y al aliguí *la Salmantina* viera adepto de buen porte, se puso en comunión de coqueteo, me miró con los ojos libertinos alborotados de interés primario y, despechada, haciendo de menos lo que era objetivo instantáneo de su impulso, dijo sin reservas:

—Un hombre lo encuentro yo en cualquier sitio.

Así fue y, fue entonces, cuando Casandra quiso registrar mi presencia, y como si la barahúnda le hubiera impedido reconocerme, se agitó de ojos y boca, puso amiga la palma de la mano en mi mejilla y, con el culo trotón en fiesta y ajetreo, saludó:

—Si es Manolo, el afrancesado. Pero, ¿dónde estabas tú, rey mío?

Me presentó a *la Salmantina,* Dulce para los amigos, y al gitano impresentable, nos fuimos de copas, organizaron sendos jaleos por la cuenta en cuantos sitios visitamos como horda de Atila y terminé en casa de Dulce, o de *la Salmantina,* en su cama réproba, donde permanecí hasta la tarde del día siguiente, en que escuchamos el timbre implacable, indómito, pulsado por don Pedro Osborne, que buscaba lenitivo para el cuerpo.

—Este cabrón quiere limpiar el machete mohoso —me dijo *la Salmantina,* tras catar por el ojo de la cerradura—. Lo va aliviar su madre.

Aquella noche fuimos a dar una vuelta por el Café y encontramos a *Alvarito.* El portero había opuesto una cautelosa resistencia a que *la Salmantina* exhibiera su anatomía por el lugar después del escándalo de la noche anterior y dijo que iba a tener que vérselas con la bronca de don Nazario, quien le había dado instrucciones estrictas para que no la dejara entrar hasta que pusieran distancia y olvido los días. *La Salmantina* sacó del bolso un bolígrafo y una libreta, le arrancó un papel, se puso a escribir y, finalizado el mensaje, me lo entregó para que comprobara, más que la ortografía, como me dijo, la prueba dañina y convincente de cómo no se debía jugar con ella. El escrito, dirigido al dueño del Café, argumentaba con tanta contundencia que nos abrió las puertas de par en par y como a moneda yanqui: «Si no puedo entrar en tu local —decía— un papel como éste va a entrar en tu casa y va a saber tu mujer la clase de pendón que eres.»

Alvarito, que había vuelto con la pinta de buena salud que dijo el camarero, pero sin pesetas, y, por tanto, sin nada que poner a salvo de hurto, extravío o secuestro, al revés de Juan el torero, se llenó de alegría al verme y, entre sus muestras de cariño, sólo tuvo una recriminatoria, proyectada de la conversación que aquella misma tarde había tenido con el torero, quien, a rapto de compungido y desconcertado, le comunicó su sorpresa y desolación por mis palabras, de parte de *la Salmantina.* Pero al verme con ella en tanta confianza le hizo pensar que nuestra relación databa de antes del suceso, y con tal certeza disminuyó lo que, por supuesta coyunda en apoyo mutuo obligado, ya no le resultaba ni gratuito por mi parte ni blanco de reproche por la suya, hasta olvidarse de lo que me dijo. Pedimos una copa y, en lugar de fianza solo a Franco que se presentara sin doña Carmen, me sorprendí cuando un dependiente de la barra nos aseguró que la consumición estaba pagada. *La Salmantina* miró a los cuatro puntos cardinales por saber quién cortejaba su pechera hasta que dio con don Nazario, que, desplazado a la cocina para que su mímica no fuera captada por el público, le hizo con la mano unas pasadas de *tras-tras,* como si la amenzara con darle una paliza cariñosa por la ocurrencia de hacerle chantaje con su santa. *La Salmantina* sonrió apabullante, se pasó la punta de los dedos por las orejas para aplanarse el pelo en rebeldía y, luego, se llevó las manos a las caderas como diciendo que de prohibiciones, nada, y de amenazas, menos, aunque lo fueran bobas, infantiles y de mentirijillas.

—Ese no se quiere creer que soy capaz de hacerlo —dijo.

Como *la Salmantina* estaba contenta, se había olvidado del torero y no le hacía ascos a la buena vida por más que fuera a riesgo de hipoteca o discordia, me dijo que tenía ganas de *un flamenco,* pero que andaba escasa de posibles, aunque también, que no me lo decía para que invitara, *sabré yo lo que hay,* aclaró como sin pelos en la lengua. Y, de seguido, se pertrechó de unas pesetas y se fue al teléfono, del que regresó como quien trae malas noticias, en una mueca agria de demanda malparada. Había acudido a don Pedro Osborne y, como en su casa —a la que solía llamar tal si se tratara de su secretaria— no lo cogieran, decidió dejar la gestión para después, al albur, y dijo:

—Al *Corral,* que ya veremos. Yo respondo.

Invitó también a *Alvarito* y nos fuimos los tres en un taxi al *Corral de la Morería.* Por el camino le pregunté al paisano por el destino dado al dinero que trajo del pueblo, según el camarero más tratable y chismoso, y nos contó una historia, que, de habérsela inventado, más porvenir se le ofrecía en el mundo de guionista que en el de actor. El padre de *Alvarito* tenía en Jerez una panadería, cuya especialidad, de notable aprecio y consumo en la zona norte de la provincia de Cádiz, eran unos bollos aderezados con matalaúva y pasas, cosa de chuparse los dedos. El reparto comarcal lo realizaba su hermano y, aprovechando la estadía de *Alvarito,* quien se ofreció diligente a colaborar, su padre pensó que podía ser útil al negocio casero y sustituto de su hermano, merecedor de unas vacaciones, mientras el artista de la familia no volviera a Madrid. Durante el verano, *Alvarito* se prendó del oficio como si ensayara un papel de repartidor italiano de bollos, y *tutti contenti per la matina,* saludaba, o *buona sera,* según horario; caminaba como Alberto Sordi, pavoneándose, y gesticulaba, apoyándose mucho en las manos relatoras, como Vittorio de Sica. Si por casualidad andaba sobrio, como la mercancía estaba vendida, no se presentaba ningún problema y todo discurría en línea o lo apalabrado entre proveedor y tendero, pero si bebido, las más veces por inercia, sumía en las dudas al segundo, desacostumbrado a que el mismo proveedor, o parte suya interesada, le desaconsejara la compra de la mercancía.

—No se quede con los bollos —les decía medio en italiano y medio en español— porque se ha comprobado que a la semana de estar consumiéndolos se queda uno con menos dientes que una gallina, se jode para los restos el estómago y entran cagaleras de muerte. Las cagaleras —explicaba— no a la semana, a la mañana siguiente.

A pruebas tales —sólo explicable la reacción inaudita por las copas enloquecedoras— estuvo sometiendo el negocio sin que llegara a los inocentes oídos de su padre la cafre y poca filial propaganda en contra.

—Pronto me di cuenta de que tenía el papel trillado, pero como no había terminado el verano, lo tuve que seguir ensayando, harto ya de él.

La secuencia repetida, a la que no dejó de meter morcilla variopinta para distraerse, lo revolucionó en sus ganas de volver a Madrid, por más que no se le presentara la ocasión propicia hasta casi el mismo día que tenía previsto hacerlo, en que decidió alejarse del propósito de no dejar a su padre en la estacada. Andaba *Alvarito* por El Puerto de Santa María, matinal y contento de unas copas de Cazalla, cuando se encontró con dos viejos amigos que iban camino de Linares, celebraron el encuentro y decidió llevarlos, con el cargamento de bollos aún sin distribuir. Al paso de la noche toparon con la feria de Bailén y como les faltara el dinero, disgregado por las ventas de la carretera, echaron manos a los bollos, de poca solvencia en su marca por aquellas latitudes.

—No vendimos ni uno, menos mal que mi padre no lo presenció, porque se hubiera llevado un disgusto —explicó compasivo.

Alvarito convino con sus amigos en llevarlos hasta Linares a cambio de unas pesetas para gasolina, y de vuelta a la general pensó que podía aprovechar lo andado, a mitad de camino como estaba entre Jerez y Madrid, duda que resolvió una monada al aire, a la tercera vez aterrizaba según su deseo. Una vez en Madrid, se fue al Café y repartió los bollos entre la concurrencia más necesitada —mala suerte tuve de haber llegado tarde—, generosidad por la que el camarero debió suponerlo en abundancia.

—El *seíta* lo tengo en la calle Conde de Xiquena, a ver qué hago con él. Estoy preocupado porque mi hermano lo necesita para el reparto —reflexionó, mejor tarde que nunca.

En el *Corral,* como lo llamaba abreviando *la Salmantina,* estaba en danza cuando llegamos mi amigo el bailarín, admirado desde una de las primeras mesas por el poeta funcionario y el millonario pintor, que celebraron nuestra llegada y nos ofrecieron sitio, hospitalaria acogida que originó un incidente, pues, al apretarnos en la mesa, la cabeza del poeta dejó sin vista de taconeo a un cliente en razón de exigencia, demandante en fuero de horizontes más abiertos. A su reclamación —en principio de ruego— para que desviara el zeppelín desaforado, el poeta funcionario respondió con soberbia de sentirse ofendido —ante lo que sólo era un S.O.S. justo— y contestó en medida de alejandrino familiar que, gorda, sí, *pero con dos hermanos, más gordos todavía por donde la braUeta.* Hubo insultos, amenazas, agarrones de solapas, y, finalmente, como ya iba siendo habitual, nos vimos en la calle y en debate de buscar otro sitio, que el millonario pintor propuso fuera en la calle Jorge Juan, a la que nos dirigimos en su coche, conducido por *Alvarito,* a quien le había entregado las llaves.

Nada más ver la entrada, el sitio me dio mala espina. Y confirmé mi sospecha al oír la voz de mantequilla del relaciones públicas y verle la mano alhajada de piedras preciosas, que obispo ensortijado parecía. *La Salmantina,* de vuelta de las cosas, dijo que entrábamos en Sodoma, sin equivocarse, y nada más comenzar a bajar la escalera nos fuimos a aquel tiempo y aquella ciudad, que, para corresponder, se había desplazado al sótano del *Boys Club.* En ella, como un jarrón, la camisa de selva y cocotero, las manos en jarras, los labios pintados y sombreados los ojos de pestañas postizas, un mariquita gordo se exponía en avance y oferta de ocasión como de no querer perder la noche. Otro, de cara redonda y sonrosada, se ofrecía desde el centro de un espejo con marco dorado, áspid pícnico de oportunidad. Un tercero, en la puerta del guardarropas, enseñaba la lengua al transeúnte, Marlene Dietrich lobuna de saldo. En el sótano, plagado de humo, toda la mamonería avisada de Madrid se replegaba y extendía como un acordeón, y un acordeón, manipulado por lo que debía ser un travestí, amenizaba el ambiente con un sollozo de taberna, lánguido y rubio como *la cerveza* del cuplé de Rafael de León. El relaciones públicas nos llevó hasta una mesa vacía y, antes, tuvimos que sortear una concentración manoseadora de pecado como seguro sólo la había en el infierno y, por el camino de toqueteos dactilares, se quedó el millonario pintor, atrapado en la tela de araña del humo y los brazos de pulpo de las locas. El poeta funcionario comentó que aquello no era lo suyo, que, entre los maricones, sólo García Lorca le gustaba, y *la Salmantina* le respondió que qué más daba una vez puestos al vicio. *Alvarito,* justo a mi lado, me dijo que se iba y nos pusimos de acuerdo para ahuecar como si fuéramos al baño, para lo que tuvimos que volver a desandar el mar de los Sargazos, aquella enredadera impenetrable de los tebeos de *El Cachorro.* En la travesía vi como el millonario pintor era ya pasto placentero de *una planta caníbal y le recordé a Alvarito* lo que nunca le había advertido.

—¿No te lo dije? De la cáscara amarga.

—¿Cuándo me has dicho eso? —me contestó sorprendido.

Subimos la escalera en concentración de calle Sierpes en un Viernes Santo, todas las Marifé, las Rocío y las Carmen Sevilla apócrifas se habían dado cita allí en pocos minutos, sin poder pasar al sótano abarrotado. Y nos dieron —entre abanicazos, promesas de amor y suspiros— papeles con teléfonos, flores, y el regalo de un chicle en mis posaderas, que descubrí al instalarme en el coche del pintor millonario. A *Alvarito* se le olvidó devolverle las llaves y, una vez consciente de ello, le pareció, al par que arriesgado, trabajoso desandar la senda, por lo que, dentro del coche, coincidimos en que lo mejor era que me llevara a la calle de la Menta, a ver cómo me recibía Marion y, luego, largarse él a su pensión en el coche y dejarlo por los alrededores, lo más recomendable por aquellas horas sin Metro. Tiramos por Claudio Coello y torcimos en Lista a velocidad de quien llega tarde al fútbol, y en la plaza de Salamanca *Alvarito* paró contra el coche de un americano de la Base de Torrejón, que le sirvió de freno impensado ante un semáforo. El coche del millonario pintor era grande como un tanque, pero el del americano tenía trazas de portaviones y nos ganó a los puntos de un faro roto y el guardabarros delantero desmochado, alzado de manos como la cabra amaestrada de un húngaro. Una hoz parecía haciendo la pregunta, y una interrogación nosotros, preguntándonos qué había podido pasar.

—En vez de frenar, he acelerado —explicó *Alvarito*.

Diciéndomelo estaba cuando el americano, que, en contra de como son los americanos, era bajito y poca cosa de músculos, comenzó a aporrear la ventanilla y a avasallar a *Alvarito,* que no salió del coche porque el chocazo había bloqueado su puerta inmediata, pero, sobre todo, porque se le habían evaporado las agallas. Lo tuve que hacer yo, y con tanto tino que el americano cayó al suelo y perdió sentido y palabra por unos minutos, hasta que la Policía Municipal garantizó la imposibilidad de cualquier violencia, manifiesta de intenciones en el yanqui recuperado. El jefe de los municipales pidió explicación y tomé la palabra, que en el americano, si fuerte, era ininteligible. Le dije que la culpa no era de nadie más que de nosotros, como estaba claro al darle por detrás, pero como el americano intentara explicarle en inglés lo que se demostraba mejor en su boca sangrante acudí en socorro y comprensión del patriota que era el jefe de los guardias para ganarme su simpatía.

—Me agarró por la garganta y me insultó diciendo que los españoles éramos unos maricones y unos hambrientos de mierda. No pude aguantarme.

El jefe de los municipales debía de tenerle fobia a los yanquis porque, tras preguntarme si yo sabía inglés, me miró como señalándome la endeblez del argumento. Estaba claro que si el americano no sabía ni papa de español y yo no sabía hablar su idioma, mi acusación no era de recibo. Me percaté del fallo y corregí como pude la primera versión acelerada, añadiendo que me había dicho *bastard*, acompañando la palabra con los dedos como si fuera a embestirme. El policía hizo el paripé, tomó la matrícula y me preguntó por la aseguradora, adelantándose en ayuda sobre la personalidad del propietario del coche.

—¿Es de vuestro padre, verdad? Y la empresa aseguradora, La Previsora Hispalense —decidió por su cuenta.

Nuestro padre nos pareció él, quien, luego de poner al americano camino de Torrejón, se sonrió, nos hizo un guiño cómplice y, en cumplimiento de su deber, nos aconsejó que nos recogiéramos no fuera a ser que el americano, teniente coronel piloto de F-5, volviera con mejor artillería a vengar la afrenta.

Alvarito me dejó en la puerta de la casa de Marion, y a pie de entrada, cuando daba marcha atrás para enfilar rumbo oportuno, me fijé en la parte delantera del coche y recordé el acordeón del *Boys Club,* mutilado de fauces como el americano. Subí la escalera orgulloso, con la impresión de haber noqueado a Cassius Clay. Me miré el brazo derecho y lo vi de hierro, apreciación exagerada que fue a asociarse con lo único de hierro verdadero que debía esperarme: la voluntad alsaciana de Marion, casi natural de Prusia. Antes de llamar al timbre me lo estuve pensando seriamente, y durante tanto tiempo lo pensé que no tuve que hacerlo. Marie-France llegaba de la calle con compañía agradable para ella y fue verme y darme una alegría y un disgusto: podía quedarme en la habitación de Marion porque se había ido a Francia. Las ganas de Marie-France por hacer lo que tenía previsto me evitaron la angustia de verme sometido a su retranca, y en un dos por tres me informó de que el viaje era de ida y vuelta y de que había dejado una carta para mí, la cual tampoco se demoró en facilitarme. Abrí el sobre como si me quemara en las manos, desdoblé la carilla y, también doblados, comprobé que contenía tres billetes de mil pesetas. Por un momento vi en ellas las imágenes bondadosas y ancianas de Santa Claus, San Nicolás y Papá Noel, como si hubieran querido practicar en España antes de dejar un reguero de cosas por Europa. A pesar de que aún no me había desnudado, guardé los billetes debajo de la almohada y con la espalda sobre ella y el respaldar de la cama leí la carta de Marion con el estómago ensarmentado de nervios de mala conciencia y la garganta alborotada de nubes, decididas a descargar por los ojos. Me decía que Marie-France se había declarado inspiradora de la broma con el portugués y que la perdonara por haberme creído capaz de comerciar con ella. Que había recibido una carta de Air-France convocándola a los exámenes de azafata, y que iba a cumplir con el formalismo para no decepcionar a sus padres, pero sin intención de aprobarlos. Que volvería pronto y que no pensaba intentar olvidarme.

Aquella noche soñé con ella y me vi azafato por los aires de Francia. De repente, algo me había recuperado para la felicidad o para la bondad o para la ternura. Y creí que debía esforzarme por ser de otra manera, en consonancia con los brazos abiertos de Marion. Extrañamente, mi madre se interpuso en el sueño y, en su regazo cálido, me sentí impulsado a volver al pueblo, idea con la que me levanté a la mañana siguiente.

Lo primero que hice fue llamar a *la Salmantina* y decirle que teníamos que vernos lo más pronto posible, cosa que lo fue a las cuatro de la tarde, en el Café de Recoletos. Llegó con gafas negras de sueño insuficiente, mas con sonrisa de quien aplaude una travesura, que se le salía de la boca por el labio corto y se le iba a helar en cuanto le dijera lo que tenía pensando.

—El dueño del coche os llamó de todo —fueron sus primeras palabras—. Pero hicisteis bien. En aquel antro la última persona que estaba a salvo era yo, y ni siquiera.

Le conté lo del accidente con el americano, la conversación con el policía generoso y el estado de signo de interrogación en que se habían quedado un guardabarros y parte del capó del coche. En ello estaba cuando un hombre de treinta y cinco o cuarenta años, que desde que llegué no había dejado de observarme, tuvo unas palabras como de comprobación con el cerillero e inmediatamente se aproximó a nosotros.

—¿Don Manuel García Domínguez? —preguntó—. Soy Avelino López y López, detective privado —se obligó en presentaciones— y represento a don Gerardo Quesada Romero.

Como le contesté que el único nombre que me decía algo era el mío, me comunicó, empalagoso de sonriente y desmedido en educación aprendida a la ligera, que el tercer nombre correspondía al dueño del coche que habíamos extraviado *Al-*

varito y yo, la noche antes. *La Salmantina* lo invitó a marcharse, *no tenemos el negocio abierto a estas horas, Plinio* —remató con ironía—. Y como insistiera en sus averiguaciones, con lenguaje ciertamente chabacano de barrio de La Elipa, que es donde vivía, le recomendó enfadada que se fuera a aflojarse de cintura.

—Vete a cagar, mamarracho.

Más que por mí, por *Alvarito,* le pedí calma a *la Salmantina* y le dije al detective que hablaría con él una vez que hubiera terminado con ella, que esperara si tenía interés en el caso, y a *la Salmantina* que fuera dulce como su nombre, lo cual no venía a suponer otra cosa que irla preparando en agrado para la bomba que se le avecinaba.

—Me has pegado unas purgaciones de caballo —le solté de sopetón, cuando el detective se puso a hacer cola.

Le temblaron, como de carne membrillo abanicada por ventilador, las aletas de la nariz, movió la mandíbula como si no le encajaran los dientes y permaneció callada durante unos segundos, transcurridos los cuales dijo:

—Quién coño me mandará a mí hacer obras de caridad con un anciano cagón.

Deduje por sus palabras que le había colgado el mochuelo a don Pedro Osborne y aproveché para subir el precio de la consulta médica, los gastos de farmacia y practicante, de pensar que iba a correr con ellos el señorito del Sur.

—Necesito dos mil pelas —le dije.

—Me dio mil quinientas, me aseguró que el resto lo tendría a la noche y se despidió, camino de una dirección segura: los alrededores de la casa de don Pedro, desde donde llamarlo por teléfono y allanarle la cartera, tras ponerlo en aviso para que —por mor del destino burlón, que a veces hace improbable pero no imposible ciertas cosas— no fuera a tener un exceso y se acostara por aquellos días con *Felipe II,* como *la Salmantina* llamaba a su señora.

El sitio de *la Salmantina* lo ocupó el detective, que no era capaz de ahorrarse la cachimba emblemática, y con su amabilidad exasperante de hortera que se piensa fino recalcando las palabras e introduciendo ruegos de favor por todas las partes de la oración —contrita en tales labios pateadores de gramática— me dijo sermoneador y paternal que le facilitara la dirección de *Alvarito* y le indicara —por favor, eso sí— en qué lugar habíamos abandonado el coche, no fuera a ser que don

213

Gerardo perdiera la paciencia y denunciara el caso a la policía, acción que, según adelantó, pensaba llevar a cabo de todas maneras, una vez recuperado el coche, ése fue su fallo.

—Sería una lástima —advirtió con simulado patetismo.

—Y tanto —le contesté—. Todos saldríamos perdiendo. *Alvarito,* la libertad. Don Gerardo, su buena fama. Usted, el importe de la minuta. Y yo, las quinientas pesetas que voy a conseguir dándole la dirección de mi amigo.

El detective respondió que me equivocaba en dos de los cuatro puntos, en los pares precisamente, pero perdió la seguridad cuando le conté con pelos y señales la escena besucona del *Boys Club,* amainó en su manía sermoneadora y terminó aligerando de carga el bolsillo.

Le busqué casa imaginaria a *Alvarito* en el barrio de Salamanca, no fuera a quejarse luego de que lo alojaba en chabola. Fui al piso de la calle de la Menta a por una bolsa en la que metí ropa del americano, y, a continuación, tomé un taxi hasta la salida de la carretera de Andalucía, donde comencé a hacer auto-stop hacia mi pueblo.

Llevaba cinco mil pesetas, ya era hora de que me diera pisto con los amigos y, si no con la cabeza alta de una vida asegurada con la que satisfacer a mi hermano y a mi madre, regresaba sin necesidad de pedir, por primera vez en la vida.

16

A MEDIADOS de diciembre regresó Fabio, recuperado de la
hepatitis. Los médicos le habían dicho que si en el plazo de
un año se pasaba con el vino, el exceso podía traerle fatales
consecuencias. En realidad, la recomendación fue más tajante, como de orden estricta. Conllevaba una prohibición total,
de la que Fabio quería olvidarse porque sabía que, sin el
vino, la estancia en el Arsenal le iba a resultar difícilmente
llevadera. A su llegada le informamos del arresto de Benito
y durante unos días su musa anduvo enferma, sin colores,
como poco antes su rostro. Pero, como nosotros, se fue haciendo a la ausencia del amigo y, poco a poco, metió el
cuerpo en caja, lo hizo de nuevo al ambiente. Una mañana
se me presentó en Secretaría como si el número trece de su
mala fortuna hubiera decidido irse de vacaciones, lejos. Llegó iluminado e infantil, con entusiasmo de licencia anticipada. Y eso creí al verle los ojos risueños, queriendo alzar el
mundo, como si una catapulta se los pusiera en la órbita de
la libertad. Llevaba en sus manos un sobre, del que extrajo
un telegrama y lo agitó en el aire, acompañándolo de unos
versos: *Pon telegramas azules...*

Para mí que no podía ser otra cosa diferente a la licencia,
pero me equivoqué. A Fabio le habían concedido el primer
premio de un concurso de poesía, en cuyo jurado figuró como
presidente el contralmirante de la Carraca, quien —entonces
lo supimos— entre proyectos náuticos, navegaciones de despecho y travesías de agua dulce, hacía sus pinitos líricos en
oleajes de sonetos y espinelas, muy disciplinado en la rima.

—Me va a conceder una entrevista —me dijo, viéndose ya
en su pueblo alto y blanco de Arcos de la Frontera—. Si con
lo de la enfermedad me cataloga como un poeta romántico, a

lo mejor se apiada, se siente protector de Nerval o de Musset y me manda a casa.

El poema de Fabio hablaba mucho de esperanza, como si existiera para él y para nosotros. Se contagiaba del propio engaño de su autor al escribirlo. Como si fuera posible la esperanza, su frescura era un borbotón de cielo azul y pensé que lo que no cuadraba con nuestra situación era, sin embargo, el consuelo triste de un sueño prohibido. En él estaba el mar como una criatura amiga, compañera. Repoblaba el espíritu vacío, como si Fabio fuera un dios incompleto y poseyera el don de ofrecer lo que a él se le negaba. Hablaba de su pueblo hermoso, con mástiles de torres y velamen de casas blancas, anclado en la pleamar de olivos de la campiña. Y de niños libres, correteando su canción de siempre por calles y plazas. Recordé cuando yo lo era, y la vida, como una pelota de colores, me desabrochó el corazón con su caricia.

Durante unos días escuchamos el poema de Fabio hasta aprenderlo de memoria, y Félix decía, sin temor a que se le acusara de plagio flagrante, que de no ocurrir un milagro que lo pusiera en Barcelona por Navidad, lo iba a escribir en un tarjetón grande como un cartel y se lo iba a enviar a su cuñada para que se lo recitara a los niños como si fuera suyo. *El Madrileño* también se dejo penetrar por su sonido y sus luces, y en aquella posdata del año que era diciembre nos habitó como un arrullo lejano, nana adjunta al consquilleo en nostalgia de los preparativos de las Navidades, que, si en el Arsenal no se manifestaban, sí lo hacían en San Fernando, cuando algunas tardes íbamos a pasear nuestro anonimato de marineros entre el anonimato azul de otros trajes del mismo corte y el mismo color.

Un día de aquellos de laboriosa lluvia menudita, Fabio fue recibido por el contralmirante, quien —mientras hacían largo antedespacho los capitanes de unos barcos con problemas— poco lo dejó hablar con la avalancha de sus sonetos, por lo que no pudo comentarle lo de su enfermedad. Sacó en claro, al margen de una hilera interminable de versos monocordes, que le entregarían las diez mil pesetas en una fiesta a efectuarse en Puerto Real el 25 de febrero, jornada en que se celebrarían las bodas de plata de la fundación del grupo literario que convocaba el concurso, y que, para tan solemne conmemoración, el Ayuntamiento había dado el do de pecho a fin de que cuanto coadyuvara al esplendor de la fiesta estuviera a la altura del motivo ilustrado que de sobra la justificaba y por el que se convocaba excepcionalmente, forma humilde con que pagar a aquellos prohombres desvelados su esfuerzo en dar nombradía y nobleza a la población fundada por Sus Majestades los Reyes Católicos.

—O sea, unos Juegos Florales —nos dijo desconsolado Fabio—. El único aliciente es el del baile, la Reina, las Damas de Honor, todo eso. Por cierto —comentó sin entusiasmo, como si la figura de la fiesta estuviera lejos de sus posibilidades de ligue— la Reina va a ser la hija del capitán general y he de abrir con ella el baile, de un vals se trata, creo.

—Yo no me lo pierdo —aseguró Félix.

A lo largo de una semana, hasta que nos cansamos, estuve silbando los compases de *Danubio Azul*, que Fabio y Félix ensayaban entrelezados para que, a la hora de la verdad, no fallara la cosa y nuestro amigo el poeta no hiciera el ridículo. Félix, en su papel de Reina, le extendía a Fabio la mano de elefante desmayadamente, bajaban transfigurados la escalera del Cuartelillo y, tras cruzar el claustro como una estampa del renacimiento a la que le sobrara la ropa inapropiada, danzaban por el patio al son de mi silbido, ante la perplejidad y las risas de los marineros que no sabían si se habían vuelto locos u otra cosa más delicada.

—Sospéchome —le advirtió Félix a Fabio imitando el parloteo de una película de corte medieval— que estos villanos están de cachondeíto con nosotros, rediez. ¡Vive Dios que van a pagar su insolencia! —remató de broma como si la burla le importara una higa.

Pero Fabio, con menos carrete y en tris de timideces y temores, consideró que el esperpento estaba pasando de castaño a oscuro, que podía tener trascendencia y que si la farsa llegaba a oídos de los mandos le podían volar las diez mil pesetas y el codeo de un día con la flor y nata de la descendencia más ilustre de aquellos pagos.

—No vamos a volver a montar el número, que no está el horno para bollos —consideró—. Si acaso cuando estemos solos los tres.

Dijo los tres porque, si conocíamos el paradero enclaustrado de Benito, al *Madrileño* parecía que se lo hubiera tragado la tierra. En la Compañía no daban razón de su persona y pensamos que en un desmadre de virtud llevado hasta el extremo por su otra alma —la de la señora que se le apareciera en varias ocasiones— habría sentido imperiosamente la necesidad de contrarrestar tan piadosa entrega con lo peor que podía hacer en aquel momento y en cualquier otro: desertar.

—Capaz es de haberse largado —temió Fabio.

—Con los cables cruzados como los tiene, cualquier cosa es posible —remachó Félix.

Recordé un día en que *el Madrileño* y yo habíamos hecho una escapada a Cádiz —en su caso, en el sentido más evadido de la palabra— y se le metió en la cabeza que nos fuéramos a Sevilla en un coche robado. Intenté disuadirlo y, en sus trece, que si conocía a los Pareja, a los Ibarra y a toda la pomada de Sevilla, quienes, según él, nos iban a recibir como a lo que éramos, unos príncipes —de la rapacería, pensé yo— y al momento nos iban a deleitar con una fiesta campera y no recuerdo cuántos agasajos, en los que tendríamos ocasión de ser equitativos sacando cosas de donde las había en exceso y trasladándolas al Arsenal, donde escaseaban. Estábamos en la Plaza de las Flores y no había visto tanta gente junta y de trajín aliviado en todos los días de mi vida. Mujeres, muchas mujeres, en el regateo de la compra, ruanos de todo tipo, betuneros, vendedores de lotería, marineros ambulantes, guardias, chavales sin colegio, charlatanes y, en suma, trotacalles de todo ingenio, viéndolas venir, como nosotros. Era sobre las doce de la mañana y como *el Madrileño* siguiera, erre que erre, en su idea de largarnos a Sevilla en el coche robado, pensé que la única forma de quitársela de la cabeza era quitándome de en medio y, sin encomendarme a Dios ni al diablo, eché a correr por la calle que, desde la de las Flores, va a la plaza de la Catedral, por ver si lo perdía y, sin mí, su cabeza salía triunfadora en el combate con el capricho del corazón, sevillano aquel día. Costeé a todo trapo por la acera izquierda, que era por donde menos obstáculos surgían, atestada la calzada peatonal de gente y la otra acera de personal mirando los escaparates de los comercios. El bullaje, como asonada de desocupación, me favorecía en la huida y libre me sentía de Sevilla y al *Madrileño* de tentaciones, cuando oí unos gritos que me trajeron la parálisis a las piernas y toda su sangre evacuada, transfundida al rostro.

—¡Al ladrón, al ladrón! —exclamó *el Madrileño.*

Me sentí sin aliento y acusado por quienes posiblemente tenían escondido de otro patrimonio lo que yo no llevaba. Un muchacho alto y fornido se me echó encima como plaga de rondín, policía a la brava y de improviso. Una señora elegante comenzó a insultarme como si hubiera robado una patena. Otra de aspecto más popular, me arrojó un manojo de acelgas a la cara que, luego, fue recogiendo disciplinada y nerviosamente entre las piernas de los congregados, y, así de honrada y católica intachable, media concurrencia de entre un polo y otro de la calle comenzó a increparme hasta que *el Madrileño*, supuesto esquilmado, confesó que había sido un error de su parte y que tenía la cartera. La enseñó, a quienes sin reserva se les apetecía un linchamiento, abierta, entre las dos manos, en abanico de derecha a izquierda, como el patriarca de clan enseña un niño recién nacido.

Me ofendí todo lo que podía con su charranada, pero terminamos riéndonos. A cambio de mi falta de rencor descartó la manía sevillana y el episodio nos dio tema placentero durante unos días, sobre todo a Félix, que no acababa de repetirme que era un advenedizo o un lelo en la golfería, un pardillo, según su palabra.

—Vete a saber si se le han pegado los platinos y, harto, ha tirado por la calle de enmedio —dudó Fabio.

No había desertado, sin embargo, *el Madrileño*, y lo supimos pasados unos días, cuando, a nombre de Fabio, pero escrita para todos, se recibió una carta en la que nos hablaba de su salida del Arsenal, rumbo a Barcelona, a cuya Comandancia de Marina había logrado su padre que lo trasladaran por ver si, cambiando de ambiente, cambiaba de hábitos, se aplicaba y terminaba de una vez la carrera de Náutica que lo pusiera por horizontes menos excitantes y, sobre el agua, si no con menos deseos, con menos posibilidades de encandilarse en lo ajeno. La salida del Arsenal lo fue de sopetón e incógnito, rodeado el traslado de las más exquisitas reservas, pues de la litera lo sacó la Policia Naval, liado en la manta, como si de un secuestro se tratara, previa comunicación del contralmirante —que recibía órdenes del capitán general— al secretario y de éste a Morado. *Pensé que habían decidido abreviar conmigo. Pero mi temor tornó en felicidad cuando en Capitanía General, junto al almirante, vi a mi padre emocionado. No me ha dicho —proseguía— cuánto le ha costado el chanchullo. Pero seguro que la fábrica Citroën ha destinado un coche al capítulo de compensaciones y agradecimientos.*

En la carta, amén de detallar la peripecia de película de intriga, se afirmaba en su deseo intermitente de acabar la carrera y en un plan inédito que, hasta entonces, no había ocupado sitio en su cabeza revolucionada. Pensaba, cuando obtuviera el título y la licencia, no en embarcarse hacia los mares del Sur, sino rumbo al centro de África, porque tenía un amigo que, en el paroxismo como él, le había ofrecido un trabajo espléndidamente retribuido y —con lo que cualquier cosa menos trabajo era— las sensaciones y experiencias más impagables. Nos daba su dirección en Madrid, por sí en el momento de la licencia queríamos unirnos a su aventura. Con decir que íbamos de su parte, al Congo, de mercenarios, sin necesidad de aportar datos de buena conducta o falta de antecedentes penales.

El proyecto del *Madrileño*, sin que llegara en nuestras apreciaciones a canallada, nos pareció fuera de nuestra esperanza o nuestra desmedrada ilusión. Fabio fue el único de los tres que recibió el impacto acusadamente pero, en su conmoción, no hizo comentario alguno, acaso sin querer creerse lo que leía. Sin embargo, aquella confesión del *Madrileño* nos hizo alejarnos de él, como si no mereciera nuestro abrazo de personas descarriadas, por supuesto, por más que hasta cierto punto. Y como si fuéramos capaces de distinguir un baldón inaceptable entre nuestros baldones de menos monta nos prohibimos su nombre, a duras penas. No nos importó que *el Madrileño* nos dijera en la carta que su decisión era temporal, semiobligada y como de atención a su amigo que, una vez cumplido el objetivo de enviar negros al paraíso eterno, le prometía a cambio el oro y el moro de un negocio en el que íbamos a resolver cómodamente nuestras vidas: la de Félix, cifrada en la única e inmediata ambición de ir a Barcelona por Navidades, abandonado el resto —desde su escepticismo entumecido— a la suerte; la de Fabio, ardiente y soñadora, todavía esperanzada en una carrera literaria a lo grande, con importantes editoriales disputándoselo y —si no la Academia, de la que despotricaba joven— envuelta en una aureola de persona sabia que reinventa el mundo, con la que darle en la cara a su pueblo, sin fe en él, la gente cruel y turbia, chismosa e hiriente, que lo asignó en la inutilidad y, sobre todo, al vetusto escritor local de familia importante, a cuya altivez injustificada ya le había echado la pata en la carrera referida, con el accésit del Adonais, venganza aún por redondear como respuesta a su desprecio del día en que, casi religiosamente, le comentó que se había presentado a tan singular premio y obtuvo por contestación la sevicia de que tuviera cuidado, no fueran a denunciarlo, detenerlo y encarcelarlo por poner faltas de ortografía. En el premio que acababa de ganar, precisamente, había figurado como vocal aquel señor y, también precisamente, a él correspondió el único voto en contra que tuvo Fabio, negativa que, por encima de dañarlo o desalentarlo, lo fortaleció en el convencimiento de su calidad. Su paisano —según dijo mi amigo— era un antiguo y un retórico como poeta y un resentido como persona, y su decisión lo calificaba más a él mismo que al poema que había juzgado.

La frase me hizo tilín y la tomé para mi palabrería. Esa, otra sobre la amistad y algunas más de brillante dicción me defendieron de ocasiones en que mi condición cultural fue puesta a prueba. Por ejemplo, la que largué, ante el éxtasis de la francesa cuando llegué al Café de los escritores, por lo que la poesía había muerto y yo heredaba solito la lira, era de Fabio, como tantas otras. De Fabio, más que de nadie, aprendí lo que de positivo puede quedar en mi corazón, y tengo que contradecirme en mi concepto de la amistad, que, con él, se hizo laguna en el desierto de la pillería.

Como he dicho no volvimos a pronunciar el nombre del *Madrileño*, por más que el entrañamiento cálido de las fechas nos lo recordara a cada instante. Diciembre había avanzado como un ramo de frío, de canciones y de deseo de encontrarnos en nuestras casas y, llegado el día 23 como un tambor de júbilo, Fabio pudo partir al portal de Belén ampliado que era su pueblo, Félix se quedó con las ganas de dar buena cuenta del pavo con su cuñada, su hermano y los sobrinos, y yo tuve que resignarme a pasar las vacaciones en el Arsenal, porque el secretario, hombre con un inabdicable sentido de la justicia y al tanto de un nomadeo en que los andaluces nos llevábamos la parte del león, dio prioridad en los permisos a los marineros que no eran de la zona y, como en el cogollo de su feudo, que era Secretaría, los marineros que se turnaban conmigo en las guardias de oficina eran de Despeñaperros para arriba, apeló a mi sentido del compañerismo y no tuve más remedio que tragármela para no decepcionarlo.

—Manolo —me dijo—, sé que vas a sacrificarte gustosamente por tus compañeros. Además, es lo justo. Tú has ido a tu casa cuando has querido, y ellos no han ido una sola vez todavía.

La decisión, por lo que pudiera acarrearme a favor, se la presenté a mis compañeros como si fuera mía, quedaron reconocidos a mi generosidad y a mi buena disposición amiga y, como no dejé de recordarles que me gustaban los productos de sus tierras respectivas, los tres me prometieron no olvidarse de mi comportamiento solidario. Desde que falló el negocio de los partes, la alacena de la taquilla había ido amainando hasta quedarse en las paredes metálicas y, como lo que era reserva quedó en depósito inaccesible de *Madrileño* y Benito, la rasca se estaba anunciando con cara famélica de antipatía. Sólo el que los marineros se sintieran generosos por aquellos días fraternales, en los que aumentaban los envíos de sus familias, aplazaba lo que a ojos de buen cubero iba para desenlace de miseria. Con tal perspectiva tempestuosa, Félix y yo volvíamos a plantearnos el que uno u otro se buscara la prebenda de la *Vista* —de cuyo presente especial y sabroso podíamos sostenernos los dos en época de vacas flacas— y no ya con el objetivo revanchista de devolverle a Morado todos sus insultos al dejarlo con el culo al aire, sino por simple sentido de la supervivencia. Le dije que había que intentarlo, pero para beneficiarnos, no para darle cumplimiento a nuestro odio, y Félix me respondió que, en principio, de acuerdo, y que el tiempo sucesivo daría la respuesta sobre la segunda parte o la de la trapacería.

—La segunda parte, que es la más interesante —señaló pérfido.

—Nunca segundas partes fueran buenas —le insistí precavido.

—Pero los gitanos, *Córdoba,* no queremos buenos principios, así que el interés, ya sabes, en la segunda jornada.

La segunda jornada le iba a coger en situación especial porque la noche del 31 de diciembre sucedió algo con lo que Félix no contaba, en la confianza de una suerte que siempre le ponía el madero salvador en el naufragio de su vida azarosa, y que le hizo desembocar en lo que ya conocía de antaño y con lo que seguía ensamblado, sin fisuras a pesar de que tuviera su destino en otro sitio no demasiado lejos y tenuemente más lisonjero: la Brigada de Trabajo. Sobre las ocho de la tarde de aquel día, infausto para él en su coleta de madrugada, me llamó a Secretaría con la noticia de que el ayudante mayor y su familia, institutriz asturiana incluida, habían decidido pasar la Nochevieja en el Club Naval, disposición repentina por la que se dejaba la bodega a nuestro albedrío discreto.

—Vente, *Córdoba*, y nos tomamos un whisky. No hay moros en la costa.

222

Como los telefonemos que solían llegar a Secretaría eran pedidos de rutina y raramente atendidos en las necesidades que planteaban, la fecha los hacía escasos, si no nulos en su número y, en apremio, podía justificar mi ausencia con otro inexistente —que en previsión no dudé en copiar a máquina sobre el impreso tipo como si proviniera de un barco— tardé poco en ponerme camino de la vivienda del ayudante mayor, donde me esperaba Félix con la botella de whisky sobre la mesa del cuarto de estar, sentado panchamente en el sillón preferido de su jefe y en espera de comunicar por teléfono con su cuñada, a la que había dejado recado en casa de una vecina. Como el que no quiere la cosa de pasarse una noche tan señalada en situación de soldado raso, tenía colocado y a punto de explosión el traje marinero del ayudante mayor, condecorado el pecho con todas las medallas que encontró en sus pesquisas por cajones y vitrinas y, conforme de quedarse ciego, el gorro con diámetro de plaza de toros, pues si alguien tuviera la esperanza de rivalizar con el marino en liza de cabezas gordas sólo el funcionario poeta podía acercársele en el récord.

—¿Qué te parezco? —me dijo ufano de su traza.

—Me quedé sin palabra que pudiera animarlo y, con censura de amigo, le respondí que el disfraz era innecesario y peligroso.

—Estos no vuelven de aquí a las seis de la mañana.

—Pero pueden notar que has usado el traje, te has bebido el whisky y has utilizado el teléfono.

—¿Cómo? —se sorprendió—. Sobre el whisky no hay control porque lo combaten sin piedad su mujer, sus hijos y la institutriz. El teléfono es directo, con Telefónica de San Fernando, o sea, que no hay centralita del Arsenal que valga. Y el uniforme...

—El uniforme, con la estufa eléctrica zumbando y el cuerpo hirviéndote a lo loco va a apestar mañana a perros muertos.

Conseguí que se lo quitara, al instante sonó el teléfono con el anuncio de la conferencia a cobro revertido y Félix me dijo que perdiera cuidado, que uno de los hijos del ayudante mayor tenía novia en Barcelona.

—Todo estudiado, *Córdoba.*

Habló con la cuñada, el hermano y los niños durante media hora, les contó que era poco menos que el dueño del Arsenal e hizo que me pusiera de testigo, como si yo fuera el ayudante mayor y anduviéramos de compadreo.

—*Córdoba* —dijo tapando con una mano el auricular— a nuestra gente hay que tenerla feliz, y más en estas fechas de diciembre en las que la lágrima hace su agosto.

Cuando acabó de hablar me puso un whisky que, con una gota más, hubiera colmado el vaso, y que suponía el tercero en orden a los dos que me había atizado mientras él andaba de charla. El suyo era el cuarto, pero tan largo, como el último mío, y parejo a los anteriores, que tuvo que recurrir a una nueva botella. A tenor de lo ingerido se nos despertó el hambre y puestos ya en derroche le pedí que buscara algo que tapiñear por la nevera. Félix, levantó su peso pesado del sillón del jefe, comenzó a andar como quien dribla hacia la cocina y, poco después, volvió haciendo equilibrio con una bandeja en la mano derecha, en la que se elevaba como un monte volcánico humeante el pavo que había cocinado para la efemérides y cuya extinción había quedado aplazada para el día siguiente, onomástica de don Manuel, el ayudante mayor. Le dije que estaba loco y que no le iba a permitir que él mismo, con mi colaboración, se pusiera la cuerda al cuello, pero Félix, como si estuviera sobrio, me explicó que le iba a sacar unas lonchas de nada, las cuales, con sus artes reposteras de relleno, en absoluto iban a notar de extravío. Entre su seguridad y el hambre persuasiva lograron que me tranquilizara, estado de ánimo más relajado que fue a serenarse definitivamente cuando Félix demostró equilibrio al relatarme cómo lo había puesto en punto:

—Esto es un pavo relleno para diez personas y lo de menos es el pavo, que viene a ser en este caso como la envoltura —desentrañó—. Lleva, *Córdoba*, seis lonchas de bacon, cien gramos de manteca de cerdo, pero de mejor clase que Morado; medio kilo de salchichas frescas, veinticinco gramos de especies en polvo, dos yemas, veinte gramos de piñones, cien·o ciento cincuenta, que ya no me acuerdo, de ciruelas pasas y tres copas de Jerez. Pues, bien, con toda esa lujuria, ¿sabes lo que puede hacer y deshacer el gran Félix, maestro de cocineros y mago mayor de la jamala?

Le atizó al pavo por la parte baja, como si quisiera caparlo cuando la poda le era indiferente al bicho. Sin dañarle la piel y la presentación deslumbrante, hurgó dentro y extrajo lo que, si a la vista no resultaba apetecible, a la nariz le ponía gloria, y con otro whisky que iba a ser el detonante —en mí para que se marchara y en él para que cogiera otra marcha imparable de regodeo— brindamos entre vítores por todo lo brindable, Marina incluida.

En un esfuerzo sostenido de voluntad mártir, aconsejada por lo que más que intuición era evidencia, me fuí hacia Secretaría entre las protestas de Félix, no sin antes recomendarle toda la prudencia del mundo a lo que ya no escuchaba sino las reclamaciones de su estómago. Comprobé, como él decía, que no había moros en la costa y me dirigí al Cuartelillo, donde los desheredados de la fortuna tenían montada una zambomba con la que despedir alborozadamente un año que, en su cuenta, era para olvidar. Añadí mi voz al coro destartalado y canté más fuerte, como un Caruso potenciado, lo de *porque en este mundo / no hay caridad / ni nunca la ha habido / ni nunca la habrá*. Bailé, a inducción de whisky, un pasodoble con el capitán Gaciño, perdonadas nuestras deudas momentáneamente, y cuando me eché en la litera el mundo me daba vueltas y más vueltas, como si el Niño Dios se estuviera distrayendo con el juego de hacer girar a toda velocidad la esfera terrestre.

Por la mañana me encaminé a Secretaría y comprobé que Félix había sido sorprendido en holganza. Junto con los otros miembros de la Brigada de Trabajo recogía hojas y papeles, truncado el espinazo. Por las riberas de la cabeza, la rasura le brillaba al sol y en la lona del lepanto a sus anchas, sin población de pelos, le pujaba la cima de su testa mocha.

Cuando por la tarde su repertorio de habilidades logró burlar lo que eran órdenes severas para que no saliese de la Compañía y llegó hasta a mí, me contó lo que me imaginaba. El ayudante mayor, su familia y la institutriz llegaron sobre las seis de la mañana, como él tenía calculado. Pero como se quedó dormido, no tuvo tiempo de emplear sus dotes de mago de la restauración repostera. La pantalla del televisor, encendido, guiñaba en líneas dubitativas, el pavo yacía disperso como inquilino de osario, el taponazo de la botella de champán había hecho blanco encajado en el monóculo del abuelo del ayudante mayor, héroe de Filipinas, inmortalizado en un gran retrato al óleo, y a Félix, entre ronquidos y ventosidades, le resbalaba por la barbilla, desde los labios glotones, la grasa como lava del volcán de su boca.

—*Córdoba,* mala suerte —me dijo.

17

EL RADIOCASSETTE emitía una canción popular asturiana y el cuentakilómetros parecía haberse abonado para los restos al número 100. Aún no me había dirigido la palabra y su aceptación de llevarme consistió en una sonrisa triste. Intenté conversación ofreciéndole un cigarrillo, pero rechazó mi paquete de *Récord* con otra sonrisa triste y cortés. Cruzamos Pinto, Valdemoro y Aranjuez como una exhalación o como si alguien se nos estuviera muriendo y llegáramos tarde a su última palabra, con la misma prisa, el mismo pesar silencioso y el mismo miedo en lo que a mí concernía. Ya metidos en La Mancha, me interrogó en inglés si sabía hablarlo y le contesté sin ínfulas la verdad, porque en esos casos no hay martingala posible. Siguió en silencio un rato bien estirado y al entrar en Despeñaperros me sorprendió por su dominio del español y por la salida inesperada, pues, como si fuera de encuesta sentimental por las carreteras, me preguntó si me había sentido alguna vez infinitamente desgraciado. Su reacción, que casaba con el silencio sostenido en muestra un poco desequilibrada, me hizo pensar en que algo malo me iba a suceder por aquellos caminos, y, por ver si con la conversación la alejaba de lo que creía en su cabeza como una idea tenebrosa, le contesté afirmativamente, poniendo luego a galope mi arrepentimiento no fuera a pensar que no tenía nada que perder y decidiera embarcarme con ella por aquellos abismos. Sólo entonces entendí por qué una mujer sola me había montado en su coche.

Matilde era mejicana y viajaba desde Asturias, de donde procedían sus padres, indianos acaudalados. A ratos, si se olvidaba de la espinita clavada en su corazón, lucía los modales finos de la sangre emigrante que necesita acentuarlos en el país de sus orígenes. Tenía los ojos grandes de gamo enfermo, el perfil declaradamente hebreo, el pelo negro recogido con una cinta grana y los labios en avanzadilla sensual, promocionado el morro ardiente por la dentadura pujante. Puesta en pie de confianza me dio a entender lo de su amor frustrado y no tuvo que decir más para darme cuenta de que estaba delante de la mujer que siempre había soñado como objeto. Su insinuación de catástrofe amorosa me hizo reparar, no obstante, en las dificultades con que iba a encontrarme en mi trabajo, empezando por su estado anímico de persona que no quiere tropezar de nuevo en la misma piedra, y la observación hizo que reflexionara sobre la forma más apropiada de entrarle, que no era la directa de piropearla o ir al grano precipitada y salvajemente. Pensé en algo que había leído en un artículo de periódico sobre el particular y, unido el recuerdo de la lectura a alguna experiencia anterior, como contrapartida llegué a la conclusión de que las mujeres más expuestas al amor y más fáciles de conquistar no son las ingenuas, sino las decepcionadas. Así que gradué la estrategia y, todo lo contrario que su coche, con lentitud, comencé el trabajo, obligadamente disperso al principio en las cosas tópicas de su país, para, sin concederle mucho de pérdida al tiempo escaso disponible, confluir de inmediato en el terreno que me apremiaba. Le hablé, como punto de arranque, de la belleza de Méjico, a la que sumé la de sus mujeres, viva estampa, allí representándolas. Y, sin perder comba, de la ligereza de sus hombres, a los cuales perdía para la civilización su exacerbado machismo. Paramos en el mirador de Despeñaperros y aproveché para recitarle un poema de Machado sobre Sierra Morena, cosa del rosario de versos rezado en voz alta a diario por mi amigo de la mili. Me preguntó si era mío y, como los versos, dejé en el aire temerario la respuesta por temor a verme cogido en mi propio tiempo. En el atardecer cómplice, se quedó callada con mi silencio, más temeroso de vértigo que encantado en el paisaje pino y, de vuelta al coche, intenté recordar el poema de Fabio que le dije a Marion en Las Hurdes sin que acudieran en mi auxilio sus alas líricas, milagrosamente eficaces en aquellos menesteres. Como otras veces mi impedimenta cultural, lamenté la indisposición de la memoria, porque en el estado en que se encontraba Matilde y doliéndole allí, como le dolía adolescente, golpe a golpe y verso a verso seguro que se acortaba en el camino, por otro lado, en la realidad física y cronológica, cercano a su fin cordobés en poco más de cien kilómetros o en una hora, inminencia por la que dudé si proseguir el viaje a Sevilla, dejando a la izquierda mi destino pontano, o proponerle cena de gratitud en Córdoba, opción esta última por la que aposté, advirtiéndole de un fabuloso peligro bandolero, una vez replegado el sol, por las carreteras andaluzas. Como en el motivo de sus cuitas ya había pasado de la insinuación a la confesión pormenorizada, que era el que me estaba suponiendo de un amante desertor, en la confianza concedida me atreví a trasladar el peligro a sus ojos, y en galanteo cutre, que su sonrisa triste aprobó más despejada de nieblas, le dije:

—Aunque no sé dónde hay más peligro, si fuera o en tu mirada.

El resto del camino hasta Córdoba transcurrió sin sobresaltos, temores o complicaciones, porque, en lo que ya era casi camaradería, poniendo cara de bromista para disimular el susto, le pedí que redujera la marcha, ya que si a ella no le importaba la vida, a mí, sí, petición a la que no hizo oídos sordos y a la que dio respuesta cumplida retirando el pie del acelerador, disminuyendo, por tanto, la velocidad y el número de adelantamiento suicidas y repitiendo una sonrisa por la que si se le veía el pasado de amante abandonada, también comenzaba a delatársele el futuro inmediato de quien, todavía, se siente joven y no desea desaprovechar el último cartucho de la juventud. Con aquella certidumbre y su aceptación de hacer posada en el camino, supe que no había empleado en vano el tiempo y cuando llegamos a Córdoba nos dirigimos a la Plaza de las Tendillas, donde conocía de otras veces menos románticas un hotel, en el que, para tales casos, solían hacer la vista gorda y ni siquiera pedían documentación. La dejé que tomara la iniciativa de pedir una o dos habitaciones, pero el conserje, fino y pasado de vista como un portero goleado, adelantándose zanjó la cuestión con la noticia incontestable de que la hostelería ciudadana estaba al completo y que a él sólo le quedaba una doble. En un desmarque sabio y programado del cordobés curtido, le cuchicheé a Matilde que no tenía por qué preocuparse y alguna tontería más, como, por ejemplo, que si no quería desnudarse delante de mí podíamos dormir vestidos o taparme los ojos mientras lo hacía o dormir yo en la bañera. La mejicana, que si no iba de moderna estaba dispuesta a aparentarlo, volvió a sonreír e hizo un comentario sin clase que rozaba la linde de la grosería:

—A estas alturas mano, en Méjico, lo que haya de arrobo genético termina cuando nos quitamos las bragas.

Nos dirigimos a la habitación y para darle a entender que mi situación no era la del desesperado, me salí de ella nada más dejar sus maletas y la esperé en recepción, meditando sobre lo que me había dicho chabacano, cuyo sentido no cogí plenamente, y en la proyección práctica que pudiera tener en su pensamiento. Tardó media hora en arreglarse y, en su reaparición, llegó hasta mí como una mujer nueva y más apetitosa, la melena suelta, y los ojos grandes, con el ceremonial del lápiz maestro y las irradiaciones del colirio, como dos astros brillando en la noche de las pestañas, en abanicos brunos escoltando lo que parecían estrellas. Al tanto de mi turbación dio dos vueltas de escuela sobre sí misma para que le mostrara mi aceptación sabida, y en el giro acompasado y fugaz del vestido descubrió las partes altas de las corvas, más incitantes en aquel momento que los muslos plenos hasta el secreto de las bragas por la noche.

—María Félix a tu lado es un tití —improvisé bajando el tono en el tiempo del verbo, despistado en la noticia sobre si la actriz había pasado a peor vida o andaba todavía rompiendo el mundo—. No me puedo creer tanta belleza —rematé.

Cenamos en un restaurante cercano a la Mezquita, y antes que en voluntad, en obligación de estrategia, pagué yo, no fuera a pasársele por la cabeza que iba a remolque o que se me debatía dentro la potencialidad de un chulo. Después, fuimos a una discoteca que se transparentaba de vacía, con tan mala suerte que, nada más entrar en ella, una canción mejicana se hizo voz maldita de nostalgia, porque a Matilde le tropezó el corazón en todos los recuerdos y puso en fuga el rimmel de los ojos como si a su cielo no le fuera bonito. Como postre amargo, y no menos ácimo para mí, sus labios comenzaron a cosquillear una canción de Miguel Aceves Mejía, por la que su amante era el único culpable de que se le hubiera llenado la vida de luto, y entendí que, por lo menos aquella noche, iba a dormir de nuevo con el mejicano, yo de apuntador.

Al llegar a la recepción del hotel, el conserje me guiñó feliz de haber apañado algo y de haberse ganado una propina. Y como era consciente de que me podía prestar nuevos servicios a la vuelta de Sevilla, hice pasar a Matilde hacia la habitación, me retrasé para pagarle el favor y sólo cambió en mueca de estupor el gesto complaciente de mamporrero cuando le dije que buscara una botella para bebérnosla allí mismo, mano a mano.

—Qué, cansado ya, ¿no? —me preguntó pasándose de la raya.

—¿Cansado de qué? —le respondí en tono conminatorio.

—Del viaje, por supuesto, señor —corrigió de verme con cara de pocos amigos.

—No hay otra cosa de qué —le confesé más afable.

—Así lo pensé cuando llegaron, que iban de estreno.

—Pues todavía está inédita la película. Esta noche no hay función.

Al rato confidente de palique y de copas, me propuso misterioso la intervención del fantasma de la casa para ablandar a Matilde.

—¿El fantasma? —repetí como quien oye desvaríos.

—El fantasma, sí. Puedo imitar ruido de cadenas y aullar igualito que un lobo.

—¿Y el resto de la clientela no protesta?

—Lo hago por un conducto especial, de mi patente e invención, que va a dar a su cuarto. Tras el cuadro con escena de caza hay un altavoz. Unos tuvos complementan el ingenio.

Me explicó las ventajas del invento y me garantizó su eficacia en el resultado. A decir del conserje, que nunca lo había puesto en práctica en situación como la mía, sino con mujeres sin acompañantes, una persona asustada es la que más amparo necesita y la que mejor lo agradece.

—Yo me he puesto las botas aplicando el sistema. La dama en cuestión —dijo respetuoso y remilgado— se sobrecoge, primero, y, después, necesita que alguien la coja.

Como le escuché a Fabio que no hay gran hombre si su fama no puede expresarse en pocas palabras, lo miré estupefacto de su bandeo industrioso y le levanté el homenaje que su imaginación pedía a gritos:

—Ole.

Bebimos no una, dos botellas, y en la muchedumbre visionaria de trasgos, duendes y fantasmas de las mariposas veraniegas y los moscardones encelados por el misterio de la lámpara de la recepción, quise ver el fantasma particular de mi pueblo, que en las estrecheces de las callejuelas cedía el paso a los señoritos calaveras y noctámbulos, a los que saludaba atento, anteponiéndoles el don de rigor, muy educado. Pero borracho y todo, consideré que el fantasma del conserje no iba a dar resultado con la mejicana y que el mejor servicio que pudiera prestarme ya lo había puesto en práctica al retenerme con su conversación divertida y loca.

Después de bebernos la penúltima y desearle larga vida nocturna a su fantasma en un brindis previo, me acompañó hasta la habitación. A una prudente distancia de la puerta me preguntó si la señora estaba dormida, y como le respondiera que sí, poniendo las manos en actitud de ruego tal si yo fuera un santo, me pidió le concediera una mirada sátira, que con los efectos del alcohol le iba a resultar de doble agitación y provecho. Ya, antes, cuando charlábamos alrededor de la botella, me percaté de que el coñac le había hecho más efecto de la cuenta, o acaso más que a mí, porque al oír el toque del famoso reloj público de la Plaza de las Tendillas, que da las horas con acordes de guitarra, le pregunté cuál era la que acababa de marcar, y me dijo que la una. Como a mí me pareciera una hora más, o sea, las dos de la madrugada, le insistí poniendo a prueba su seguridad de oreja y, sin inmutarse ni detenerse en dudas, me respondió firme: *«¿No voy a estar seguro si la he escuchado dos veces?»*

Lo dejé, en correspondencia a sus atenciones, que le diera al ojo, y como pasado de rosca comenzara a masturbarse ferozmente, le puse muro de puerta, sin agresividad, a lo que me pareció depravado y excesivo. Una vez libre del moscón priápico, descorrí levemente la cortina de la ventana con el objeto de alumbrarme y alumbrar el cuerpo de Matilde, tremante de agitado y abierto de piernas, como si el espectro del mejicano estuviera de camino o ya presente, ocasión sin igual para nacionalizarme de manito por una noche que rechacé a duras penas en mi intención de que no fuera una sola y ante el temor de que el arranque con nocturnidad y alevosía no le gustara a Matilde y se me chafara el plan bien encauzado.

Con la idea de tranquilizarme me di una ducha y, luego, volví a la ventana a fin de calmar los últimos brotes del deseo con la serenidad silenciosa de la noche de Córdoba. La plaza estaba sola y muda, como si el alma del Gran Capitán que la presidia fuera demasiado grande para aceptar otro espíritu que le disputara el sitio. Las farolas, sobre el asfalto, repetían su celemín de luna en el área de sus asignaciones luminosas. Las flores ardían de su propio aroma crepitante y, por un momento irreal, tuve la sensación de que, desde los callejones colindantes, iban a desembarcar en la plaza para parlamentar o disputársela al egregio caballero las almas de Séneca, los Abderramanes y Manolete. La visión del jinete, siempre al mando del contorno, me puso en la memoria la figura simpática, por más que agredida, del capitan Meana, su traje verde de camuflaje y el casco de colorines atacando al fantasma de la escuadra inglesa, y sólo me alejó de la escena divertida la voz entubada del conserje, que no cejaba en su intención alcahueta y nebulona. Como conocía el ingenio conductor de la treta, empapé de agua una toalla, elevé el cuadro lateralmente como quien aúpa un columpio para después impulsarlo y la metí en el orificio, contra el altavoz. La habitación se quedó como la plaza y sólo oí ruidos por la mañana, cuando ya Matilde estaba vestida, pintada y más bella que nunca.

Durante el desayuno se interesó por primera vez hacia dónde dirigía mis pasos y como le respondí que en aquella ciudad terminaba nuestro viaje común porque me esperaban obligaciones de trabajo en Puente Genil, me propuso trabajar para ella, de cicerone, por las calles de Sevilla.

—Ni exigiré ni deseo de ti otro empleo —comentó dando por sentada la broma.

Estuvimos en Sevilla tres días, durmiendo en habitaciones diferentes como correspondía a nuestras posiciones de turista rica y guía, pero ya complicados del corazón, con lazos de besos y achuchones, tiras y aflojas sobre la conveniencia o no de un compromiso más profundo y en batalla de prudencia sensata y lógica Matilde, que temía encontrarse de nuevo compuesta y sin novio.

Cuando de vuelta a Madrid pasamos por Córdoba, dos sueños se me fueron al garete por otras tantas imposiciones de expectativas y de luz. Una, la de ver el desvío hacia Puente Genil como una manzana prohibida, so pena de perder la fruta madura de Matilde. Y otra, la de comprobar por la hora diurna que el fantasma del hotel mágico y nada formalista no iba a tener ocasión de ayudarme. Con la imposibilidad de pasarme por mi pueblo se me fue el santo al cielo de la nostalgia y rememoré que Fabió solía decir que un paisaje bello y abierto provoca la sinceridad y nos hace volver a la adolescencia. Aquella era mi tierra, la que no pertenece al amo, sino a los ojos enamorados, y ante ella retornaron mis cosas más intransferibles, las que alimentan en el descarrío o en la desolación.

Cerca de allí estaba el pueblo, que me había servido de sonaja y de cruz, como un puñal de cales, y cerca mi pasado, mi madre, los amigos que no iba a ver, Amparo, mi novia de más punzada, la que me dio más guerra y volvía, a la larga, como una paz y un frescor a mi orilla. A Amparo la conocí con uniforme de instituto. Yo trabajaba tan tempranamente en un bar de mi abuelo porque un profesor gracioso le aseguró a mi padre que Dios no me había llamado por el camino de los libros y, claro, bar que te crió, no fuera a crecer como un inútil. Hacia el instituto cruzaba Amparo siempre a la misma hora. Supe que la quería porque, desde que la vi, en vez de a la diez o las once iba al bar a las ocho y media de la mañana. Amparo emigraba de morena y ya le estaban creciendo hacia adelante, como las puntas de los añojos, dos alfeñiques tímidos. Doce o trece años tenía hasta que me sonrió y ya no tuvo edad. Entonces, como se suele decir, fue ella, o la del amor, porque yo andaba loco con Amparo hasta el punto de jurarle y perjurarle a mi padre que aprobaría diez, veinte carreras, si me sacaba de los vasos, las copas y las cucharillas, su fregado, sobre todo, que me tenía los dedos señoritos llenos de sabañones, coartada lastimera de hinchazón y picor que encubría otro motivo de ganas para ir al instituto, pues aunque ella estaba en primero o segundo y a mí me quedaban cuatro asignaturas de sexto, a la ida, a la hora del recreo y a la salida, *amparo, por Dios, Amparo,* como en el fandango. Poco tiempo duró el instituto. Hasta el resultado de los exámenes del que no quiero acordarme. Después, bar. Y, luego, como plaga sucesiva, la sustitución en el banco. Pero ya era novio de Amparo, y novio fuimos —por más que le diera que sufrir con otras— hasta un poco antes de caer por la Carraca, adonde todavía me escribió esperanzada, contándome las cosas del pueblo que, poco a poco, me interesaron más que ella. Un día me escribió mi madre diciéndome que Amparo no me convenía y deduje, en una mezcla de liberación y dolor, que otra persona le ocupaba el pecho. No fue duro de digerir, pero tampoco fácil de olvidar, porque, si Amparo no me tiraba como antes, uno siempre tiene la novia del pueblo como en reserva, dispuesto a volar y correr bien el mundo, para, al fin, un día cualquiera, volver y llevarla al altar vestida de blanco, como mandan los cánones.

—¿Sabes lo que más me gusta de ti? —me devolvió al presente Matilde—. Lo que más me gusta de ti es tu delicadeza y que no eres machista.

La mentira es dulce y su fruto, amargo. En aquel paisaje andaba mi alma y yo huía de ella. Pensé que ya sólo podía ofrecer mentiras, destrucción, que estaba negado para la alegría de la generosidad. ¿Qué alegría no le hubiera dado a mi madre renunciando a mi egoísmo? Aquella ofrenda, su forma limpia de impulso natural, le habría regalado años, quitado arrugas del corazón, justificado la vida hasta dar por buenos los sinsabores. Y, sin embargo, incapaz de saltar del coche e ir a abrazarla, me paralizaba el resumen agrio de todo lo que había hecho, como si entregado a la molicie sólo supiera reaccionar y moverme en su vertedero.

Matilde debió de entender en mi mutismo una preocupación asociada a la suya e hizo un comentario prepotente que, por su distancia de la realidad, me devolvió a la malicia.

—Tranquilo. A una persona que nos ama en todo no es raro que le correspondamos en algo. Todo tiene su tiempo y el amor se construye poco a poco.

Recapacité sobre mis flechazos y llegué a la conclusión de que o en Méjico la incubación del amor se contagia de la cachaza de sus naturales o Matilde se había propuesto hacer filosofía de oportunidad. Sólo una frase de ella, honda y certera, que podía ser el barómetro a aplicar conmigo, me dispuso a que la reconsiderara en mi catalogación.

—Los amores son como los niños recién nacidos. Hasta que lloran no se sabe si viven —dijo.

La mejicana, amén de lo atractivo de su dinero y la no desdeñable conservación de su cuerpo, todavía en horas prósperas, ganó frente a mí puntos con la frase. Su fuerza estribaba en comparar con fortuna dos cosas diferentes, incluso adversas y contrarias, y aquella sutileza demostrada de pensamiento me arrastró hacia ella como si pudiera darme algo más, con lo que no había contado.

Puede que no haya más que un amor, pero lo que está claro es que acepta fotocopias. Si no ¿de qué mi corazón entretenido tantas veces? Lo curioso de mis devaneos es que siempre dejaron en mí un poso de ternura, independientemente de que fuera a otra cosa y el objetivo prioritario no se señalara en la entrega a que conduce el amor verdadero. ¿Estaba enamorado de Marion? ¿Lo estuve de Claudine, de Marie, de Marie-France, de la india? ¿Me estaba enamorando de Matilde? ¿Eran todos esos amores fotocopias del de Amparo?

Aquellas interrogaciones, a cuyos desentrañamientos dediqué horas sin consecuencias aclaratorias, aportaron, finalmente, contra la dureza de sus contradicciones sin despejar, las suavidades de un viaje que se pasó volando y el convencimiento de Matilde —para mi beneficio— de que me había calado hondo y lo mío hacia ella no era capricho sino pasión desbordada.

Al llegar a Madrid le busqué un hotel de conserje consentidor, pues había que dejar preparado el terreno, y aprovechándome de la situación y de su estado de ánimo vacilante, la besé en la mejilla en contraste desinteresado, como si me importara menos de lo que ella creía, y me despedí hasta otra ocasión incierta. Nada más hacerlo me puse viaje a la calle de la Menta, donde me encontré con Marie-France y una carta de Marion, en la que anunciaba, nada más llegar, su irrenunciable voluntad de volver, sin fecha.

A la franco-argelina le tuve que contar como realizado todo lo que no había hecho: el viaje a Puente Genil, la estancia con mi madre y mi hermano y el reencuentro con los amigos. Narrándoselo estaba como si fuera verdad cuando caí en que debía ampliar la trola con la noticia de la llegada inminente de mi madre a Madrid, no fuera a ser que cuajara lo de la mejicana y, luego, no pudiera justificar el trasnoche seguro.

—Le ha cogido gusto a mi presencia, ya ves —le dije como si asintiera—. Duda si tomar un apartamento de esos que se alquilan por semanas, para que estemos más tiempo juntos o alojarse en un hotel. Si se decide por un apartamento, que no quiera Dios, ya te puedes imaginar que no vendré durante unos días. ¡Lo que me espera, Dios! —invoqué con cara de mortificado.

—Hombre, si vas a vivir como un señor —discutió Marie-France.

En aquel momento me enteré de que Marie-France no tenía madre. No que no la hubiera tenido jamás, que eso es imposible, o que fuera de la inclusa, que ya es más probable, aunque supiera que tampoco por la explicación del motivo que la llevó en Las Hurdes al suicidio frustrado, sino que se le había muerto cuando ella contaba sólo diez años, en Argelia.

—Si yo tuviera una madre estaría siempre con ella.

Su arrebato filial consiguió que me sintiera un tanto cafre y le respondí:

—Las cosas se desean más cuando no se tienen. Te he querido explicar lo que siento por la mía... Ten en cuenta, por

236

otro lado, que vengo del pueblo y durante mi estancia en él no me he separado de ella.

Mari-France sonrió incrédulamente y a mi me dio la impresión de que me conocía bien, de que sabía de sobras lo que podía dar, incluso que, en cierto modo, era mi cómplice en muchas cosas, como lo de ocultar para sí su certeza de que poco, o nada, tenía yo que ver con un poeta. Ella era profesora de literatura, conocía personalmente a poetas franceses y, sin remedio, habría comparado nuestros niveles de expresión y desenvolvimiento. Y, claro, por muy cultos que fueran los poetas de su país no podría creer que los españoles fuéramos tan ignorantes.

—Como tu madre no ha llegado todavía, ¿qué te parece si salimos a tomar algo? —me sorprendió, de pensar que estaría esperando al amigo con que llegó a la casa la noche antes de irme a Andalucía.

Y si no exactamente esperando su visita, bebiéndose los vientos por él estaba, desaparecido desde la mañana siguiente como por encantamiento desencantado. Por eso y no por otra razón quería salir Marie-France, ir a la montaña puesto que la montaña no iba a Mahoma, que algo tenía de él la argelina, al haber nacido, por lo menos, dentro del marco histórico que para siempre marcó en subdesarrollo el profeta.

—Vamos al Café de los escritores —impuso, acaso pensando que por él era por donde más gente desfilaba en todo Madrid.

Temí que la *Salmantina* anduviera por allí, como era de esperar, y que hubiera cavilado sobre la aparición fulminante de mis purgaciones, su falsedad, la tomadura de pelo que suponía y el imperdonable saqueo siguiente a sus arcas de don Pedro Osborne. Pero la idea de evitarme con el paseo la tentación de llamar a Matilde, inoportuna y tan prontamente, hizo que diera por buena la oferta, y, en diez minutos, me viera entre su humo, sus columnas de hierro pintadas de blanco, las cortinas grandes y rojas, las mesas de mármol, la muchedumbre avariciosa de chismorreo y fama, los camareros vestidos de negro y, lo que resultaba más amenazador, la *Salmantina*, Casandra y el gitano, que no tardaron en hacer presencia a nuestro lado. Al fondo, como era su costumbre distanciada, estaba Juan el torero, amartelado con la americana, por fin firmado el armisticio con la *Salmantina*, y en otra mesa, lejana a la barra, Manolo Rosas con un individuo de mucho pelo, excepto por el sitio donde más se echa de menos, que después supe se trataba de Andrés, el exterminador de animalitos, o *el Lucena* para los que le tenían ley, no confianza. Con el abigarramiento de hora punta en el local, tardé en verlo, y cuando lo hice me sirvió de alegría, pero más de salvavidas porque *la Salmantina* me estaba acorralando a velocidad supersónica con sus preguntas sobre dónde había estado, por qué, por qué no le dije que tenía pensado hacer el viaje y la más lamentable y embarazosa —sobre todo porque la formuló con Marie-France delante— acerca del estado de mis purgaciones. A la deriva, náufrago o por ahí de comprometido, en Manolo Rosas vi tierra, con el pretexto de abrazar nuestra vieja e inolvidable camaradería —así lo dije— me fui hacia él como quien promete remedios pares y de su mesa no me moví hasta que los camareros bajaron las persianas metálicas de las ventanas, levantaron las sillas sobre las mesas y apagaron las luces de la zona donde nos encontrábamos solitarios, escuchándole una historia al *Lucena* por la que consiguió un ligue y un herida heroica en la pierna, siendo como era rengo desde la infancia. A los pocos días tuve la ocasión de medirme con el ligue del *Lucena*, y lástima que él no hubiera comentado el precalentamiento con más detalle, porque, a buen seguro, el miedo a las reacciones demoledoras de *la Salmantina* se me hubiera tornado en gloria de risa y despreocupación, dado el despliegue de fantasía que contenía la batalla. El caso es que conocí a la chica porque, como Marie-France —que, por cierto, había decidido abandonar el sitio sin despedirse— fue a buscar emoción al Café y un camarero le indicó que yo era uno de los amigos del *Lucena*. Me preguntó si conocía su paradero y como no dudé de que dispusiera de otro más estable y barato, le respondí que allí mismo tenía su casa y su oficina y que, de un momento a otro, aparecería por el local. La chica, inmersa en los desmanes del amor, arrastrada por su fuerza irresistible y segura del verismo de cuantos cuentos le había enjaretado *el Lucena,* debió de encontrar uno de ellos tan hermoso de revolucionario como para no revivirlo o compartirlo con los demás seres humanos y, antes emocionada que escamada por lo que no se sostenía en pie, me preguntó si tenía noticias de las correrías del *Lucena* por las montañas de Colombia.

—Estuvo en Colombia en la guerrilla —me explicó—. Fue la mano derecha de Camilo Torres, su lugarteniente.

Para avalarle el juego peligroso a Andrés *el Lucena*, hice

como que momentáneamente me había perdido, pero que sí, que ya estaba centrado, en el ajo de su heroísmo, y a caballo de la historia alucinante aporté un dato como colofón de que conocía de pe a pa la sin par aventura.

—Mira tú —exclamó confirmada la chica—, me alegro que me lo digas porque, hace unos días, el camarero calvo me quería convencer de que todo era un cuento chino.

—Colombiano —precisé queda e ininteligiblemente.

Pero al preguntarme qué había querido decir, me salí por la tangente, porque *el Lucena*, si no amigo mío todavía, era de la cuerda, de la de la marcha imaginativa y desenfrenada y de la que un mal día nos íbamos a encontrar en el cuello.

Casi rodeándomelo la tenía yo en aquellos momentos porque por más tiempo que me tomé para que *la Salmantina*, Casandra y el gitano tuvieran su ocasión de encontrar compañía desesperada y benéfica, no se movieron del sitio hasta después del último apagón, que intenté aprovechar sin fortuna como camuflaje para anonimato. Justo cuando me dirigía a la puerta, amparado en la oscuridad, se encendió la luz y oí a *la Salmantina* que me llamaba. Tuve suerte de vía libre, no obstante. Al mismo tiempo que la luz llegó a la puerta giratoria del Café don Pedro Osborne, huesudo como un galgo de su heráldica y blanco como un fantasma, no de hotel, de su propio castillo jerezano, hético, destruidas sus pocas defensas por el bombardeo de la penicilina.

El asomo de rabia e impotencia en los ojos de *la Salmantina* me hizo pensar que la próxima vez se la cobraba con creces.

239

18

EL QUINTETO pasó, primero, a cuarteto, y después, a dúo. Juan y Junior, hubiera dicho Félix, tan reclutada su cultura de novelas policíacas y del Oeste, *Brincos, Sirex, Mustangs, Bravos* y Pekenikes. De buenas a primeras, Fabio y yo nos habíamos quedado solos, sin la presencia constante o muy frecuente de los amigos, lejos, definitivamente, *el Madrileño*, a recaudo de estrecha vigilancia Benito y Félix menos visible y zascandil por los alrededores, como si fuera inexorable de cierta la amenaza que el Pater arrojaba cada domingo desde el púlpito. *El que la hace, la paga,* si no tiene árbol al que arreguindarse como *el Madrileño.* Tal como le advertí a Félix en una ocasión, la cuerda se parte siempre por la tarde más débil.

Una cucharada de suerte puede valer más que un barril lleno de sabiduría, pero, llegado aquel punto en que parecía haberse agotado para nuestro paladeo, se imponía hacer uso del saber, del que no estábamos sobrados, sino en su ribera de maña, ni esquiva ni ajena. Lástima que la suerte, que nos abandonaba a paso legionario, hubiera tomado rumbo de Morado, quien, más por nuestros excesos que por su capacidad estratega, se encontraba con la pandilla diezmada y a punto de darle la puntilla a su resto. En aquellas condiciones, lo mejor era aguantar y pasar desapercibidos, que la discreción, en malos tiempos, es el mejor escondrijo del acechado.

Así lo pensamos y así decidimos llevarlo a la práctica con resignación cristiana, como le dije de broma a Fabio, pero el demonio, que no tiene sentido del humor y si escucha la palabra cristiano salta como un corzo, recordó que estaba próximo el día 25 de febrero y puso a Fabio camino de pedirle al contralmirante una invitación al acto solemne de las bodas de plata de su grupo para una persona, de la cual nadie tenía que pedir cuenta si era civil o militar, casada o soltera, hombre, mujer o entre ambos, rica o pobre, rubia o morena. Con tal que no fuera negra, la organización, en su magnanimidad, asumía cualquier participación popular distendida en los actos callejeros preliminares y de asistencia moderada al literario —en el que los poetas comarcanos podrían ser más conocidos por el público en general— al que seguiría, ya en plan más íntimo de clase, el gran baile de honor ofrecido por la Reina y las Damas de su corte, de selecta invitación y rigurosa etiqueta.

El contralmirante pensaría que en la ocasión estelar de Fabio no debía privarlo de la presencia de su novia, desunir en el baile lo que, pronto, Dios uniría para siempre en el cielo y, sin preguntarle lo que parecía tonto preguntar sobre el destino de su merced, le entregó la invitación, en la que, escrito con tinta titubeante de estilográfica entre la más cuajada y firme de imprenta, se podía leer: *Señorita acompañante del poeta laureado*. Fabio, al leerlo, desfalleció, quedó abatido. Ni tenía novia ni gana alguna de que lo acompañara nadie distinto a mí, y el caso venía a poner sobre el tapete, sin molestia alguna por mi parte en justificar lo rotundo, que yo era lo menos parecido que pudiera encontrarse por el contorno a una señorita, descartada la hecatombe en oso de Félix y en canguro de Morado. Estudiamos qué podíamos hacer y, a riesgo de ponérselas juntas al sabueso empeñado en nuestras huellas, no rechazamos la posibilidad de utilizarla si conseguía del secretario un permiso de cuatro o cinco días, me disfrazaba oportunamente de señorita, guardaba con decoro los modales y pemanecía mudo. Si lograba cumplir con maestría y precisión cada punto de aquel programa, nadie tenía por qué enterarse de que un polizón espurio se encontraba entre lo más granado y noble de la Escuadra.

Una tarde en que estábamos con Félix y *el Calella* en la Compañía, le contamos lo que, a pesar del tiempo dedicado a su estudio, no era más que un sueño jocoso irrealizable y un tema para distraernos. Pero al *Calella* le hizo tanta gracia que nos retó desde su abundancia en donde no gastar:

—Doble de diez mil contra sencillo de cinco a que no lo hacéis.

Como nuestro defecto era no pensárnoslo demasiado, le cogimos la palabra y conseguí el permiso del secretario, quien entendió que mi sacrificio reciente con los compañeros norteños era harto motivo de compensación. Superado el primer escollo, el que no dependía de la suerte, sino de la comprensión del secretario, nos dimos cuenta de que si salvarlo hacia adelante nos había resultado dificultoso, hacia atrás lo era poco menos que imposible, por lo que, sin poder retroceder, nos vimos metidos en un lío que nos podía costar el castillo de Santa Catalina, y a mí, en concreto, algunos insultos sobre mi condición sexual, ciertamente a tener menos en cuenta. Contra las ganas de asistir al espectáculo no se le escapaba a la mala cabeza una posibilidad de salvación, el hecho normal de que sólo Fabio hiciera presencia en él. Pero le habíamos dado la mano al *Calella* y, en caso de incumplimiento, las cinco mil pesetas, o lo que quisiera quitarnos, suponía amenaza mucho más terrible que cualquier arresto.

A medida que se acercaba el día del evento majestuoso nos fue abandonando más deprisa el sentido común, que hubiéramos recuperado con la entrega de las cinco mil pesetas, una vez Fabio cobrara las diez, y se hizo dueña y señora de nosotros la inclinación innata a las diabluras temerarias, saltabardales de vocación y cumplimiento, barrabases de nómina y zarandillos de nacionalidad como éramos. A lo hecho, pecho, nos dijimos, y como si el dibujo del destino no pudiera escaparse de la caricatura del presente, comencé a hacerme un trabajo de remozamiento fisonómico, del que, todavía, guardo señales onerosas por su aplique, las pinzas y la cera haciendo estragos en las piernas y en las mandíbulas, las cejas depiladas y el arco del bigote en salpullido, tal si lo hubiera rasurado un tábano terco, pero, sobre todo, los pies, sobrecogidos desde entonces por el martirio de los zapatos que les di por instrumentos de tortura. Con ellos indomeñables practiqué durante los días que estuve en casa ante la extrañeza santiguada de mi madre y la risa de mi hermano, con quien no tuve más remedio que sincerarme, no fuera a creer que la mili, en vez de hacerme un hombre, me había desgraciado para los restos. De todos aquellos problemas, el más peliagudo de resolver apareció el día de fastos, cuando tuve que desplazarme a Sevilla —desde donde tomaría el tren hacia Puerto Real—, en el autobús de línea de las seis de la mañana. El cobrador era conocido mío desde la escuela primaria y, aunque antes de subirme al coche tuve la osadía satisfecha de entrar en el bar de la parada para probar si mi transformación daba el pego, me pareció poco probable que no me reconociera por más colorete y accesorios femeninos que llevara encima.

—Señorita, el billete.

Me tapé la cara con el bolso, pero como el billete estaba dentro, la tuve que volver hacia la ventanilla y hurgar en él como quien busca en algo robado. Falto de costumbre en manejar pozo de cuerda tan sin fondo, el billete parecía haber tomado cuerpo invisible, y la torva de espejitos, ungüentos, peine, pañuelo, tabaco, cerillas, llavero y hasta una compresa, que la novia de mi hermano se había olvidado de retirar de lo que era su alijo íntimo, empezó a dar vueltas sin fin como una noria de bisutería. Decidí, fuera de mis casillas, volcar el almacén sobre mi falda, como el moro que monta un puesto de repente, y con el acelero en descontrol se me fue la cabeza hacia el respaldar del asiento delantero, con cuya resistencia se me desencajó la peluca. El cobrador, me miró distante y, sin esperar explicaciones, hizo un comentario mordaz:

—¡Si me lo estaba oliendo! ¡Cómo está el patio! ¡Compadre, te cambio el sitio! —le gritó el conductor poniendo en aviso a todo el autobús—. ¡Qué suerte tienen algunos con ir sentados!

Al fin logré dar caza al billete y, lo más reconfortante después de episodio tan fastidioso y desapacible, que no me reconociera. La fuerte repugnancia seguida de hilaridad que le produjo el descubrimiento, consiguió que no se parara en matices y que las indirectas posteriores tuvieran un destinatario sin nombre, oculto tras la cosmética. Indirectas, comentarios soeces y chistes groseros tuve que escuchar a porrillo, pero di por buena la experiencia, que, en su resultado, se tornó en garantía de que no me iba a reconocer ni mi padre que viniera del cielo si mantenía la peluca lejos de colisiones.

En la estación de Puerto Real me estaba esperando Fabio, hecho un cromo de elegancia con su esmoquin y una corbata de palomita. Lo puse a prueba de adivinanza y como se esperaba el travestismo de ocasión, pero menos tanta altura ficticia, aumentada por los coturnos de la que iba a ser mi hermana, tuve que hacerle notar mi presencia con la palabra en doma, a la medida de mi representación coyuntural. Sin que se me pasara por alto la lacha de Fabio, me agarré de su brazo, a fin de irme acostumbrando lo más pronto posible a mi papel de novia o de obtener un punto de apoyo con el que mitigar los desequilibrios a que me sometían los tacones y, con un despliegue de estatura femenina poco común por aquellos pagos, fuimos llamando la atención por dondequiera pasamos, hasta llegar al Arco del Azor, que aquel mismo día iba a cambiar su popular nombre cetrero por el no menos águila de don Zacarías Pemartín, fundador con el contralmirante, en sus años mozos de alférez de navío, del Grupo Altas Torres de Ciencias, Costumbres y Buenas Letras. Hasta aquel lugar de reunión fueron llegando los poetas comarcanos, los periodistas, las autoridades portorrealeñas, el delegado provincial del Frente de Juventudes y, en otra escala jerárquica, unidos en lo que supondría simpática y jugosa charla dominada por el anecdotario, el insigne polígrafo gaditano, el contralmirante y el gobernador civil de la provincia. Pasaron revista de concentrados sonrientes y, tras el rito educado de estrechar sus manos agradecidas, el contralmirante hizo una discreta seña al alcalde, quien transmitió la orden al director de la banda de música, que atacó un pasodoble, siguió con una obra de su creación, *Loa a la Virgen del Carmen* —institulada *Estella Mater*— y, con más sentido de la medida que oído, terminó su voluntariosa colaboración con la *Salve Marinera*. Uno de los poetas presentes le pidió al músico los compases del *Yo tenía un camarada,* pero el hombre, sintiéndolo mucho —como le dijo apesadumbrado—, contestó que había órdenes de no politizar la cosa, exclusiva de amor patrio que debía corresponder al contralmirante, según lo oído luego, en el Pregón, que corrió a su cargo. El sencillo acto de apertura concluyó con el descubrimiento de la lápida y la aparición turgente, grabado en mármol, del nombre del excelso Pemartín, quien aseguró improvisar unas redondillas áleves, de inmediato recitadas en honor de la Virgen, a la que acompañaría eternamente desde aquella herradura de la gloria, como definió el Arco, aún no sé si por su belleza imperecedera con la luz de la bahía rebotando en la piedra o por el insigne nombre a que quedaba acogido desde entonces.

Como una desbandada de palomas por la garganta atropellada, sonó, definitivo, el Himno Nacional, y los fundadores supervivientes del Grupo se abrazaron en el convencimiento de que, con su saber, habían aportado algo determinante a la conservación de la grandeza de España. Miré a Fabio de refilón, apuñalado por la escena, como si España, que nunca me había importado mucho, me doliera en su belleza cómica de esperpento serrano, y noté que en el ojo derecho, lo que no podía ser una furtiva lágrima, me nublaba la vista. Era, sin más emociones, una pestaña postiza de mi cuñada, desprendida del párpado.

—Será mejor que te la quites —me aconsejó Fabio.

Como en aquella rueda de lozanías, abrazos, reencuentros y felicitaciones nadie nos hacía caso, aproveché para sacármela y meterla en el bolso, pobre de mí si volvía a necesitarla.

—Estás más guapa así —me dijo.

—Le respondí con un ligero codazo y le comenté al oído que ya estaba bien de cachondeo, momento en que se nos acercó el contralmirante y le dijo a Fabio que no le extrañaba en absoluto el alto y majestuoso vuelo de su inspiración con *moza tan fermosa* por musa, mientras que acompañaba la frase galana con una inclinación de cabeza y un beso babosillo y rijoso en mi mano. Tuve la sensación de haberme metido de cabeza y sin protección alguna en medio de una colonia de colmenas, pero puedo presumir, una vez alejado del brete, que nunca hubo marinero por contralmirante tan bien servido.

Desde el Arco en alba de don Zacarías Pemartín se celebró un *Paseo Poético* hasta el pequeño puerto de poco calado, donde nos esperaba una lancha de desembarco del transporte de ataque TA-21 *Cataluña,* y de sopetón me crecieron los vellos, o eso me pareció de notarlos tan pujantes y alterados en los poros, cuando me di cuenta de que ella nos iba a llevar en poco tiempo a la prueba más contundente de que habíamos ganado la apuesta. Navegaríamos al Arsenal de la Carraca, en cuyo muelle, tan familiar para Fabio y para mí, desembarcaríamos para volver a embarcar en un destructor, desde el que admirar la histórica bahía, escenario de gestas inmarcesibles, según dicho del contralmirante.

—Esta gentileza —descubrió— es una generosidad del Almirantazgo, que ha querido honrarnos, amén de con la aceptación del reinado para su hermosísima hija doncella, con su hospitalidad, prueba inequívoca de que nuestra gloriosa Marina y sus mandos siempre han respondido solícitos a la llamada de la ciencia y el arte y de sus artífices más sanos.

—¿No quieres lentejas?, dos platos —murmuró Fabio enarcando una ceja.

—Mira que si Morado me reconoce —consideré.

—Como es domingo, esperemos que haya preferido el partido de fútbol.

En el muelle del Arsenal nos recibieron el secretario general y el ayudante mayor con Morado al frente de la Compañía de infantes de Marina. Mientras la lancha de desembarco cruzaba la bahía, la banda de música de Puerto Real nos había adelantado por carretera y ya amenizaba la llegada con la marcha *Méndez Núñez.* Las señoras de los mandos marineros se habían compuesto con sus mejores galas y la institutriz comenzó a flirtear con un periodista de *La Voz del Sur,* el periódico de Jerez de la Frontera, en lo que, sin pena, entendí como una infidelidad a mi persona. Agazapados contra un contenedor vi al *Calella* y, a poca distancia, semioculto por el brazo gigante de una grúa, la figura rebosada de Félix. Los catalanes quisieron hacer patente su aplauso y elevaron el pulgar, simbolizando cesáreamente mi victoria. Al pasar junto a la Compañía formada, camino de Porrea, donde se nos ofrecería un aperitivo, oí la voz gacha de un infante de Marina, que no pudo aguantar un requiebro castizo:

—¡Tía buena!

Cruzamos por la plaza del Contraalmirantazgo y como comenzara a levantarse el aire, lamenté no tener tres manos, una para la peluca, otra para el vestido y la que en el brazo de Fabio corregía la indisciplina de los zapatos mortificantes. Habían puesto banderitas en el aire de la plaza, que aparecía recién regada, y los colores nacionales en los balcones de los edificios y las casas particulares. Miré hacia la izquierda y se estrellaron mis ojos contra el Cuartelillo. Otra mano más deseé para tapármelos. Por su amura de babor, entre el muro y la playa, los marineros retozaban en un ágape de campaña, regalados por una vez en la munificiencia de la efemérides.

Cuando llegamos a Casa Porrea, el corazón me dio un vuelco. Aunque traté de mantenerlo a distancia, el secretario vino hasta mí y me preguntó si no habíamos coincidido en algún sitio. La mano se me fue instintivamente a la ceja, en ademán de saludo, por lo que tuve que disimular como si un mosquito me hubiera dado faena por la vecindad del ojo. Con la voz en chapuza y viceтiple, le dije que no, pero se quedó pensando, como si estuviera convencido de que mis rasgos le eran familiares. Le largué a Fabio que abandonaba, que en un descuido me metía en Secretaría y permutaba el vestido largo y demás por el traje de faena, ya recuperaría el de paseo. Al fin y al cabo habíamos cumplido con *el Calella,* la apuesta estaba ganada y no tenía por qué seguir tentando al diablo. Pero Fabio, con tantas ganas como yo de que me hiciera invisible, reparó en que me iban a echar de menos, allí mismo o en el destructor que habría de llevarnos hasta alta mar, para, desde el océano, ver Cádiz como un pichón blanco en medio de las olas.

247

—Descubren que faltas, creen que te has caído al mar y se organiza el cirio.

Al mar estuvimos a punto de caernos más de uno porque al mareo que la navegación otorga como flor desmedida de bodega se unió el whisky importado, que corrió sin tasa, y del que tuve a bien cuidarme no fuera a darle refuerzo al vientazo con otro enemigo. Fabio, menos limitado en sus movimientos, bebió sin control, acaso para olvidarse de la recomendación de los médicos y de la situación en que nos encontrábamos o quizás en euforia de verse distinguido, y en algarada su estómago, presionado por dos frentes, le preguntó a un teniente de navío por la dirección de los *beques,* que es como en la Marina se le llama a los servicios.

—¿De señora o caballero? —le preguntó el teniente, pícaramente a lo que cayera.

—De caballero, por supuesto —contestó Fabio ofendido.

Durante el viaje, el whisky hizo que una poetisa perdiera la compostura exigida y recitara a gritos unos versos del poeta Alberti, ante el estupor y la indignación de los mandos, oficiales y colegas suyos de derechas. A decir verdad, ella también lo era, pero pensaría —si es que en ese estado alcanzaba a pensar— que el arte debe trascender las fronteras de la política, y que Alberti, pese a ser un español traidor al servicio de la Rusia demoníaca, se merecía el homenaje de sus propios versos, nacidos de aquellas olas. El contralmirante, para contrarrestar la metedura de pata, pidió atención de corro y nos habló del compromiso ejemplar de los marinos españoles en Lepanto, la hazaña del Descubrimiento, la lucha contra el inglés, la guerra del Pacífico, Cavite, Santiago de Cuba, Filipinas y la heroicidad de la dotación del *Baleares.* Preso de aquel espíritu de entrega en la defensa de nuestras costas, y en el vicio por salirse hacia otras lejanas, y prendado del supercarácter de aquellos seres míticos, acostumbrados a los sacrificios mayores, la disciplina más férrea y el sentido más estricto en el cumplimiento del deber, recordó las palabras de fuego de don Casto Méndez Núñez, las no menos gallardas de Churruca y, en una concesión elegante a la pujanza de esa matriz de honra que suponen los delfines en formación, las del menos conocido comandante de la corbeta *Nautilus* —don Fernando Villamil— a la Reina Regente, extrañada de que en la camareta de alumnos del barco vivieran hacinadas veinte personas.

—Es que no dije veinte personas, señora, sino veinte guardiamarinas —concluyó el contralmirante entre aplausos.

Recuperado el buen sabor de boca, el corro vacilante en su verticalidad pidió nuevas muestras de sapiencia, y la poetisa, sintiéndose culpable en su moral acosada, vertió unas lágrimas para que todos, privadamente, le mostráramos luego nuestra convicción de que no era para tanto. En Puerto Real, al aire libre del cine de verano donde iba a dar comienzo el acto literario, una huella aterida de sal aún testimoniaba en su mejilla el cumplimiento de la penitencia.

Lo agitado de la jornada me había puesto en el ánimo una imperiosa necesidad de fuga. Como a principios de la tarde en el Arsenal, le dije a Fabio que quería irme, pero, como antes la posibilidad de que me echaran de menos y se organizara la zapatiesta, un nuevo impedimento fue a aplazar mi decisión: su borrachera y su incapacidad de conducirse por sí mismo. Noté en sus cambaladas y en el frenillo de la lengua morosa la renuncia del cerebro a servir ordenado y, en intento de comprobar hasta qué punto sus facultades mentales estaban deterioradas, le pedí que sacara el poema y me lo leyera. En la lectura registré algún trabuque de dicción, pero pensé que si lo leía con sólo aquella mengua nos podíamos dar por satisfechos. A tal esperanza andaba yo acogido, cuando una nueva inquietud vino a posárseme en la cabeza desvelada: el madrigal. Tenía que recitarle un madrigal a la Reina que no llevaba escrito sino que pensaba decir de memoria como si fuera un rapto repentino de admiración a su belleza.

—Nos ha jodido mayo con sus flores —me lamenté, la voz por un momento varonil, sin alambicar, libre.

—Pues no me acuerdo.

La preferencia del cine se había reservado para las autoridades civiles y de Marina, las familias distinguidas de Puerto Real y los visitantes conspicuos de los pueblos contiguos, San Fernando especialmente. El fondo o general, separado de la parte noble por una barrera baja de tela metálica y sólo comunicado con ella por un pasillo, para el sufrido pueblo liso y llano, aluvión molesto, pero al que había que aceptar. La banda de música, al pie del escenario, diferenciada en su uniformidad azul de los mandos marineros por sus apéndices brillantes y sonoros de metales. El escenario, calificado después por un cronista local como *ascua* de *luz,* suspendido y titilante en el aire, como un espejismo, una ilusión, una quimera entre la

249

tierra y el cielo, al que se aproximaba en ventaja —o era parte de su pórtico— el trono desde donde reinaría celeste la hija del capitán general del departamento. A sus costados, como guardianes de la gloria, sendas filas de infantes de Marina surgían enhiestos, sin latidos, trasuntos fieles de estatuas. Toda la maquinaria lujosa, engrasada con meticulosidad, repasada con escrúpulo, puesta a prueba con exactitud quisquillosa y puntilloso afán no fueran a detectar algún fallo imperdonable los ojos felinos del capitán general del departamento, estaba a punto y sólo faltaba que el buen decir de José Martín, el popular locutor de Radio Juventud de Jerez, comenzara a requerir desde el micrófono a las gentiles damas y distinguidos acompañantes para que las primeras, en ramillete alrededor, ocuparan su sitio a la espera de la llegada triunfal de la Reina.

—Lo veo todo nublado, *Córdoba* —me dijo Fabio.

En aquel momento se oyó la voz recia, de galán vallisoletano, de José Martín, que reclamaba la presencia en el escenario de la bellísima señorita Sonsoles Gamoneda de Quirós.

—...acompañada por don Prudencio Notivalis, representante del Cádiz Club de Fútbol —añadió.

La banda de música le abrió paso y un aleteo entusiasmado, palmas o alas, llenó el lugar de asombro, interjecciones y murmullo ante la visión plateada del ángel, después repetido hasta catorce, todos ellos, o ellas, acompañados por el guardiamarina tal, el enviado especial de la Base de Rota, el concejal de Parques y Jardines de Chiclana, etc., y así hasta la Reina, que realizó la carrera bajo los sables de los alféreces de navío del departamento y del brazo del contralmirante.

—Esto es una puta mierda, una fascistada —dijo Fabio.

—Procura recordar el madrigal —le contesté.

—Yo lo que voy a hacer es irme de aquí ahora mismo.

—Ten cuidado con lo que haces porque vamos a tomar por el culo a base de bien. En Santa Catalina.

—A mí me importa todo un pimiento. Yo soy un poeta, no un payaso. ¿Te enteras?

Procuré no enterarme no fuera a ser que mis palabras estimularan su amenaza y le pedí silencio porque el contralmirante ya estaba en uso de las suyas, durante media hora se ofrendó en piropos a Su Excelencia el Jefe del Estado, España, la Marina, las bellas damas y la Reina, maravillosa, bella, divina, pura y virgen como la del Carmen. Entre el torrente incontenible de alardes verbales, juegos de palabras de salón e incluso al-

250

gún latinajo incorporado para deslumbrar a la concurrencia, un asno, incontrolado y de reivindicación en descampado limítrofe al cine, comenzó a rebuznar despiadadamente. Miré a Fabio por ver si la anécdota le cambiaba el ánimo y comprobé que se había quedado dormido, como un tronco. El contralmirante estaba enzarzado en aquellos momentos en su elogio, adulación, alabanza, halago y loa de la Marina, jabón por aquí y por allá, y el burro le estaba aguando la fiesta, sin que la rechifla general pudiera exteriorizarse ante asunto tan querido y sacrosanto. Pero el contralmirante era hombre de ingenio, de nervios bien templados en mil batallas comprometidas, y salvó la situación graciosamente:

—Como es un burro comunista es lógico que no esté de acuerdo con lo que digo —apostilló entre aplausos.

En la zona de general se oyeron unas tímidas muestras de desaprobación, que fueron rápidamente acalladas por la mayoría. La policía recorrió la reserva obrera y concluyó su trabajo sacando del local a dos muchachos, que juraron a voz en grito por todos los santos del cielo no haber sido ellos los causantes de la falta de unanimidad en zaherir al burro o en apoyar con los aplausos al contralmirante. Con el alboroto de las palmas, las carcajadas y los gritos de los muchachos, Fabio dio por concluido su sueño, que entendí reparador. Y cuando el contralmirante dio por agotados pulmón, garganta, saliva y diccionario donoso, se dirigió con paso firme hacia el micrófono, desde donde lo había reclamado el locutor José Martín. Subió la escalerilla que unía el patio de preferencia con el escenario sin titubeos, como si la cabezada le hubiera espantado la liorna brumosa del whisky. Dijo el poema sin tropezar o engullirse las sílabas y un chaparrón de aplausos llenó la noche de júbilo y alejó de mí los presagios funestos. Faltaba el madrigal y lo más mecánico de subir en busca de la Reina por la escalerilla de diez peldaños que conducía al trono, besarle la mano como prueba de rendida pleitesía y ofrecerle el brazo seguro de caballero custodio, a través de cuyo amparo y fortaleza conducirla por las calles hasta el Casino Cultural donde abrirían el baile de gala.

A Fabio, le escuché en una ocasión que, a veces, el tiempo se detiene y origina la eternidad. Cierto y sin duda, porque una eternidad experimenté en su silencio de un minuto. Le escuché también que el tiempo es el mejor actor porque siempre encuentra un final perfecto, pero no iba a ser ése el que nos deparara. Su estado huérfano, y como ajeno al mismo tiempo, frente al micrófono y la gente expectante, me hizo tomar conciencia en cabeza ajena de lo terrible de la soledad, una sensación tan querida por Fabio, porque, según él, en esos momentos es cuando acude a uno lo desconocido y misterioso, el impulso de la creación. ¿Qué le llegaría entonces? ¿Se sentiría alerta para captarlo o por el contrario hundido, sin saber qué hacer? Por muy extasiado que el último volantazo del whisky lo tuviera, ¿no sentiría un azote de ridículo, de vergüenza, de soledad infinita y azolvada?

Me di cuenta de que seguía borracho cuando comenzó a buscarse por los bolsillos, en vez de por la memoria, lo que nunca había llevado consigo. Se metió, primero, las manos en los del pantalón, siguió por los de afuera de la chaqueta del esmoquin y continuó por el de dentro. Como si hubiera inspeccionado toda su vida hasta encontrarse con una sola realidad —su impotencia— reaccionó sin palabras, hizo una reverencia a la Reina y otra al público e intentó encaminarse a su asiento. Los buenos oficios del contralmirante, impulsado con la misma elegancia a disimular su irritación como a justificar a Fabio, salvaron de nuevo la delicada situación que podía dar al traste con la brillantez del acto, cuando extrajo de un bolsillo lo que era población constante en su ropa, unos versos, un madrigal sucedáneo a la Reina, que Fabio, en sumisión afortunada por la que no apareció su orgullo, aceptó como propio.

—Los poetas somos soñadores, por tanto, despistados y, con tantas emociones como nos ha deparado el día, nuestro vate no recordaba que me lo había entregado para que se lo corrigiera —aclaró el contralmirante en plan maestro.

Fabio, posiblemente afectado por lo que acababa de ocurrir, lo leyó nervioso, estremeciéndosele el papel entre las manos, nítida y extraña al mismo tiempo la caligrafía inglesa del contralmirante:

> *Reina, tú, la más hermosa*
> *de frontal y de perfil.*
> *No Reina ya, Emperatriz,*
> *radiante rosa entre rosas.*

No llegó a acabarlo, abochornado. Mas sirvió la cuarteta para que el público diera por bueno su homenaje a la Reina, o el del contralmirante, hablando con más propiedad. Sonó la música, confundida con el aleteo de cien palomas sueltas, que, pronto, buscaron cielos más tranquilos ante el estruendo de los cohetes. Se oyeron gritos de admiración a la Reina y de fervor a la Virgen del Carmen, al pregonero, al poeta, a la Marina, a Franco y a España, mezclados con el reclamo asnal, insofocable. Fabio subió los peldaños hacia el trono y pensó, como luego me dijo, que es falsa la idea por la que el Cielo está en las alturas y el Infierno bajo tierra. Bajo tierra le hubiera gustado estar a él, y sobre todo, cuando recobrada la sobriedad, sintió el olor fuerte a marisco que la entrepierna de la Reina disparaba atroz, contra sus narices pegadas a las bragas, la sangre lacrando el dique de la compresa, en el suelo ambos, entre el revoltijo de sedas del vestido voluptuoso, la corona, el diploma, lo versos, el sobre con los dos mil duros...

El contralmirante providencial poco pudo hacer por evitar el traspié traicionero de Fabio. La banda enmudeció como a una orden. Las damas formaron un corro de mariposas costernadas en derredor de la Reina que gimoteaba insultando al poeta. El capitán general, con su señora en cloqueo de desgracia, abandonó el recinto con visibles muestras de enojo y la sorpresa se hizo desolación, amargura, entre la asistencia. Sólo las efigies en pie de los infantes de Marina edecanes de la Reina permanecieron impertérritas, sin que ni siquiera los ojos pusieran una desobediencia a su disciplina de cantera.

Fabio se había ganado a pulso su reclusión en Santa Catalina, pero nunca llegué a imaginar que Morado, por apalearme a mí, abofeteara a mi amigo en público, como si fuera un delincuente. Y el día en que mi compañero salió para el Castillo en un jeep de la Policía Naval, más gravitó sobre mi cabeza y mi corazón el sentimiento de venganza por la acción cobarde del comandante que la toma de conciencia sobre la realidad dolorosa del destino a que se encaminaba, al que yo podía seguirlo. A partir de entonces, la necesidad de darle forma a mi desquite se fue acentuando como si su plasmación fuera a poner fin a todos mis problemas, cuando lo más seguro que podía conseguir era agravarlos. Mi obcecación ya sólo se reconocía en una meta: devolverle a Morado el golpe. Y con una paciencia impropia de mi deseo acelerado de revancha, me trabajé con habilidad y tesón al secretario hasta que me nombraron *vista,* con la ocasión servida. A Fabio le escuché que un escritor norteamericano hablaba de la venganza como de un plato que debe comerse frío, y a lo peor ese plato de rencor estaba dentro de mí y fuera ocioso esperar desde la certidumbre de que la inclinación a hacer algo malo es ser ese algo malo, antes de ponerlo en práctica, fatalmente. También le oí, lo que daba en polo opuesto, que la venganza más cruel es el desprecio de toda venganza, como si satisficiera mucho más el desdén al enemigo que verlo a los pies, derrotado. Pero mi desdén nunca iba a registrarlo Morado en su ser como una afrenta que todos detectaran. Saqué en limpio que tenía que tomarme la justicia por mi mano, que nadie debía relacionar un hecho con otro, esperar, darle tiempo al tiempo, como si mi puñalada fuera gratuita y de hoja nueva, efecto que escondiera la causa. Un mes, dos meses esperé, sonriendo a Morado y confiándolo ante sus ojos vencedores, obediente. Hasta que vi el día propicio y me comí el almuerzo especial de la *vista* —el preparado con esmero— antes de presentárselo al secretario.

Recuerdo que aquel día había paella de primero, carne en salsa de segundo e higos de barrica de postre. Que cuando fui a la cocina, al decirle al sargento que el ayudante mayor, el secretario y el contralmirante habían mostrado su complacencia por la comida de que participábamos, me preguntó cínicamente divertido que si quería seguir degustándola, o sea, lo que yo esperaba para llevar mi plan al límite. Y recuerdo que en las escudillas metálicas de latón abollado, me fue echando con deleitado regodeo el arroz pegado y frío, el pitraco maloliente y los higos con gusanos. Lo que quedaba del rancho, el cáncer de la escoria que habían despreciado en su elección limitada, pese al hambre, los marineros.

Lo puse en la bandeja grande y limpia con la disposición de todos los días. Le añadí la servilleta y el vaso de tinto. Se lo llevé al secretario y, al ojear la antología de amasijos degradantes, gritó, gritó como si alguien hubiera manchado para siempre el honor de la Marina.

Morado y el sargento fueron relevados de sus competencias y a partir de aquel instante la comida fue infinitamente mejor. *El Rey de la Carraca* me llamaron los marineros desde entonces.

19

POR AQUELLAS fechas —sería como a mediados de octubre— llevaba cinco meses en Madrid y me faltaban otros tantos para que mi situación de marinero con permiso indefinido pasara a la mejor vida y más segura de licenciado. La canonjía la obtuve precisamente cuando las cosas empezaron a complicárseme en el Arsenal, porque, como amenazó Morado —quien, al igual que Meana, no tuvo más remedio que dejar la venganza en manos de sus compañeros— el secretario general cumplió su tiempo en el destino de la Carraca y fue trasladado a El Ferrol. Por tal circunstancia, más en lo exacto hubieran estado los marineros si, en vez de ponerme como nombre supremo el *Rey de la Carraca*, me hubieran apodado el de la *Ruina* o algo así, dados mis horizontes procelosos y mi poca defensa. Inmediatamente, después de la marcha del secretario, como si en retrospectiva quisieran cobrarme lo que no pagué en su día, el cerco y los arrestos se fueron haciendo cada vez más sucesivos e insoportables, hasta que logré de instancias sentimentales mayores lo que no podían esperarse Gaciño y los amigos del comandante ultrajado: que mi madre pusiera toda su artillería de lágrimas en asalto a mi pariente el marino, por todos los flancos y a todas horas, hasta conseguir que me llevara con él, destinado a su barco, recientemente adscrito a la Base de Rota. Poco tiempo, sin embargo, tuvimos de entendimiento por culpa de un mixto lobo, que me hacía pasear todas las tardes por las calles del pueblo, al que un día aciago de copas le di nuevo dueño por veinte duros, con la consiguiente y exagerada aflicción de mi tío, no muy convencido de que el animal se hubiera largado voluntario y a cien detrás de la carrera ágil de una perra lucera, por la carretera de Chipiona. A la perrería se unió el que su mujer, una piadosa zamorana que me quería mucho, pero en la iglesia a todas horas como si en vez de marinero de segunda fuera capellán castrense, me fue cogiendo tirria de verme dormido en el rosario de las cinco o distraído en la bendición de la mesa, e irreverente en lo que consideró el colmo de las profanaciones: darle, por donde la letanía, ración de pegamento *Imedio* al librito de misa, acto cavernícola y demoníaco, según su dictamen, que sólo podía haber consumado una persona en la casa, yo, puesto que su único hijo, también desviado del camino recto, era coartada de ausencia en la Universidad de Santiago de Compostela.

Por tales minucias, enhebradas, como la mayoría de las veces, por la aguja invisible del vino, de poca o ninguna importancia si se comparan con otras de mi destellante historial, mi tita —que así quiso amorosa que la llamara al principio, cuando apenas me conocía— pensó que el demonio había entrado en su casa, sospecha a la que dio categoría de razón las desapariciones de algunos de sus muchos santos, que un anticuario de Jerez coleccionaba provisionalmente de mi acarreo con respuesta económica harto usurera.

Instalado el demonio en aquel santuario, se imponía ponerlo de patitas en la calle y, como no había otra fórmula para evacuarlo que despedir a quien lo había llevado consigo, la ocasión de rociar la estancia con agua bendita se le presentó cuando volví de la feria de Sevilla, todavía dando señales anárquicas la borrachera, con la francesa desgreñada y colgada de mi brazo, a quien creyó una súcuba del Averno. Ni que decir tiene que no llevé a Dominique a la casa, pero el cura del pueblo se encargó de comunicarle que su sobrino andaba dando tumbos con librepensadora extranjera, y, por aquella manifestación de demontre en vida airada, le dio tanta tabarra angélica a su marido sobre la conveniencia de ponerme distante o alejar los malos espíritus, que el hombre, al que todavía le brotaba por la cara el disgusto de la desaparición del perro, no tuvo más que dos opciones: devolverme al sitio de donde procedía, en la certeza de que mi madre volvería a la carga, o quitarme de en medio, dándome la oportunidad de perderme hasta el día de la licencia.

Debió pensar que lo último era lo menos complicado para él —cuando desgraciadamente resultó todo lo contrario— e incluso fue a la estación de autobuses a despedirme con claras muestras de persona atribulada por las vicisitudes que fuerzan a actuar contra voluntad y con la esperanza de verme cinco días antes de que cumpliera los reglamentarios dos años de mili, fecha en que debía incorporarme al barco como un marinero más, no a su casa como supuesto asistente.

Como un documental de otro tiempo vi pasar por mi cabeza aquella historia frente al rostro indiferente de Marie-France, espejo de otro mundo ajeno a su cerebro, que vagaba lejano, porque, al desconectar con el escenario sufrido y piadoso de mis parientes, tuve que requerirla en varias ocasiones chascando los dedos para que saliera de su mutismo. Estábamos en el recibidor del piso, presidido por la cara de palo de Yves Montand, y yo, si venía a cuento, quería ir de explicaciones por lo que la *Salmantina* me preguntó delante de ella, la noche antes en el Café. De explicaciones o de pesquisas, ya que cabía una posibilidad de que la palabra explosiva empleada por mi interrogadora verdulera aún no figurara en su léxico, sino como sinónimo menos utilizado de blenorragia. La tanteé largamente con rodeos y técnicas diversas de tramposería, le hablé de mi gran amor a Marion, recurrí a mi madre y a la suya por ver si ataba cabos de la noche pasada, le recordé cruel a su amante efímero y, como no pestañeaba ni abría la boca, terminé por recriminarle el que se hubiera ido del café sin despedirse.

—No me explico tu conducta —me atreví a decirle.

—Blennorrhagie, se dice en francés —me fulminó de pronto—. Blennórrhágie en términos médicos —precisó meticulosa y sin miedo a que yo detectara una relación suya con los terribles microbios.

Después, desconcertadamente, cogió marcha irrefrenable de verbo y se dedicó a hablar en elogios sobre el largo verano climatológico que estábamos disfrutando, de las terrazas al aire libre de la Castellana, de las motocicletas y los coches deportivos, de la suavidad del aire por la tarde, de la tibieza de las noches con verbenas y, al final de su encantamiento, de que, con su entusiasmo, no pretendía arrastrarme de nuevo a la calle, en busca de su amigo, porque buscar lo que se esconde supone degradarse y es manchar lo que la memoria conserva hermoso del encuentro.

Independientemente de que la creyera emporrada, consideré que los gestos limpios y sensatos, las palabras encomiables y ejemplares, surtían en mí efectos contrarios, diferentes en su impresión a los operados en personas comunes, porque fue a hablarme de lo que debía hacerse para no maltratar una

257

experiencia o esperar a que el tiempo diera una mejor oportunidad y fajarme con lo contrario, con la urgencia de manosear las cosas, que en aquel caso concreto se llamaban Matilde.

Estuve unos minutos más con ella, y con suerte de que no cambiara de opinión sobre su propósito de no salir del piso, me fui al teléfono más cercano para llamar a la mejicana. Marqué el número del hotel y como de sus palabras saqué la conclusión esperada de que son cuatro días locos los que vamos a vivir, su generosidad de pensamiento fatalista me aventó las pocas languideces sentimentales que pudiera conservar del viaje. Sus palabras, como de invitación a satisfacernos sin complicaciones, sin compromisos o ataduras de futuro, supusieron la asunción en mi conciencia de sus ganas de vivir, la confesión de su necesidad, para cuyo milagro yo llevaba la medicina. Pensé por el camino que, realmente, lo que en algún momento yo podía haber entendido como un aprovechamiento, propio de una persona sin escrúpulos, se trataba de un simple canje. Ella aportaba lo que tenía, su dinero, y yo, lo mío: mi compañía joven, mi atractivo, mis buenos modales y mi simpatía, mi capacidad para hacer deleitoso el momento. Con cierta ingenuidad atenuante no me sentí injusto, y algo más, me sentí dispensador, e incluso honrado. Uno —me dije— da lo suyo y recibe lo que no tiene o lo que necesita, porque Dios, o la providencia, o lo que sea, hizo el mundo pleno de carencias y sobras, quizás pensando que debería ser tarea nuestra el reparto, y puso separados muchas veces la belleza y el dinero, la juventud y el confort, el riesgo y la seguridad para que se buscaran. A los leones, les dio el poder de las zarpas para equilibrar la falta de mollera y para que, con sus garras, pudieran defenderse del hombre. La agilidad le dio a los monos para burlar al león. Los plátanos los puso bien altos para que el mono no tuviera más remedio que aprender a trepar, y de la misma manera dejó para los aventureros el desparpajo, la gracia y la agudeza, que son los hijos legítimos del no comer o comer mal, que es igual de enclenque y peligroso. Y el inconformismo, que es otra cuestión, y más importante. Al pueblo se le mata con buenas razones, con discursos morales, con promesas de otro mundo mejor, que está por ver. A conformarse tocan. Pero si uno se conforma con no comer, se muere; si con no beber, se deshidrata, y en semejante orden todo lo demás. Bien es cierto que si un hombre no tiene una mujer que llevarse a su sitio, se puede conformar imaginándolo. Mas con el no comer y la imaginación, seguro para el arrastre. Y el arrastre para los toros, a los que Dios dotó de cuernos para defenderse de los toreros —que en todo estaba el viejo, y aburrido, cuando inventó el mundo— y no para que se los corten, porque luego viene la llamada sociedad y se los corta, hace al rico más rico de lo que Dios quería y al pobre más pobre de lo que dispuso con su varita mágica.

En aquel extraño entreacto de pensar sobre asuntos de conciencia y de justicia —temas tan poco amigos míos por entonces— llegué a la consecuencia de que si Dios no tenía más remedio que estar disgustado con lo que los poderosos y los gobernantes habían hecho con su obra, no cobraba el más mínimo sentido que se fijara en mí, a no ser para que yo, y otros como yo, fuéramos equilibrando con nuestras habilidades, aproximando el mundo a la forma primera a como Él lo soñó o lo dispuso: hermandad de no tener e ir con quien tenga a fin de que tengan dos, aunque uno se encuentre con la mitad solamente.

Tal suerte de redistribución le tocó al dinero de Matilde, que ni cuenta podía darse de los cambalaches que le hice, ni quererse enterar parecía en su enajenación furiosa de cama, las más de las veces, o en su melancolía azteca, otras, pues sufría intermitentes depresiones, en las que, según ella, sólo la soledad ejercía cura. Descontrolado en el gasto, me decía para mis adentro que la mina era inagotable y que más tendría cuando ni siquiera movía los labios a la hora de sacar del bolso, y lo que iba era teniendo menos, aunque en tanto no se note. Simplemente —me justificaba ante mí mismo a la hora del sablazo cotidiano— estaba cambiando por felicidad un poco del esfuerzo de sus braceros, de los que me sentía vengador insolicitado.

Los resultados extraídos de aquel galeón que me encontré medio hundido en el arcén de la general Madrid-Cádiz, no son difíciles de imaginar. Por lo pronto, le confirmé a Marie-France la llegada de mi madre; metí en el saco alguna ropa —que tanto el americano como yo dábamos ya como mía— para lo que tuve antes que tirar la de marinero, como si, definitivamente, quemara las naves; me despedí por unos días de la francesa; me instalé en el hotel de Matilde y me dediqué a frecuentar los lugares más finos y caros de Madrid, bien con la mejicana o bien con los amigos, cuando ella se daba por vencida y, exhausta de placer y cansancio o de maremotos psíquicos, me facilitaba la diáspora, en la que me solían acompañar solícitos *Alvarito* y *el Lucena,* ambos a mi alrededor como si fuera el rey Faruck, más cariñosos que Romeo y sin una palabra sus bocas que no connotara mi orgullo de verme útil y necesario, por la concluyente razón aclaratoria que de mí dependían el estado de sus estómagos, sin en ira o en contento; sus ánimos, si bajos o altos, en medida de falta o sobra de alcohol: sus vidas, en herrumbre o jolgorio. Y vistas sus formas diligentes, no es que estuvieran conmigo por el interés de aprovecharse, que antes de que se hiciera presencia maravillosa *el Galeón,* como llamaban a Matilde, siempre me dieron lo escaso que tenían, sino que con la superioridad de ser yo el pagano se habían vuelto menos contestatarios, más puntuales, más comprensivos y, hasta cierto punto, más dóciles, actitudes de mi gusto a las que respondía con generosidad, dejándoles hacer lo que les llegara a las ganas, que, en rabos de lagartijas como ellos, no se recataban en cantidad o variedades. Que querían ir a una discoteca, baile; que necesitaban desahogarse, tías; que querían beber, como cubas, a condición de que no fuera en el Café famoso, donde se apostaba *la Salmantina* a la espera de mi llegada. Al margen de la referida veda, de cuando en cuando tenía que ejercer contra mi voluntad una firme censura sobre ellos o sobre sus tendencias a hablar de política, militante yo del pancismo:

—No habléis de política con desconocidos, porque con las profesiones que tenemos de médico, arquitecto e ingeniero —les decía ironizando a lo Casandra— sin pagar billete a la otra Dirección. Y, luego, vagos y maleantes para toda la vida, sin tener en cuenta que contribuimos como el que más. Como sea, con lo que sea o de quien sea...

—¡Pero sin meter la mano en el bolsillo de ningún español! —contestaban a dúo, repitiendo cómicamente lo que una vez les dije y que como remate de mis consejos les servía de parodia para recalcar que, en efecto, la fuente de ingresos no era española.

—Dejaos de política que la política no trae más que cosas malas.

—Pues mira tú lo que le ha traído al *Melón de Fuengirola.*

—Pero ése es de los que mandan. Date un garbeo por Carabanchel y ya verás. A lo mejor te contratan allí.

—Sí es como Vila Reyes, que tiene hasta televisor.

—Sí, hombre. La televisión también te la voy a comprar yo

con el oro mejicano. ¡Ni que fuera Hernán Cortés! Ya sabéis: al que cae por Carabanchel o sin ir tan lejos, por una comisaría cualquiera, le pueden caer más cosas. De buenas a primeras resulta que han sido descubiertos los atracadores de una joyería y tres Cajas de Ahorros.

De aquel género eran nuestras conversaciones más trascendentes, aunque estuviéramos preparados para hablar de otras cosas más importantes e imperecederas, especialmente *el Lucena*. Teníamos un pacto, no sé si tácito o expreso, para silenciar lo que en otra medida y aspiración personal nos pudiera interesar más hondamente, como si un espíritu escéptico nos prestigiara ante nosotros mismos y diéramos por la calle de la ligereza y la chanza para no descubrir un ser sensible, tentado por otras exigencias de vida. *El Lucena* sabía de todo, pero pensaría que no le servía de nada en el territorio que temporalmente le había correspondido. Y *Alvarito*, podía remedarlo todo, menos la nada de lo fugaz, por lo que intentaría representarla. Nuestras inquietudes, por lo pronto, que en mi caso no era más que una vaga necesidad de darle un sentido menos azaroso a mi vida, quedaban provisionales en un hondón remoto, oscurecidas por una filosofía de vivir intensamente el momento que viniera propicio. Aquel lo era, gracias a Matilde, y no podíamos distraernos en discutir sobre el sexo de los ángeles, que había sido lo más habitual y menos fructífero en las horas de largas privaciones.

Alvarito y el *Lucena,* que tenían como zona de exclusión el Café sólo para visitarlo conmigo, me trajeron uno de aquellos días la noticia de que Juan, el torero, se casaba con la americana. Los padres de la chica habían viajado desde Norteamérica para conocerlo, y con la intención de conocer también las amistades de su futuro hijo iban a ofrecer un cóctel en el Hotel Palace, donde estaban alojados. *El Lucena,* que siempre hablaba de lo grande o lo chico para magnificarlo o empobrecerlo más, me contó que el padre de Sarah era John Black, el Almirante Negro del Pacífico, ya en la reserva, poniendo tanta fruición en el nombre como cuando deleitado pedía una marca de whisky. Y que la madre, bastante más joven que el mítico almirante, se le había insinuado nada más verlo. En principio los habían invitado a ellos, sin contar conmigo, porque Juan no acababa de encajar mi favoritismo con *la Salmantina* en el escándalo del Café, pero, a resultas de las buenas mañas del *Lucena*, se había conseguido que yo no estuviera ausente de encuentro tan interesante. Desde luego lo era porque *Alvarito* había visto en Sarah la posibilidad de sacarse la espina de su debacle como actor y entrar, una vez suplantara al torero, por la puerta grande en el cine, es decir, por Hollywood mismo; porque habría que ver a los padres campesinos de Juan moviéndose por el Hotel Palace y a Manolo Rosas llevándolos en las palmitas de su ternura como por un cuento que su experiencia en hacer soñar les proporcionara a los viejos, y porque no estaría de más observar las evoluciones del *Lucena* por una geografía menos arisca que la de las montañas colombianas, sobre todo sabiendo, como ya sabía, que la posición a tomar presentaba huecos y reservas de fidelidad a su jefe.

Lo del casamiento de Juan me llegó un poco antes que la noticia de la llegada de Marion, sobre la que me puso en aviso Marie-France, a la que solía llamar por teléfono un día sí y otro no para que me diera novedades. Lo haría justo el día y a la misma hora en que se anunciaba la fiesta del Hotel Palace, sobre cuya celebración ya le había hablado a Matilde, sin que se hubiera mostrado partidaria de asistir, de nuevo sumida en una de sus depresiones, sobre la que solamente la soledad ejercía cura, no mala terapéutica para mi relativa dependencia de ella. Su inicial desinterés no desenredaba la diabólica madeja que, de pronto, me arrojaba a la mente su enmarañamiento con la vuelta de Marion, pero, por fortuna, tampoco la complicaba más todavía, otra cosa hubiera sido de encontrarse en buen ánimo y no en declive y desaliento. Pensé que con su renuncia podía matar dos pájaros de un tiro, recibir a Marion en Barajas y acudir con ella a la fiesta, y tal como lo pensé lo hice, que todos los que me habían anunciado que asistirían eran personas de confianza o del gremio de respetar lúdicas de dobleces.

La noche en que Marion llegó al aeropuerto fui a recibirla con un ramo de lilas, un manojito de las cuales se puso en el pelo, una vez que separamos nuestras lapas. Venía morena de brisa de Chamonix, terso el pantalón sobre los muslos firmes y los pezones marcados, casi estallando, en la transparencia de la blusa. El reencuentro y la visión de su hermosura me hizo posponer la fruslería de la fiesta, a la que no aludí sino en la cama, sobre las once de la noche, cuando entendí que podía arrancarla de ella sin que le supiera a oprobio la salida, después de tanto tiempo sin estar juntos y solos. Como entendió que mi alusión era más que tal y que sugerencia, pudo pensar

262

que debía facilitarme el cumplimiento del compromiso con un amigo, y como quien quiere hacer feliz aun a costa de la propia felicidad, me dijo que si yo no, ella tenía ganas de dar una vuelta porque estaba segura de que nadie se iba a llevar la cama.

Llegamos al Palace sobre las doce y antes de entrar en la suite de Mr. Black, en el pasillo, lamenté como nunca otra mala ocurrencia la de haber salido del piso de Marion. En medio de un alboroto considerable, la voz de Matilde se elevaba a los sones de un corrido fatal mejicano, que debía de haberle provocado su amante desertor, mi ausencia o el champán, también sobresaliente con sus formidables taponazos en la vorágine de detrás del tabique. Tomé a Marion de la mano y le dije que en aquel lugar había demasiado jaleo, que volviéramos a casa, pero, con ese curioso sentido genuino en la mujer por el que ante cualquier extraño se le desencadena la sospecha, se resistió en preguntas hasta que el americano abrió y nos invitó a pasar como si nos conociera de toda la vida.

La suite era grande, de tres piezas, una de las cuales la ocupaba como dormitorio el matrimonio y las otras dos, corridas, con única frontera de adorno en un arco de medio punto, se destinaban a espacioso cuarto de estar. A la izquierda, según la entrada, una estatuilla de escayola, con Cupido apuntado su flecha, reposaba sobre un cipo coruscante, como símbolo de bienvenida al lugar y templo del amor. A la derecha se erigía una cariátide desconchada de porcelana, de idéntico mal gusto, y en ambos costados de la habitación primera dos grandes cuadros de pintor incomprendido, a no ser por americanos. La mullida alfombra marroquí de lana de oveja, añadió inseguridad a mis pies, y sólo la estatura taponadora de Mr. Black, la también considerable de *Alvarito* y la que apenas cubría espacio de la anfitriona, de pie, alzadas en la demarcación que señalaba el arco, colaboraron a que Matilde no atisbara mi arribaje en compañía y yo ganara unos segundos en los que fabricarme alguna treta. En el cuarto aledaño, del que rápidamente cobre sentido en medida de mayores dimensiones, a Matilde le servía de hamaca improvisada un diván marrón apaleado por el tiempo y sobado en su tapicería por el descuido lógico de múltiples usuarios que, como ella, nunca lo consideraron cosa propia. La luz chorreante de la lámpara de araña cabrilleaba amarilla en sus muslos desprevenidos y una copa de champán vacía le colgaba de la mano abandonada, en la misma dirección de la cabeza. Por la suite vagaban arreciando en frenesí de enhorabuena, los que he dicho. Juan y Sara, con sus padres, Manolo Rosas, *Alvarito, el Lucena* y *Matilde,* además de otro americano —que más tarde supe era el agregado militar de la Embajada de los Estados Unidos—, su costilla pimpante, repintada a discreción como una cabaretera y un pintor que alguna vez vi por el Café de Recoletos. Con una seña de nuestro lenguaje cifrado le indiqué a Manolo Rosas, el más de fiar entre mis amigos presentes y ausentes, tal vez con la excepción de Fabio, que distrajera a Marion, mientras saludaba y daba explicaciones por la tardanza a Matilde, incorporada del diván a duras penas. La comunicación que declaraba el compromiso del matrimonio ya había sido hecha y si me perdí las irrepetibles palabras emocionadas del yanqui y las extraídas con sacacorchos del torero encomiado y acogido en el seno familiar, me alegré de haber llegado tarde y di las gracias a Dios porque con el retraso encontré a los reunidos con un arrebato de copas tan grande que difícilmente iban a preocuparse del rigor de las presentaciones, sobre todo Matilde, a quien —integrados ya en la fiesta Marion y yo— si se la presenté, o las presenté, para ser más exacto, como mi novia, parentesco que tanto la francesa como la mejicana dieron por propio. Más relajado entonces, pensé que la borrachera aventajada de Matilde daría desenlace favorable a la situación engorrosa, que *el Lucena* o *Alvarito* la pondrían encantados en su hotel y que los días se encargarían de ordenar el resto.

Alentado por aquella perspectiva me quedé más tranquilo, como he dicho, y me distraje en observar las evoluciones de los presentes desde una lucidez que, en mi, todavía no presentaba síntomas de anubarrarse. *El Lucena* andaba de coqueteo con la suegra de Juan, en trance delicado no muy prestigioso de montañas colombianas, tratándose su interlocutora, como se trataba, de consorte militar U.S.A., *Alvarito* rondaba a Sarah desde sus ojos verdes, muy interiorizado, a la manera hosca y penetrante de los actores de Elia Kazan. Manolo Rosas, que desconocía el alto grado de mi emparejamiento con Marion, afilaba su verba por si saltaba la liebre. Los padres de Juan, que sentado en el brazo de un sillón protegía a Sarah con el ídem derecho, callaban de un silencio de siglos, como dos santitos extraviados, estupefactos, tiernos, sin querer dar fe de lo que veían. El agregado militar y el almirante bombardeaban sonoramente en inglés como si estuvieran atacando con su charla el Vietnam o alguna provincia centroamericana rebelde, y Matilde, otra vez replegada en el diván, dormía como una locomotora parada en la estación, con resoplidos de querer reemprender la marcha.

—La tengo muerta —me dijo al oído *Alvarito.*

—Pues date prisa, que a este paso se te va al cielo —le contesté.

—Es que la cosa tiene guasa —consideró, mirándome como si le hubiera hecho algo, muy inquisitivo, a lo James Dean.

—¿Qué es lo que tiene guasa?

—Quitarle la novia ahora, qué va a ser —razonó.

—¿Ahora? Como no la raptes...

—No me refiero a su deseo, que está claro —continuó convencido —sino a la putada que supone. Pienso en el disgusto de sus padres y se me pone la carne de gallina.

—¿De qué padres?

—¿De qué padres va a ser? De los padres de Juan —precisó.

—Los padres de Juan son los únicos que se alegrarían. ¿No te imaginas que ya se ven, sin ninguna gana, en Ohio, lejos de su Córdoba, mirando vacas todo el día?

—Como que en el pueblo ven la Mezquita...

—Pero es su paisaje de siempre ¿o por qué te crees que yo no me voy a Méjico?

Me sorprendió mi salida porque jamás se me había pasado por la cabeza aquella posibilidad. Pero no tuve tiempo de detenerme en ella. *El Lucena,* bien tocado del ala y también convencido de que tenía a la almiranta metida en costura, se me acercó escorado del hombro izquierdo, puso cara de Pichi irresistible, engoló la voz y me dijo:

—¿Qué, pequeño, te crees que eres tú sólo el que ligas? Aquí —dijo golpeándose el pecho— don Juan, el del esperaván —señaló la pierna boba y comenzó a reír, acariciándome la nuca con una mano, mientras que, con la otra, sacaba una foto del bolsillo de la camisa—. Amor eterno, hermano —interpretó como si la dedicatoria le fuera a poner un piso—. Cita, mañana a las once, en el estanque del Retiro.

Como no acababa de enseñarme la foto, entré en creer que era una foto de la madre de Sarah, que con la curda habría caído momentáneamente en la red guerrillera de mi amigo.

—Se va a acabar esto de que los cancerberos de abajo no me dejen entrar —afirmó tajante—. ¿Sabes que no me querían dejar entrar por la apariencia? Las manchas, tío, las manchas. Y la jodida suela del zapato. Y el zurcido del pantalón. ¿Y sabes qué les contesté? —volvió a preguntar, una vez que dejó de señalarme los desperfectos con la mano libre—. Pues les contesté: «Cancerberos de los cojones, el Duque de Muchas Cosas soy, y el de muchos territorios y esclavos. Más criados tengo que trajes, y, como a todos los hago librar el mismo día para de esa manera verme por una vez a la semana libre de ellos, se han puesto mis trajes y ustedes mismos pueden juzgar.»

Sonó el timbre de la puerta y llegaron unos camareros con más champán. Al poco, volvió a sonar y lo que no podía ser más que un inspector de policía por su atuendo delator de macarra estilado a lo Belmondo, estuvo hablando con el almirante. Cuando se fue, el padre de Sarah quiso sumar emoción al ambiente agitado y dijo.

—Ero un inspector de policía. Hay unos ladronos sueltas en el hotel y ha preguntado si todas ustedes son confianzudos. No comment, me dija, pero mí la digo a mis amigas.

Como no estaba seguro de que hubiéramos captado el mensaje, repitió sus palabras, acompañándolas con las manos, una de las cuales se dirigió a su cartera, la otra simuló una pistola y, dando por acabada la demostración de azafata, ambas al aire, como si el ladrón lo estuviera encañonando.

—España necesito mano más duro —reclamó.

—Lo que faltaba —se lamentó *el Lucena.*

—No preocupar, amigos, ladronos no venir aquí —tranquilizó el americano como si *el Lucena* también se quejara de la seguridad nacional.

—¿Aquí? —preguntó Alvarito—. ¿Y quién va a venir a robar a la cárcel?

Pensando estaba en que iba a tener que explicar lo que había dicho cuando volvió a sonar el timbre, el del teléfono esta vez.

—Es paro usted Mr. Shelley —dijo el almirante, acercando el auricular al agregado militar de los Estados Unidos.

—La foto —me comunicó *el Lucena* con un hilo de voz, secretero— no es de Mrs. Black sino de una de sus posesiones. Lástima que Sarah no tenga una hermana para *Alvarito,* o para Juan, porque me da en la nariz —se ajustó en ella unas gafas que nunca le había visto antes— que a Sarah le gusta *Alvarito.*

Me enseñó la foto de un yate —*dieciocho metros de eslora,*

266

puntualizó *el Lucena*— con una dedicatoria en inglés de Mrs. Black: *Para Andrés, con la esperanza de que naveguemos juntos en este barco,* según me aseguró quería decir en español.

—Imagínate, todos viajando por las Bahamas —suspiró *el Lucena.*

—Ahora comprendo que os hayáis citado en el estanque del Retiro.

El agregado militar de los Estados Unidos, con amplia sonrisa de haber hecho bien las cosas, transmitió al oído del almirante retirado la noticia telefónica, que éste no tardó en comunicarnos como si fuera a hacernos felices.

—Señoros y soñares —dijo pidiendo atención—. Tenga que darlos un gran noticio, que hoy me colmo de felicidad. En Bolivio, el aventurero Che Guevaro ha sido muerta por las fuerzos del orden.

—Me cago en su puta madre —exclamó *el Lucena.*

Manolo Rosas, militante en la lucha antifranquista, debió de sentir en su corazón romántico que algo se le escapaba, abrió una botella de champán y dirigió el chorro espumoso como un misil etéreo hacia el ojo del agregado yanqui.

—Ni yate ni hostias —despreció *el Lucena*—. Me cago en todos los muertos de estos americanos.

El teléfono, otra vez en funciones, puso sordina al insulto del *Lucena* e hizo que todos calláramos, a la espera de nuevas noticias sobre la muerte del guerrillero. Mrs. Black, informada por *el Lucena* de sus andanzas libertadoras, lo miraba en actitud de pésame. El pintor, en un plano discreto hasta entonces, inició elegíaco el canto de *La Internacional.* Matilde, convulsa, como si hubiera resucitado Pancho Villa, dio un salto desde su sueño hasta mi anatomía, felinidad cariñosa que hizo le cambiara el rostro a Marion, y el torero se dirigió al dormitorio, arrastrando en su carrera de celos a Sarah, indecisa y quedona ante el ataque de *Alvarito,* con el que se había estado timando durante toda la noche.

—¡Congratulations! Ero de recepción. Son nuevas invitados —comunicó el americano tras colgar el teléfono—. Amigos de Juan que vienen del pueblo —por fin dio pie con bola de sintaxis.

Me quité de encima como pude a Matilde y me encaminé a la ventana abierta, sobre la Carrera de San Jerónimo. El aire tibio que tanto gustaba a Marie-France me dio en la cara como un elogio. Poco a poco me fui aislando de la atmósfera tensa, complicada, del interior, y para conseguirlo de una manera absoluta, aunque fuera por unos instantes, me concentré en la banalidad de observar la gente que entraba y salía, los taxistas esperando clientela, los porteros uniformados. De pronto, tuve que restregarme los ojos porque ante ellos se puso lo que ni todo el champán bebido y por beber podía llevarme a confusiones: la imagen espigada del *Madrileño* que acababa de descender de un coche. Sin encomendarme a Dios ni al diablo le hice notar mi presencia, y él, blanco el rostro y sonriente, haciendo bocina en una sola dirección con las manos en conchas sobre la boca, me preguntó:

—¿Qué habitación tienes?

Pensando que vendría a mi directamente para sacarme con su mundo del atolladero en que estaba metido, me lancé hacia la puerta evitando otra agarrada de Matilde, el rostro seco de Marion, la pregunta de Manolo Rosas sobre si lo mío con la francesa iba en serio, la ofensa posada en los ojos de Juan, que ya había puesto firme a Sarah, un intento de brindis del americano... Y aceleré el paso y los latidos cuando oí la punzada del timbre, lanzado hacia la alegría.

—Somos los amigos de Juan, del pueblo... —se anunciaron Casandra, *la Salmantina* y el gitano, por boca de la segunda, venenosamente al desquite.

Retrocedí en busca de salvación y como las desgracias no vienen solas comprobé que Marion y Matilde se solidarizaban en causa común de ofendidas por el mismo macho. Como un ejército de salvación de la condición femenina, me atajaron conjuntas, y las primeras palabras que escuché, quizás también las últimas en boca de Marion, fueron *macró* y *merdé*. Si no para conservar mi hacienda, la campana, como otras veces en estado groggy, sonó por boca de *la Salmantina*, que le reclamaba al torero todo lo que había apostado por él.

—La sangre me has chupado gota a gota, sanguijuela.

—Y a mí, ¿cuánto me debes? —se sumó Casandra al arqueo imposible.

Alvarito vio ocasión y abrazó tiernamente a Sarah, presa de un ataque de nervios. El agregado militar se puso a gritar en inglés por el teléfono como si estuviera en América. Los padres de Juan, acurrucados, cuerpo con cuerpo como cuando hace mucho frío, comenzaron a rezar en voz alta, y yo, con el consejo de un refrán alentándome a mover las perneras, pensé que a río revuelto, ganancia de pescadores, y me desmarqué hasta la puerta con la intención de tomar las de Villadiego.

—Tú, quieto ahí —tronó la voz de *la Salmantina*, al par que el calé me colocaba de sombra su riguroso luto gitano—. O me devuelves las mil quinientas que me birlaste o no sales de este cuarto. Conque purgaciones, ¿verdad, cacho cabrón?

Miré al gitano por ver que opinaba y una inclinación hacia abajo de su rostro cetrino me confirmó que la amenaza iba en serio y que podía comprobarlo en la navaja que, desde dentro del bolsillo de su chaqueta, me rozaba con su punta un costado. Matilde sacó de su bolso unos billetes y los lanzó a los pies de *la Salmantina*, al mismo tiempo que Marion, tan frenética como Sarah, corrió hacia el pasillo y se perdió por la escalera de caracol. Pagada mi deuda, o mi rescate, salí a buscarla a la calle como quien va de huida. En el hall del hotel el policía de la entrevista con Mr. Black me hizo perder unos preciosos minutos con su costumbre de pedir el carné de identidad, y, tras deshacerme de él, como ni los porteros ni los taxistas daban señales de haber visto a la francesa, volví al interior del hotel por si lo había pensado mejor y hacía tiempo hasta que yo bajara, en el bar o en otro sitio. Fue en aquel momento cuando una voz conocida me musitó por la espalda:

—Al carajo te vas a ir.

Miré, en línea a la procedencia del sonido, y me quedé pensando en brujas. Detrás de mí no había absolutamente nadie, pero estaba dispuesto a jurar que alguien, probablemente el fantasma justiciero del comandante Morado, acababa de recordarme un pasado no demasiado de agradecer.

—Al carajo te vas a ir —repitió la voz conocida.

Volví a escudriñar el frente largo del muro y me di cuenta de que había gente detrás de un biombo, única materia alzada entre la pared y yo. ¡Tate! —me dije— *el Madrileño* que ha cometido alguna fechoría y se esconde del *cachimbo*.

Naturalmente relacioné la presencia de mi ex compañero de mili con el policía y su visita de inspección a deshora a la suite de Mr. Black, donde, en caso de que alguna vez se echara en falta su autoridad, lo sería en aquellos instantes de Dios sabe qué derroteros habrían tomado los acontecimientos con *la Salmantina* a todo meter. Pero descarté toda sospecha al verlo acompañado por una mujer rubia platino barra americana, como si estuvieran allí, detrás del biombo en vez de en una habitación, por causa de sus rarezas, siempre volcadas al sitio más excitante o de más peligro.

—Jugando al *teto* —me dijo.

—Sí —le contesté.

—Estás en forma, campeón, no caes en la trampa —sonrió *el Madrileño.*

—¿Y qué es el *teto?* —preguntó la rubia, demudada de rostro, como si la policía le estuviera pisando los talones.

—Pues lo que vamos a hacer dentro de nada —contestó con aplomo *el Madrileño*—. Tú te tiendes y yo te la meto. ¿Quieres jugar, *Córdoba?* —dirigió la conversación hacia mí.

Agachados, tras el biombo, le conté lo que acababa de sucederme y la estampida de la francesa. Recordé que *el Madrileño* debía de estar en el Congo, no en Madrid, despoblando de negros el continente africano, y como si leyera en mi pensamiento me dijo sin un asomo de pesar que aquello lo había liquidado con buen saldo y que estaba en otra cosa más rentable, en la que quería darme participación. Creí que era cosa de chicas, no había más que ver la pinta de la que tenía a su vera. E interesado, más que en el negocio, en descubrir su contenido, de pronto me vi cruzando la cocina del hotel, luego un pasillo largo y sombrío y finalmente su puerta de servicio, frente a la que esperaba con su coche en marcha otra amiga del *Madrileño.*

—¿Se te apetece esnifar un poco? —me preguntó acercándome la coca a la nariz.

No habíamos recorrido cien metros cuando un concierto ensordecedor de sirenas rompió el aire tibio de la noche. Los coches de la policía comenzaron a salir por todas las calles como si tuvieran al alcance de la mano un comando de la ETA. La amiga del *Madrileño* que conducía el coche pisó con rabia el acelerador y en el semáforo del Paseo del Prado puso a un peatón en vuelo hacia un seto.

—Vienen a por nosotros, ¿verdad? —pregunté resignado.

—Mala suerte —se lamentó *el Madrileño*—. Creí que había logrado despistarlos.

En la huida pensé en Fabio, en *el Barbate,* en *el Popi,* en *el Licenciado* y en los parguelas, y presentí que no tardaría en reunirme con ellos, en el castillo lúgubre de Santa Catalina. Reconstruí el rostro permanentemente angustiado de mi madre y supe que no iba a resistir aquel machetazo. Me imaginé a Marion por una calle de una ciudad cualquiera de Francia, paseando de la mano, libre, con otro. Recordé, como pidiéndoles perdón, a todas mis víctimas, desde el capitán Meana hasta mi pariente el marino, su mujer, los santos de madera y de piedra, a Dominique, con un hijo en sus entrañas, vaya usted a saber si mío. Y fue entonces, precisamente entonces, cuando me di cuenta de que mi vida se había ido al mismísimo carajo.

ESTE VOLUMEN HA SIDO
IMPRESO EN MADRID. MARZO 1988